Ali en Nino

Kurban Said

Ali en Nino

Vertaald door Gerda Meijerink

2008
DE BEZIGE BIJ
AMSTERDAM

Copyright © 1937 Leela Ehrenfels
Copyright Nederlandse vertaling © 2001 Gerda Meijerink
Copyright nawoord © Dirk-Jan Arensman
Eerste druk 2001
Tiende druk 2008
Oorspronkelijke titel *Ali und Nino*
Oorspronkelijke uitgave 1937 in Wenen, Leipzig
Deze uitgave is gebaseerd op de Duitse uitgave uit 2000
Omslagontwerp Studio Jan de Boer, Amsterdam
Omslagillustratie Mary Javorek/Bridgeman Art Library
Vormgeving binnenwerk Volken Beck, Amsterdam
Druk Hooiberg, Epe
ISBN 978 90 234 2942 5
NUR 302

www.debezigebij.nl

1

'In het noorden, zuiden en westen is Europa omringd door zeeën. De Noordelijke IJszee, de Middellandse Zee en de Atlantische Oceaan vormen de natuurlijke grenzen van het continent. Door de wetenschap wordt het eiland Magerøy als het noordelijkste puntje beschouwd, het eiland Kreta vormt het zuidelijkste en de eilandengroep Dunmore Head het westelijkste. De oostgrens van Europa loopt dwars door het Russische keizerrijk, langs de Oeral, dwars door de Kaspische Zee en vervolgens door Transkaukasië. Hier heeft de wetenschap nog niet haar laatste woord gesproken. Terwijl veel geleerden het gebied ten zuiden van het Kaukasische bergmassief als tot Azië behorend beschouwen, vinden anderen dat vooral op grond van de culturele ontwikkeling van Transkaukasië, ook dat land als een deel van Europa moet worden gezien. Het hangt dus in zekere zin van jullie gedrag af, beste kinderen, of onze stad bij het vooruitstrevende Europa of bij het achtergebleven Azië behoort.'

De leraar glimlachte zelfvoldaan. Wij, veertig leerlingen van de derde klas van het Keizerlijk Russisch Humanistisch Gymnasium in Bakoe, Transkaukasië, hielden onze adem in bij het besef hoe afgronddiep kennis kon zijn en hoeveel verantwoordelijkheid er op ons rustte.

Een poosje zwegen we allemaal, wij dertig mohammedanen, vier Armeniërs, twee Polen, drie sektariërs en een Rus. Toen stak Mehmed Haidar op de achterste bank zijn hand op en zei:

'Meneer, neemt u mij niet kwalijk, maar wij willen liever in Azië blijven.'

De klas barstte uit in schallend gelach. Mehmed Haidar deed de derde klas al voor de tweede keer. Hij maakte grote kans ook voor de derde keer te blijven zitten, tenminste zolang Bakoe bij Azië bleef horen. Want een ministerieel besluit gaf de inwoners van Aziatisch Rusland het recht net zo vaak in een klas te blijven zitten als ze wilden.

Meneer Sanin, in het met gouddraad versierde uniform van een Russische gymnasiumleraar, fronste zijn voorhoofd:

'Zo, Mehmed Haidar, jij wilt dus in Azië blijven? Kom eens voor de klas. Kun jij je mening staven?'

Mehmed Haidar kwam naar voren, kreeg een kleur en zei niets. Zijn mond stond open, hij trok rimpels in zijn voorhoofd en keek schaapachtig. Hij zweeg. En terwijl vier Armeniërs, twee Polen, drie sektariërs en een Rus dolle pret hadden om zijn schaapachtigheid, stak ik mijn hand op en verklaarde:

'Meneer, ik wil ook liever in Azië blijven.'

'Ali Khan Shirvanshir! Jij ook al! Goed, kom maar voor de klas.'

Meneer Sanin schoof zijn onderlip naar voren en vervloekte in stilte zijn lot, dat hem naar de oever van de Kaspische Zee had verbannen. Toen schraapte hij zijn keel en zei gewichtig:

'Kun jij tenminste je mening staven?'

'Ja, ik voel me best op mijn gemak in Azië.'

'Zo, zo. En ben je dan wel eens in echt wilde Aziatische landen geweest, in Teheran bijvoorbeeld?'

'Ja zeker, afgelopen zomer.'

'Kijk eens aan. Hebben ze daar de grote verworvenheden van

de Europese cultuur, auto's bijvoorbeeld?'

'O ja, heel grote zelfs. Voor dertig personen en meer. Ze rijden niet door de stad, maar van plaats naar plaats.'

'Dat zijn autobussen, en die gebruiken ze daar in plaats van treinen. Zoiets noemen we achterstand. Ga zitten, Shirvanshir!'

De dertig Aziaten verkneukelden zich en wierpen me instemmende blikken toe.

Meneer Sanin zweeg ontstemd. Het was zijn plicht zijn leerlingen op te voeden tot goede Europeanen.

'Is iemand van jullie bijvoorbeeld wel eens in Berlijn geweest?' vroeg hij plotseling.

Hij had een pechdag: de sektariër Majkov stak zijn hand op en bekende dat hij als heel klein kind in Berlijn was geweest. Hij kon zich nog heel goed een benauwde, doodenge metro herinneren, een trein die veel lawaai maakte en een boterham met ham die zijn moeder voor hem had klaargemaakt.

Wij dertig mohammedanen waren diep verontwaardigd. Seyd Moestafa vroeg zelfs of hij naar achteren mocht, omdat hij bij het woord ham misselijk werd. Daarmee was de discussie over waar de stad Bakoe geografisch bij hoorde gesloten.

De bel ging. Meneer Sanin verliet opgelucht de klas. De veertig leerlingen renden naar buiten. Het was de grote pauze, en dan had je drie mogelijkheden: naar het speelplein rennen om een robbertje te vechten met de leerlingen van het belendende wis- en natuurkundig gymnasium, omdat die gouden knopen en gouden kokardes droegen, terwijl wij het met zilveren moesten doen; luidkeels Tataars met elkaar praten zodat de Russen ons niet konden verstaan en omdat het verboden was; of: hard naar het meisjeslyceum van de heilige koningin Tamar rennen, verderop in de straat. Ik koos voor het laatste.

Op het lyceum van de heilige Tamar liepen de meisjes in zedige, blauwe uniformjurken met witte schorten door de tuin. Mijn nichtje Aisje zwaaide naar me. Ik glipte door het hek. Aisje liep hand in hand met Nino Kipiani, en Nino Kipiani was het mooiste meisje van de wereld.

Toen ik vertelde over mijn geografische gevecht, trok het mooiste meisje van de wereld haar neus op en zei:

'Ali Khan, je bent dom. Godzijdank zijn we hier in Europa. Waren we in Azië, dan droeg ik al lang en breed een sluier, en dan zou je mij niet kunnen zien.'

Ik gaf me gewonnen. De geografisch omstreden ligging van Bakoe verzekerde mij van de aanblik van de mooiste ogen van de wereld.

Ik ging weg en in een sombere bui verzuimde ik de rest van de lessen. Ik dwaalde door de straten van de stad, keek naar de kamelen en de zee, dacht aan Europa, aan Azië, aan Nino's mooie ogen en werd verdrietig. Een bedelaar met een gezicht als een rotte appel kwam op me af. Ik gaf hem geld, en hij wilde mijn hand kussen. Geschrokken trok ik die terug. Daarna liep ik twee uur door de stad en zocht de bedelaar, opdat die mijn hand zou kunnen kussen. Want ik meende dat ik hem had beledigd. Hij was onvindbaar, en ik voelde me schuldig.

Dat speelde zich allemaal vijf jaar geleden af.

In die vijf jaar was er van alles gebeurd. We kregen een nieuwe rector, die ons met voorliefde bij de kraag vatte en door elkaar schudde, want het was streng verboden gymnasiasten een oorvijg te geven. De godsdienstleraar legde ons heel precies uit hoe goedertieren Allah was dat hij ons als mohammedanen ter wereld had laten komen. Er kwamen twee Armeniërs en een Rus in de klas en twee mohammedanen verdwenen; de een omdat hij op zestienjarige leeftijd ging trouwen, de ander omdat hij tijdens de vakantie door bloedwrekers was vermoord. Ik, Ali Khan Shirvanshir, was drie keer in Dagestan, twee keer in Tiflis, één keer in Kislovodsk, één keer bij mijn oom in Perzië en ik was een keer bijna blijven zitten, omdat ik het gerundium niet van het gerundivum kon onderscheiden. Mijn vader had daarover een onderhoud met de mullah, en die verklaarde dat het hele Latijn ijdele waan was. Daarop spelde mijn vader zijn

Turkse, Perzische en Russische orden op, ging naar de rector, schonk de school een of ander natuurkundig instrument, en ik ging over. Op school hing sinds enige tijd een groot vel papier met de tekst dat het gymnasiasten ten strengste verboden was het schoolgebouw met geladen revolver te betreden, in de stad deden telefoons hun intrede en openden twee bioscopen hun deuren, en Nino Kipiani was nog steeds het mooiste meisje van de wereld.

Dat zou nu allemaal ophouden, het eindexamen was al over een week en ik zat thuis op mijn kamer en dacht na over de zinloosheid van het onderwijs in de Latijnse taal aan de kust van de Kaspische Zee.

Het was een mooie kamer op de tweede verdieping van ons huis. Donkere tapijten uit Boechara, Isfahan en Kosjan bedekten de muren. De lijnen van het patroon op de tapijten gaven tuinen en meren, bossen en rivieren weer, zoals ze bestonden in de fantasie van de tapijtwever – onherkenbaar voor de leek, verbijsterend mooi voor de vakman. Nomadenvrouwen uit verre woestijnen verzamelden in het wilde doornige struikgewas de kruiden voor die kleuren. Dunne lange vingers persten het sap uit de kruiden. Eeuwenoud is het geheim van de tere kleuren, en het duurt vaak wel tien jaar voordat de wever zijn kunstwerk heeft voltooid. Dan hangt hij het aan de muur, vol geheimzinnige symbolen, aanduidingen van jachtscènes en riddergevechten, met een sierlijk geschreven tekst op de rand, een dichtregel van Firdausi of een wijze spreuk van Sa'di. Door de vele tapijten lijkt de kamer donker. Een lage divan, twee kleine met parelmoer ingelegde krukjes, veel zachte kussens – en tussen al die dingen in, erg storend en erg zinloos, boeken die westerse kennis bevatten: scheikunde, Latijn, natuurkunde, trigonometrie – allemaal onzin, uitgevonden door barbaren om hun barbaarsheid te camoufleren.

Ik deed mijn boeken dicht en ging de kamer uit. De smalle glazen veranda met uitzicht op de tuin liep naar het platte dak van het huis. Ik ging naar boven. Daarvandaan overzag ik mijn wereld, de dikke vestingmuur van de oude stad en de ruïnes van het paleis met de Arabische tekst boven de ingang. Door de wirwar van straten liepen de kamelen met zulke fragiele enkels dat je de neiging kreeg ze te strelen. Vóór mij verhief zich de plompe, ronde Maagdentoren, omgeven door legenden en gidsen die toeristen rondleidden. Verder weg, achter de toren, begon de zee – de totaal geschiedenisloze, loodzware en ondoorgrondelijke Kaspische Zee, en achter mij was de woestijn – ruwe rotsen, zand en doornen, stil, zwijgend, onoverwinnelijk, het mooiste landschap van de wereld.

Ik zat rustig op het dak. Wat kon het mij schelen dat er andere steden, andere daken en andere landschappen bestonden. Ik hield van de vlakke zee en de vlakke woestijn en daartussenin deze oude stad, het vervallen paleis, en de rumoerige mensen uit de hele wereld die naar die stad kwamen, olie zochten, rijk werden en weer vertrokken, omdat ze niet van de woestijn hielden.

De bediende bracht thee. Ik dronk en dacht aan het eindexamen. Daar maakte ik me geen al te grote zorgen over. Natuurlijk zou ik slagen. Maar als ik bleef zitten, dan was dat ook geen ramp. De boeren op onze landgoederen zouden dan zeggen dat ik met mijn geleerde bezetenheid geen afscheid wilde nemen van het huis der kennis. Het was inderdaad jammer van school te gaan. Het grijze uniform met de zilveren knopen, de epauletten en de kokarde waren mooi. In burgerkledij zou ik het gevoel hebben er sjofel uit te zien. Maar ik zou niet lang in burger gekleed gaan. Alleen maar één zomer lang en dan – ja, dan ging ik naar Moskou, naar het Lazarevsje Instituut voor oriëntaalse talen. Dat heb ik zelf zo besloten, ik zal daar een mooie voorsprong hebben op de Russen. Wat zij moeizaam moeten leren, beheers ik van kindsbeen af. Bovendien bestaat er geen mooier uniform dan dat van het Lazarevsje Instituut: rode jas, gouden kraag, een slanke, vergulde degen, en ook op doordeweekse dagen glacé handschoenen. De mens moet een uniform dragen, anders hebben de Russen geen achting voor je, en wanneer de Russen geen achting voor me hebben, wil Nino me niet hebben als man. Maar ik wil absoluut met Nino trouwen, hoewel ze een christin is. Georgische vrouwen zijn de mooiste vrouwen van de wereld. En als ze niet wil? Nou – dan zoek ik een paar potige kerels, gooi Nino over mijn zadel en dan snel de Perzische grens over naar Teheran. Dan zal ze wel willen, wat zou ze anders moeten?

Vanaf het dak van ons huis in Bakoe gezien was het leven mooi en eenvoudig.

Kerim, de bediende, raakte mijn schouder aan.

'Het is tijd,' zei hij.

Ik stond op. Het was inderdaad tijd. Aan de horizon, achter het eiland Nargin, was een stoomboot te zien. Wanneer je bedrukt papier, dat door een christelijke telegramjongen aan huis wordt bezorgd, mag geloven, bevond zich op dat schip mijn oom met drie vrouwen en twee eunuchen. Ik moest hem afhalen. Ik liep de trap af. De wagen reed voor. Snel gingen we naar de rumoerige haven.

Mijn oom was een voornaam man. Sjah Nasir al-Din had hem genadig de titel Assad ed Davleh verleend – 'Leeuw van het Keizerrijk'. Je mocht hem beslist niet anders noemen. Hij had drie vrouwen, veel dienaren, een paleis in Teheran en grote landgoederen in Mazdaran. Vanwege een van zijn vrouwen kwam hij naar Bakoe. Het was de kleine Zeinab. Ze was pas achttien, en mijn oom hield meer van haar dan van zijn andere vrouwen. Ze was ziek, ze kreeg geen kinderen, en juist van haar wilde mijn oom kinderen hebben. Met dat doel was ze eerder al naar Hamadam gereisd. Daar staat midden in de woestijn, uit roodachtige steen gehouwen, met een raadselachtige blik, het beeld van een leeuw. Oude koningen met bijna vergeten namen hebben die daar neergezet. Eeuwenlang al trekken vrouwen naar die leeuw, kussen zijn enorme lid en verwachten daarvan een gezegend moederschap en een schare kinderen. De leeuw had de arme Zeinab niet geholpen. Evenmin het amulet van de derwisjen uit Kerbela, de toverspreuken van de wijzen uit Meshed en de geheime kunsten van de oude, in de liefde ervaren vrouwen van Teheran. Nu kwam ze naar Bakoe om door de kundigheid van westerse artsen te bereiken waarin inheemse wijsheid in gebreke was gebleven. Arme oom! De twee andere vrouwen, ongeliefd en oud, moest hij meenemen. Dat schreven de zeden voor: 'Je kunt één, twee, drie en vier vrouwen hebben, op voorwaarde dat je ze op gelijke manier behandelt.' En op gelijke manier behandelen wil zeggen dat je ze allemaal hetzelfde aanbiedt, bijvoorbeeld een reis naar Bakoe.

Maar goed beschouwd ging me dat allemaal niets aan. Vrouwen horen in het anderun, in de binnenste vertrekken van het huis. Een welopgevoed man spreekt niet over hen, vraagt niet naar hen en laat hen niet de groeten doen. Ze zijn de schaduw van hun man, ook wanneer mannen zich vaak alleen in de schaduw van hun vrouwen prettig voelen. Zo is het goed en wijs. 'Een vrouw heeft niet meer verstand dan een kippenei haren', luidt bij ons een spreekwoord. Schepsels zonder verstand moeten worden bewaakt, anders brengen ze onheil, aan zichzelf en anderen. Ik vind het een wijze regel.

De kleine stoomboot naderde de pier. Matrozen met brede, behaarde borst legden de loopplank uit. Passagiers kwamen in drommen naar beneden: Russen, Armeniërs, joden, in grote haast, alsof elke minuut die ze eerder aan land gingen telde. Mijn oom liet zich niet zien. 'Snelheid is des duivels,' zei hij altijd. Pas toen alle passagiers het schip hadden verlaten, verscheen de sierlijke gestalte van de 'Leeuw van het Keizerrijk'.

Hij droeg een jas met zijden revers, een rond, zwart bontmutsje op zijn hoofd en pantoffels aan zijn voeten. Zijn brede baard was geverfd met henna, evenals zijn nagels, allebei ter herinnering aan het bloed dat de martelaar Hoessein duizend jaar geleden voor het ware geloof had vergoten. Hij had vermoeide, kleine ogen en bewoog langzaam. Achter hem schreden, zichtbaar opgewonden, drie gestalten, van hoofd tot voeten gekleed in dichte, zwarte sluiers: zijn vrouwen. Daarachter liepen de twee eunuchen, de een met het geleerde gezicht van een uitgedroogde hagedis, de ander klein, pafferig en trots, de hoeders van de eer van zijne excellentie.

Langzaam schreed mijn oom over de loopplank. Ik omhelsde hem en kuste hem eerbiedig op zijn linkerschouder, hoewel dat op straat helemaal niet absoluut noodzakelijk was. Zijn vrouwen keurde ik geen blik waardig. We stapten in de wagen. Vrouwen en eunuchen volgden ons in gesloten rijtuigen. Het zag er zo indrukwekkend uit dat ik de koetsier het bevel gaf een omweg te maken over de strandpromenade. Opdat de stad mijn oom naar behoren kon bewonderen.

Op de strandpromenade stond Nino en keek me met lachende ogen aan.

Mijn oom streek voornaam over zijn baard en vroeg wat er voor nieuws was in de stad.

'Niet veel,' zei ik, mij van mijn plicht bewust met iets onbelangrijks te beginnen, om daarna over te gaan op belangrijker zaken. 'Dadasj Beg heeft vorige week Achund Sadé met een dolk vermoord, omdat Achund Sadé terugkwam in de stad hoewel hij acht jaar geleden de vrouw van Dadasj Beg heeft ontvoerd. Op de dag dat hij aankwam heeft Dadasj Beg hem met zijn dolk gedood. Nu zoekt de politie hem. Maar die zullen hem niet vinden, hoewel elke man weet dat Dadasj Beg in het dorp Mardakyan zit. Verstandige mensen zeggen dat Dadasj Beg juist heeft gehandeld!'

Mijn oom knikte instemmend. Of er nog meer nieuwtjes waren?

'Ja, in Bibi-Eibat hebben de Russen veel nieuwe olie ontdekt. Nobel heeft een grote Duitse machine het land binnengebracht om een stuk zee te dempen en naar olie te boren.'

Mijn oom was erg verbaasd. 'Allah, Allah,' zei hij en kneep

bezorgd zijn lippen op elkaar.

'...Bij ons thuis is alles in orde, en als God het wil verlaat ik volgende week het huis der kennis.'

Zo sprak ik de hele tijd en de oude man luisterde aandachtig. Pas toen de wagen ons huis naderde, keek ik naar opzij en zei langs mijn neus weg:

'In de stad is een beroemde arts uit Rusland aangekomen. De mensen zeggen dat hij heel veel weet en dat hij in het gezicht van de mensen het verleden ziet en het heden en daaruit de toekomst af kan leiden.'

De ogen van mijn oom waren van waardige verveling half gesloten. Ongeïnteresseerd informeerde hij naar de naam van die wijze man, en ik zag dat hij erg tevreden was over mij.

Want dat alles wordt bij ons goede manieren en voorname opvoeding genoemd.

2

We zaten op het platte, beschutte dak van ons huis: mijn vader, mijn oom en ik. Het was erg warm. Zachte, veelkleurige tapijten uit Karabach met barbaars-groteske motieven waren op het dak uitgespreid en wij zaten er met gekruiste benen op. Achter ons stonden dienaren met lantaarns. Voor ons op het tapijt lokte het hele assortiment oriëntaalse lekkernijen – honingkoek, gekonfijte vruchten, schapenvlees aan het spit en rijst met kip en rozijnen.

Ik bewonderde, zoals zo vaak, de elegantie van mijn vader en mijn oom. Zonder hun linkerhand te bewegen trokken ze brede stukken van het brood, vormden daarmee een puntzakje, vulden dat met vlees en brachten het naar hun mond. Met volmaakte gratie stak mijn oom drie vingers van zijn rechterhand in het vette, dampende rijstgerecht, pakte een beetje rijst, vormde het tot een balletje en bracht dat naar zijn mond, zonder ook maar één korreltje rijst te laten vallen.

Mijn hemel, de Russen verbeelden zich heel wat dat ze de kunst verstaan met mes en vork te eten, hoewel ook de grootste stomkop dat binnen een maand kan leren. Ik kan heel gemakkelijk met mes en vork eten en ik weet dat het bij Europeanen aan tafel zo hoort. Maar hoewel ik al achttien ben, kan ik niet met de volmaakte voornaamheid van mijn vader of mijn oom met niet meer dan drie vingers van mijn rechterhand de lange reeks oriëntaalse spijzen nuttigen zonder zelfs maar mijn handpalm vuil te maken. Nino noemt onze manier van eten barbaars. In huize Kipiani wordt altijd aan tafel gegeten en op de Europese manier. Bij ons alleen wanneer Russische gasten zijn uitgenodigd, en Nino is ontzet bij de gedachte dat ik op het tapijt zit en met mijn hand eet. Ze vergeet dat het nog maar twintig jaar geleden is dat haar eigen vader voor het eerst een vork in zijn hand kreeg.

De maaltijd was beëindigd. We wasten onze handen en mijn oom sprak een kort gebed. Toen werden de spijzen weggebracht. Kleine kopjes met sterke donkere thee werden aangereikt, en mijn oom begon te spreken, zoals oude mensen na een goede maaltijd plegen te spreken – breedsprakig en ietwat babbelziek. Mijn vader sprak niet veel, ik zweeg, want zo hoort het nu eenmaal. Alleen mijn oom sprak, en wel, zoals altijd wanneer hij in Bakoe was, over de tijden van de grote Nasir al-Din Sjah, aan wiens hof hij een belangrijke, maar mij niet helemaal duidelijke rol had gespeeld:

'Dertig jaar,' zei mijn oom, 'heb ik op het tapijt van de gunst van de koning der koningen gezeten. Drie keer heeft Zijne Majesteit mij meegenomen op zijn reizen naar het buitenland. Op die reizen heb ik de wereld van het ongeloof beter leren kennen dan wie ook. We hebben keizerlijke en koninklijke paleizen bezocht en de beroemdste christenen van die tijd. Het is een merkwaardige wereld, en het merkwaardigst behandelt die wereld de vrouwen. De vrouwen, zelfs de vrouwen van koningen en keizers, lopen heel bloot door de paleizen, en niemand windt zich daarover op, misschien omdat de christenen geen echte mannen zijn, misschien om een andere reden. God alleen weet het. Daar staat tegenover dat de ongelovigen zich over heel onschuldige dingen opwinden. Een keer was Zijne Majesteit bij de tsaar uitgenodigd voor het eten. Naast hem zat de tsarina. Op het bord van Zijne Majesteit lag een heel mooi stuk kip. Zijne Majesteit pakte het mooie, vette stuk heel voornaam met de drie vingers van zijn rechterhand en legde het op het bord van de tsarina, om haar daarmee te eren. De tsarina werd heel bleek en begon van schrik te hoesten. Later hoorden we dat veel hovelingen en prinsen zeer geschokt waren over die voorkomende daad van de sjah. Zo laag staat de vrouw in het aanzien van de Europeanen! Ze laten de naaktheid van hun vrouwen aan de hele wereld zien en hoeven niet hoffelijk te zijn. De Franse ambassadeur mocht zelfs na het diner de vrouw van de tsaar omarmen en bij de klanken van afschuwelijke muziek rondjes met haar draaien door de zaal. De tsaar zelf en veel officieren van zijn garde keken toe, maar niemand beschermde de eer van de tsaar.

In Berlijn zagen we een nog veel merkwaardiger schouwspel. Ze hadden ons meegenomen naar de opera. Op het grote toneel stond een erg dikke vrouw afschuwelijk te zingen. De opera heette "De Afrikaanse vrouw". De stem van de zangeres vonden we niet mooi. Keizer Wilhelm merkte het en bestrafte de vrouw terstond. In de laatste akte kwamen er veel negers het toneel op en maakten daar een grote brandstapel. De vrouw werd geboeid en langzaam verbrand. We waren daarover erg tevreden. Later zei iemand tegen ons dat het vuur symbolisch was. Maar we geloofden het niet, want de vrouw schreeuwde net zo verschrikkelijk als de ketterse vrouw Hurriët ül Ain, die de sjah kort daarvoor in Teheran had laten verbranden.'

Mijn oom zweeg, in gedachten en herinneringen verzonken. Toen slaakte hij een diepe zucht en ging verder:

'Eén ding kan ik maar niet begrijpen van de christenen: ze hebben de beste wapens, de beste soldaten en de beste fabrieken, die alles produceren wat nodig is om vijanden te verslaan. Elke mens die iets uitvindt om andere mensen gemakkelijk, snel en massaal dood te maken, wordt hogelijk vereerd, krijgt veel geld en een orde. Dat is allemaal mooi en goed. Want oorlog moet er zijn. Aan de andere kant bouwen de Europeanen de beste ziekenhuizen, en een mens die iets uitvindt tegen de dood, of een mens die in de oorlog vijandige soldaten beter maakt en te eten geeft, wordt eveneens hogelijk vereerd en krijgt ook een orde. De sjah, mijn hoge heer, was er altijd verbaasd over dat je mensen die het tegenovergestelde presteren en het tegenovergestelde willen, evenveel beloont. Hij sprak er een keer over met de caesar van Wenen, maar ook de caesar kon het hem niet verklaren. Ons verachten de Europeanen daarentegen zeer, omdat voor ons vijanden vijanden zijn, omdat wij ze doden en niet ontzien. Ze verachten ons, omdat wij vier vrouwen mogen hebben en omdat wij leven en regeren op de manier die God ons heeft bevolen.'

Mijn oom viel stil. Het werd donker. Zijn schaduw leek op een magere, oude vogel. Hij richtte zich op, hoestte als een oude man en zei fel:

'En toch, hoewel wij alles doen wat onze God van ons vraagt, neemt hun macht en hun kracht voortdurend toe, terwijl de onze afneemt. Wie kan mij uitleggen hoe dat komt?'

We konden het hem niet zeggen. Hij kwam overeind, een oude, vermoeide man, en scharrelde naar beneden naar zijn kamer.

Mijn vader volgde hem. De bedienden ruimden de theekopjes weg. Ik bleef alleen achter op het dak. Ik wilde niet gaan slapen.

Duisternis lag over onze stad, die op een dier leek dat op de loer ligt, klaar voor de sprong of het spel. Het waren eigenlijk twee steden, en de een lag in de ander als een noot in een dop.

De dop, dat was de buitenstad, buiten de oude muur. De straten daar waren breed, de huizen hoog, de mensen op geld belust en luidruchtig. Die buitenstad was ontstaan uit de olie die uit onze woestijn komt en rijkdom brengt. Daar waren theaters, scholen, ziekenhuizen, bibliotheken, politieagenten en mooie vrouwen met blote schouders. Wanneer er geschoten werd in de buitenstad, dan gebeurde dat altijd in verband met geld. In de buitenstad begon de geografische grens van Europa. Nino woonde in de buitenstad.

Binnen de muur waren de huizen klein en gebogen als de kling van de oriëntaalse degen. Gebedstorens van moskeeën prikten door de milde maan en waren heel anders dan de boortorens van het huis Nobel. Bij de oostelijke muur van de oude stad verhief zich de Maagdentoren. Mehmed Joessoef Khan, heerser te Bakoe, bouwde die ter ere van zijn dochter, met wie hij wilde trouwen. Het huwelijk werd niet voltrokken. De dochter wierp zich van de toren toen haar op liefde beluste vader de trap op kwam rennen naar haar kamer. De steen waarop haar meisjeshoofd te pletter sloeg, heet de Steen van de Maagd. Bruiden leggen daar soms voorafgaand aan hun bruiloft plechtig bloemen neer.

Veel bloed is door de smalle straten van onze stad gevloeid – mensenbloed. En dat vergoten bloed maakt ons sterk en dapper.

Vlak vóór ons huis verheft zich de poort van de vorst Zizianasjvili, en ook daar stroomde ooit bloed, mooi, edel mensenbloed. Het was heel lang geleden, toen ons land nog bij Perzië hoorde en schatplichtig was aan de gouverneur van Azerbaidzjan. De vorst was generaal in het leger van de tsaar en belegerde onze stad. In de stad heerste Hassan Kuli Khan. Hij opende de poorten van de stad, liet de vorst binnen en verklaarde dat hij zich overgaf aan de grote, witte tsaar. De vorst reed, slechts door een paar officieren begeleid, de stad binnen. Op het plein voor de poort werd een gelag voorbereid. Houtstapels brandden, hele ossen werden aan het spit geroosterd. Vorst Zizianasjvili werd dronken, hij legde zijn vermoeide hoofd op de borst van Hassan Kuli Khan. Toen trok een van mijn voorvaderen, Ibrahim Khan Shirvanshir, een grote kromme dolk en sneed langzaam de keel van de vorst door. Bloed spatte op zijn gewaad, maar hij ging door met snijden tot hij het hoofd van de vorst in zijn hand hield. Het hoofd werd in een zak met zout gelegd en mijn voorvader bracht die naar Teheran, naar de koning der koningen. Maar de tsaar besloot de moord te wreken. Hij stuurde vele soldaten. Hassan Kuli Khan sloot zich op in zijn paleis, bad en dacht aan morgen. Toen de soldaten van de tsaar over de muur klommen, vluchtte hij door de onderaardse gang, die nu is ingestort, naar de zee en toen naar Perzië. Voordat hij de onderaardse gang betrad, schreef hij boven de toegangsdeur een enkele, maar zeer wijze zin: 'Wie aan morgen denkt, kan nooit dapper zijn.'

Wanneer ik uit school kwam, dwaalde ik vaak door het vervallen paleis. De hal waar recht werd gesproken, met de enorme moorse zuilengalerijen, ligt er leeg en verlaten bij. Wie in onze stad zijn recht zoekt, moet naar de Russische rechter buiten de muur gaan. Maar dat doen alleen een paar querulanten. En heus niet omdat de Russische rechters slecht of onrechtvaardig zijn. Ze zijn mild en rechtvaardig, maar op een manier die ons volk niet bevalt. Een dief komt in de gevangenis. Daar zit hij in een schone cel, krijgt thee, ja zelfs suiker in de thee. Niemand heeft daar iets aan, de bestolene al helemaal niet. Het volk haalt zijn schouders erover op en maakt zelf zijn recht. 's Middags komen de klagers naar de moskee, de wijze Ouden zitten in een kring en spreken recht naar de wetten van de sharia, volgens de wet van Allah: 'Oog om oog, tand om tand'. 's Nachts sluipen vaak vermomde figuren door de smalle straten. Een dolk flitst, een korte schreeuw, en recht is geschied. Bloedvetes verplaatsen zich van huis tot huis. En zelden loopt er iemand naar de Russische rechter, en doet hij het toch, dan verachten de wijzen hem, en de kinderen steken op straat hun tong tegen hem uit.

Soms wordt er een zak door de nachtelijke straten gedragen. Uit de zak stijgt een onderdrukt gejammer op. Bij de zee een zacht gespetter, de zak verdwijnt. De volgende dag zit een man op de vloer van zijn kamer, zijn gewaad is verscheurd, zijn ogen staan vol tranen, hij heeft de wet van Allah vervuld – de dood aan zijn overspelige vrouw.

Veel geheimen verbergt onze stad. In alle uithoeken ervan kom je merkwaardige wonderen tegen. Ik hou van die wonderen, die uithoeken, het murmelende duister van de nacht en het zwijgende mediteren tijdens de gloeiende, stille namiddagen op de binnenplaats van de moskee. God heeft mij hier ter wereld laten komen als moslim van de sji'itische leer, de geloofsrichting van de imam Dja'far. Wanneer hij mij genadig is, moge hij mij hier ook laten sterven, in dezelfde straat, hetzelfde huis waarin ik ter wereld ben gekomen. Mij en Nino, die een Georgische christin is, met mes en vork eet, lachende ogen heeft en dunne, ragfijne zijden kousen draagt.

3

Het gala-uniform van de eindexamenkandidaten had een kraag met zilveren tressen. De zilveren gesp van de koppel en de zilveren knopen waren gepoetst tot ze glommen. De stugge, grijze stof nog warm van het strijkijzer. We stonden met ontbloot hoofd en stil in de grote zaal van het gymnasium. Het plechtige ritueel van het examen begon ermee dat wij allen de God van de orthodoxe kerk om hulp smeekten, wij veertig leerlingen, waarvan er slechts twee lid waren van de staatskerk.

De pope, in het zware goud van het feestelijke kerkgewaad, met zijn lange, geparfumeerde haar, het grote gouden kruis in zijn hand, begon met het gebed. De zaal vulde zich met wierook, de leraar en de twee aanhangers van de staatskerk knielden neer.

De woorden van de pope, met de zingende intonatie van de orthodoxe kerk gesproken, klonken dof in onze oren. Hoe vaak hebben we dat niet gehoord, ongeïnteresseerd en onverschillig, in de loop van die acht jaar:

'...Voor de allervroomste, allermachtigste, allerchristelijkste heerser en keizer Nicolas II Alexandrovitsj Gods zegen... en voor alle zeevarenden en reizigers, voor alle lerende en leidinggevende mensen, en voor alle krijgers die op het veld van eer hun leven voor geloof, tsaar en vaderland hebben gegeven, en voor alle orthodoxe christenen Gods zegen...'

Verveeld staarde ik naar de muur. Daar hing, in een brede, gouden lijst, levensgroot, op een byzantijns icoon lijkend, onder de grote dubbele adelaar de beeltenis van de allervroomste en allermachtigste heerser en keizer. Het gezicht van de tsaar was langwerpig, zijn haar blond, hij keek met lichte, koude ogen voor zich uit. Het aantal ordes op zijn borst was enorm. Al acht jaar probeerde ik ze te tellen en raakte telkens weer de tel kwijt in die medaillepracht.

Vroeger hing naast het portret van de tsaar het portret van de tsarina. Toen werd het weggehaald. De mohammedanen van buiten de stad namen aanstoot aan haar decolleté en deden hun kinderen niet op de school.

Terwijl de pope bad, kwamen wij in een plechtige stemming. Niet voor niets, want het was een zeer opwindende dag. Vanaf de prille ochtend deed ik alles om die waardig door te komen. Heel vroeg nam ik me voor tegen iedereen in huis aardig te zijn. Maar omdat de meeste mensen nog sliepen, kon ik daar nog geen begin mee maken. Op weg naar school gaf ik aan alle bedelaars geld. Zeker is zeker. In mijn opwinding gaf ik aan één bedelaar zelfs in plaats van vijf kopeken een hele roebel. Toen hij mij uitvoerig bedankte, zei ik waardig:

'Bedank niet mij, bedank Allah, die van mijn hand gebruik heeft gemaakt om te geven!'

Na zo'n vrome spreuk kon je onmogelijk zakken.

Het gebed was klaar. In ganzenpas liepen we naar de examentafel. De examencommissie leek op de muil van een voorwereldlijk monster: bebaarde gezichten, sombere blikken, gouden gala-uniformen. Alles was heel plechtig en angstaanjagend. Hoewel de Russen niet graag een mohammedaan laten zakken. Wij hebben allemaal veel vrienden, en onze vrienden zijn potige jongens met dolken en revolvers. De leraren weten het, en voor de wilde bandieten die hun leerlingen zijn, zijn ze niet minder bang dan hun leerlingen voor hen. Overgeplaatst worden naar Bakoe wordt door de meeste leraren als een straf van God beschouwd. Gevallen waarbij leraren in donkere stegen werden overvallen en in elkaar werden geslagen, komen niet zelden voor. Het gevolg daarvan was altijd dat de daders onbekend bleven en de leraren moesten worden overgeplaatst. Daarom doen ze ook een oogje dicht wanneer leerling Ali Khan Shirvanshir tamelijk opzichtig de wiskundesommen van zijn buurman Metalnikov overschrijft. Slechts één keer, terwijl ik nog druk bezig ben met overschrijven, komt de leraar bij me staan en sist wanhopig:

'Niet zo opvallend, Shirvanshir, we zijn niet alleen.'

Het schriftelijk examen wiskunde ging van een leien dakje. Tevreden slenterden we door de Nicolaasstraat, bijna al niet meer als leerlingen. Morgen stond schriftelijk Russisch op het programma. Het thema kwam, zoals altijd, in een verzegeld pakje uit Tiflis. De rector haalde het papier eraf en las plechtig:

'De vrouwelijke personages van Toergenjev als ideale belichaming van de Russische vrouwenziel.'

Een gemakkelijk thema. Ik kon schrijven wat ik wilde, ik hoefde alleen maar de loftrompet te steken over de Russische vrouwen, dan had ik het spelletje al gewonnen. Schriftelijk natuurkunde was moeilijker. Maar waar wijsheid het liet afweten, hielp de beproefde kunst van het overschrijven een handje. Dus ging natuurkunde ook gesmeerd, waarop de commissie de delinquenten een dag rust toestond.

Toen kwam het mondeling. Daarbij kon je niet terugvallen op een list. Je moest op eenvoudige vragen moeilijke antwoorden geven. De eerste toets betrof religie. De mullah van het gymnasium, in een lange, golvende pij, omgord met de groene sjerp van een nakomeling van de profeet, anders altijd bescheiden op de achtergrond, zat plotseling vooraan aan de tafel. Hij had een mild hart voor zijn leerlingen. Mij vroeg hij alleen naar de geloofsformule en liet me gaan met het hoogste cijfer, nadat ik keurig de sji'itische geloofsbelijdenis had opgezegd:

'Er is geen God dan Allah. Mohammed is Zijn profeet en Ali de plaatsvervanger van Allah.'

Dat laatste was vooral belangrijk, want alleen dat onderscheidde de vrome sji'ieten van de dolende broeders van de soennitische richting, die het echter niet helemaal zonder de genade van Allah hoefden te stellen. Aldus leerde de mullah ons, want hij was een liberaal.

Daar stond tegenover dat de geschiedenisleraar allesbehalve liberaal was. Ik trok het briefje met de vraag, las die, en voelde me helemaal niet op mijn gemak. 'De overwinning van Madatov bij Gandzja', stond erop. Ook de leraar voelde zich niet echt op zijn gemak. Bij de slag van Gandzja versloegen de Russen op slinkse wijze de beroemde Ibrahim Khan Shirvanshir, met wiens hulp Hassan Kuli ooit het hoofd van de vorst Zizianasjvili had afgesneden.

'Shirvanshir, je kunt gebruik maken van je recht de vraag te ruilen.'

De woorden van de leraar klonken zacht. Ik keek wantrouwig naar de glazen schaal waarin als lootjes in een loterij de briefjes met de examenvragen lagen. Elke leerling had het recht het getrokken briefje één keer om te ruilen. Hij verloor daardoor alleen de kans op het hoogste cijfer. Maar ik wilde het lot niet tarten. Over de dood van mijn voorvader wist ik tenminste iets te vertellen. Maar in de glazen schaal lagen nog heel verraderlijke vragen over de volgorde van de Friedrichs, de Wilhelms en de Friedrich Wilhelms in Pruisen of de oorzaken van de Amerikaanse bevrijdingsoorlogen. Wie zou dat allemaal nog op een rijtje hebben? Ik schudde mijn hoofd:

'Dank u, ik houd mijn vraag.'

Toen vertelde ik, zo netjes als ik kon, over prins Abbas Mirza van Perzië, die met een leger van veertigduizend man uit Tebriz vertrok om de Russen uit Azerbaidzjan te verdrijven. Hoe de

Armeniër generaal Madatov met zijn vijfduizend man hem bij Gandzja tegenkwam en met kanonnen op de Perzen liet schieten, waarop prins Abbas Mirza van zijn paard viel en zich in een sloot verstopte, het hele leger uiteenviel en Ibrahim Khan Shirvanshir met een groep dappere krijgers bij een poging om op de vlucht de rivier over te steken werd gevangengenomen en doodgeschoten.

'De overwinning berustte minder op de dapperheid van de troepen dan op de technische superioriteit van de kanonnen van Madatov. Het gevolg van de Russische overwinning was de vrede van Turkmenistan, waarbij de Perzen een tribuut moesten betalen, wat vijf provincies ruïneerde die het bijeen moesten brengen.'

Dat slot kostte me de kwalificatie 'goed'. Ik had moeten zeggen:

'De oorzaak van de overwinning was de weergaloze moed van de Russen, die de in aantal achtmaal sterkere vijand op de vlucht joegen. Het gevolg van de overwinning was de vrede van Turkmenistan, die het de Perzen mogelijk maakte aansluiting te vinden bij de westerse cultuur en de westerse markten.'

Maar hoe dan ook, de eer van mijn voorvaderen was me het verschil tussen goed en voldoende wel waard.

Nu was het voorbij. De rector hield een plechtige toespraak. Met grote waardigheid en morele ernst verklaarde hij ons voor rijp, en toen renden we als ontslagen gevangenen de trap af. De zon verblindde ons. Het gele zand van de woestijn lag in heel fijne korreltjes op het asfalt, de politieagent op de hoek, die acht jaar lang zo vriendelijk was geweest ons te beschermen, feliciteerde iedereen en kreeg van elk van ons vijftig kopeken. Als een horde bandieten zwermden we juichend en schreeuwend uit over de stad.

Ik ging snel naar huis en werd ontvangen als Alexander na de overwinning op de Perzen. De dienaren keken me vol angst en beven aan. Mijn vader overlaadde me met kussen en schonk me de vervulling van drie wensen, die ik naar believen kon kiezen. Mijn oom merkte op dat een zo wijs man aan het hof in Teheran thuishoorde, waar hij het ongetwijfeld ver zou schoppen.

Heimelijk sloop ik, nadat de eerste opwinding was geluwd, naar de telefoon. Twee weken lang had ik niet met Nino gesproken. Een wijs voorschrift gebiedt de man de omgang met vrouwen te mijden wanneer hij zaken moet afhandelen die van levensbelang zijn. Nu pakte ik de hoorn van het vormeloze apparaat, draaide aan de belhendel en riep:

'33-81.'
Nino's stem meldde zich:
'Geslaagd, Ali?'
'Ja, Nino.'
'Gefeliciteerd, Ali!'
'Wanneer en waar, Nino?'
'Om vijf uur bij de vijver in de gouverneurstuin, Ali.'

Nog meer zeggen was niet toegestaan. Achter mijn rug loerden de nieuwsgierige oren van familieleden, dienaren en eunuchen. Achter Nino's rug mevrouw haar moeder, de deftige dame. Ophangen dus. Stem zonder lichaam is toch al iets zo ongewoons dat je er niet veel plezier aan beleeft.

Ik liep naar boven naar de grote kamer van mijn vader. Hij zat op de divan en dronk thee. Naast hem mijn oom. Dienaren stonden langs de muren nieuwsgierig naar me te kijken. Het eindexamen was nog lang niet voorbij. Op de drempel van het leven moest de vader formeel en openlijk de wijsheid van het leven op zijn zoon overdragen. Het was ontroerend en een beetje ouderwets.

'Mijn zoon, nu je in het leven treedt is het noodzakelijk dat ik je nog eens nadrukkelijk op je plichten als moslim wijs. We leven hier in het land van het ongeloof. Om niet ten onder te gaan moeten we vasthouden aan oude zeden en oude gebruiken. Bid vaak, mijn zoon, drink niet, kus geen vreemde vrouwen, wees goed voor de armen en hulpbehoevenden en wees altijd bereid het zwaard te trekken en voor het geloof te vallen. Wanneer je op het veld sterft, zal dat mij, oude man, pijn doen, maar wanneer je in oneer in leven blijft, zal ik, oude man, mij schamen. Vergeef je vijanden nooit, mijn zoon, we zijn geen christenen. Denk niet aan morgen, dat maakt laf, en vergeet nooit het geloof van Mohammed, in sji'itische interpretatie de richting van de imam Dja'far.'

De gezichten van mijn oom en van de bedienden stonden plechtig en dromerig. Ze luisterden naar de woorden van mijn vader, alsof die een openbaring waren. Toen ging mijn vader staan, pakte mijn hand en zei plotseling met bevende en gedempte stem:

'En één ding smeek ik je: houd je niet met politiek bezig! Alles wat je wilt, alleen geen politiek.'

Ik zwoer het met een blij gemoed. Alles wat met politiek te maken had stond ver van mij af. Nino was naar mijn weten geen politiek probleem. Mijn vader omarmde me opnieuw. Nu was ik definitief rijp.

Om halfvijf slenterde ik, nog steeds in groot gymnasiastengala, door de Vestingstraat naar de strandpromenade. Vervolgens rechtsaf, langs het gouverneurspaleis, naar de tuin die met zo ongelooflijk veel moeite was aangelegd in de weerbarstige aarde van Bakoe.

Het was een vrij en merkwaardig gevoel. De hoofdman van de stad reed langs in zijn wagen en ik hoefde niet in de houding te gaan staan en ook geen militaire groet te brengen, zoals ik acht jaar lang had moeten doen. De zilveren kokarde met de initialen van het gymnasium te Bakoe had ik plechtig van mijn pet af gehaald. Ik liep voor mijn plezier te wandelen als vrij man, en heel even voelde ik zelfs de behoefte in het openbaar een sigaret op te steken. Maar de afkeer van tabak was toch sterker dan de verzoeking van de vrijheid. Ik zag af van de sigaret en liep het park in.

Het was een grote, stoffige tuin met hier en daar een treurig uitziende boom en met geasfalteerde paden. Rechts liep de oude vestingmuur. In het midden glansden in wit marmer de Dorische zuilen van de stadssociëteit. Tussen de bomen in stonden talloze banken. Een paar stoffige palmen boden onderdak aan drie flamingo's, die onbeweeglijk naar de rode bol van de ondergaande zon keken. Niet ver van de sociëteit was de vijver, dat wil zeggen een enorm, met stenen platen bekleed, rond en diep bassin, waarvan het stadsbestuur de bedoeling had het met water te vullen en er ter verlevendiging zwanen op rond te laten zwemmen. Maar het bleef bij goede bedoelingen. Water was duur, en zwanen waren er in het hele land niet. Het bassin staarde eeuwig leeg naar de hemel, als het weggevreten oog van een dode cycloop.

Ik ging op een bank zitten. De zon stond te stralen achter de chaotische wirwar van de grijze, vierkante huizen en hun vlakke daken. De schaduw van de boom achter me werd lang. Er kwam een vrouw langs met een blauwgestreepte sluier en klepperende pantoffels. Vanuit de sluier keek roofvogelachtig een lange, gebogen neus. De neus besnuffelde me. Ik keek de andere kant op. Een merkwaardige moeheid overviel me. Het was goed dat Nino geen sluier droeg en geen lange, gebogen neus had. Nee, ik zou Nino niet in de sluier stoppen. Of misschien toch? Ik wist het niet meer precies. Ik zag het gezicht van Nino in het schijnsel van de ondergaande zon. Nino Kipiani – een mooie, Georgische naam, eerbare ouders met Europese neigingen. Wat ging mij dat aan? Nino had een lichte huid en grote, lachende, fonkelende, donkere, Kaukasische ogen onder lange, zachte wimpers. Alleen Georgische vrouwen hadden zulke ogen vol milde vrolijkheid. Verder niemand. Europese vrouwen niet. Aziatische vrouwen ook niet. Dunne wenkbrauwen als halvemanen en een profiel als de madonna. Het stemde me bedroefd. De vergelijking maakte me somber. Er zijn zoveel vergelijkingen voor een man in het Oosten. Voor deze vrouwen blijft alleen de vergelijking over met de christelijke Mirjam, het zinnebeeld van een vreemde, onbegrijpelijke wereld.

Ik boog mijn hoofd. Voor me lag het geasfalteerde pad van de gouverneurstuin, bedekt door het stof van de grote woestijn. Het zand verblindde. Ik deed mijn ogen dicht. Toen klonk aan mijn rechterzijde een vrij, vrolijk gelach:

'Heilige Georgius! Daar zit Romeo, die in afwachting van zijn Julia in slaap valt.'

Ik sprong overeind. Naast me stond Nino. Ze droeg nog steeds het zedige, blauwe uniform van het lyceum van de heilige Tamar. Ze was heel slank, veel te slank voor de smaak van het Oosten. Maar juist die tekortkoming maakte in mij een tedere compassie wakker. Ze was zeventien, en ik kende haar vanaf de eerste dag dat ze door de Nicolaasstraat liep op weg naar het lyceum.

Nino ging zitten. Haar ogen straalden achter het fijne net van haar gebogen, Georgische wimpers.

'Dus toch geslaagd? Ik maakte me een beetje zorgen om je.'

Ik legde mijn arm om haar schouders.

'Het was wel een beetje spannend. Maar je ziet, God staat de vromen bij.'

Nino glimlachte.

'Over een jaar moet jij bij mij de rol van de lieve God op je nemen. Ik reken erop dat je bij ons examen onder mijn bank zit en mij bij wiskunde de oplossingen toefluistert.'

Daarover waren we het al jaren eens, sinds de dag waarop Nino, twaalf jaar oud en helemaal in tranen, in de grote pauze naar ons toe was komen lopen en mij meesleepte naar haar klas, waar ik een heel uur onder haar bank zat en haar de oplossing van haar wiskundesommen toefluisterde. Sinds die dag ben ik in de ogen van Nino een held.

'Wat doet je oom met zijn harem?' vroeg Nino.

Ik trok een ernstig gezicht. Eigenlijk waren de dingen die met de harem te maken hadden geheim. Maar tegenover Nino's onschuldige nieuwsgierigheid hielden de wetten van de oosterse zedigheid geen stand. Mijn hand woelde in haar zachte, zwarte haar:

'De harem van mijn oom staat op het punt naar huis te vertrekken. De westerse medische wetenschap moet tot ieders verrassing effect hebben gehad. Maar het bewijs is nog niet geleverd. In blijde verwachting is vooraleerst mijn oom, en niet tante Zeinab.'

Nino fronste haar kinderlijke voorhoofd:

'Erg fraai is dat niet allemaal. Mijn vader en mijn moeder zijn er erg tegen, een harem is iets schandelijks.'

Ze sprak als een scholiere die haar lesje opzegt. Mijn lippen raakten haar oor aan:

'Ik zal geen harem hebben, Nino, heel zeker niet.'

'Maar vermoedelijk zul je je vrouw in de sluier stoppen.'

'Misschien, dat hangt ervan af. Een sluier is heel nuttig. Die beschermt tegen zon, stof en blikken van vreemden.'

Nino kreeg een kleur.

'Jij zult altijd een Aziaat blijven, Ali, wat kunnen blikken van vreemden je schelen? Een vrouw wil behagen.'

'Maar alleen haar man. Een ongesluierd gezicht, een blote rug, half ontblote borsten, doorzichtige kousen om slanke benen – dat zijn allemaal beloften die een vrouw moet inlossen. Een man die zoveel ziet van een vrouw, wil ook méér zien. Om de man tegen zulke verlangens te beschermen is de sluier er.'

Nino keek me verbaasd aan:

'Dacht je dat in Europa meisjes van zeventien en jongens van negentien over dat soort dingen praten?'

'Waarschijnlijk niet.'

'Dan praten wij er ook niet meer over,' zei Nino streng en ze kneep haar lippen op elkaar.

Mijn hand gleed over haar haar. Ze hief haar hoofd op. De laatste straal van de ondergaande zon viel op haar ogen. Ik boog me naar haar toe... Haar lippen openden zich zacht en meegaand. Ik kuste haar erg lang en erg ongepast. Ze ademde zwaar. Ze sloot haar ogen, en de schaduwen van haar wimpers bedekten haar gezicht. Toen maakte ze zich plotseling van mij los. We zwegen en staarden in de schemering. Na een poosje stonden we ietwat beschaamd op. Hand in hand liepen we de tuin uit.

'Ik zou toch een sluier moeten dragen,' zei ze toen we buiten het hek stonden.

'Of je belofte inlossen.'

Ze glimlachte verlegen. Alles was weer goed en simpel. Ik liep met haar mee naar haar huis.

'Ik kom natuurlijk naar jullie bal!' zei ze bij het afscheid.

Ik hield haar hand vast: 'Wat doe je deze zomer, Nino?'

'Deze zomer? We gaan naar Sjoesja in Karabach. Maar haal je liever niets in je hoofd. Dat betekent nog lang niet dat jij ook naar Sjoesja moet gaan.'

'Prima, dan zien we elkaar dus deze zomer in Sjoesja.'

'Je bent onuitstaanbaar. Ik weet niet waarom ik zo dol op je ben.'

De deur viel achter haar dicht. Ik ging naar huis. De eunuch van mijn oom, die met het wijze gezicht van een uitgedroogde hagedis, grijnsde naar me:

'Georgische vrouwen zijn erg mooi, Khan. Je moet ze niet zo openlijk kussen, in de tuin, waar zoveel mensen langskomen.'

Ik kneep hem in zijn vale wang. Een eunuch mag zich elke vrijpostigheid veroorloven. Hij is geen man en geen vrouw. Hij is iets neutraals.

Ik ging naar mijn vader.

'Je hebt mij drie wensen geschonken. De eerste weet ik al. Ik wil deze zomer in mijn eentje in Karabach doorbrengen.'

Mijn vader keek mij lang aan en knikte toen glimlachend.

4

Seinal Aga was een eenvoudige boer uit het dorp Binigady, niet ver van Bakoe. Hij bezat een lap stoffige, droge woestijngrond, waarop hij lange tijd iets probeerde te verbouwen, tot er bij een kleine, heel gewone aardbeving in zijn armzalige bezit een spleet ontstond en uit die spleet stromen olie te voorschijn spoten. Seinal Aga hoefde vanaf dat moment niet meer handig en ook niet meer verstandig te zijn. Het geld werd hem met handenvol nagesmeten. Hij gaf het uit, vrijgevig en verkwistend, maar het geld werd almaar méér en drukte op hem tot het hem helemaal murw had gemaakt. Op zeker moment moest immers op dat geluk ook de straf volgen, en Seinal Aga leefde in afwachting van die straf, als een veroordeelde in afwachting van zijn terechtstelling. Hij bouwde moskeeën, ziekenhuizen, gevangenissen. Hij maakte een pelgrimstocht naar Mekka en stichtte opvanghuizen voor kinderen. Maar het ongeluk liet zich niet voor de gek houden. Zijn achttienjarige vrouw, met wie hij op zeventigjarige leeftijd was getrouwd, onteerde hem. Hij wreekte zijn eer zoals dat gebruikelijk was, wreed en hard, en werd in de loop van de tijd een uitgebluste man. Zijn gezin viel uiteen, een zoon verliet hem, een andere zoon bracht onnoemelijke schande over hem door de misdaad te begaan van zelfmoord.

Nu leefde hij in de veertig kamers van zijn paleis in Bakoe, grijs, somber, gebogen. Iljas Beg, de enige zoon die hij nog had, was een klasgenoot van ons, en dus vond het eindexamenbal plaats bij Seinal Aga, in de grootste zaal van het huis, waar het enorme plafond helemaal uit mat bergkristal bestond.

Om acht uur liep ik de brede marmeren trap op. Boven begroette Iljas Beg de gasten. Net als ik droeg hij de Tsjerkesdracht, met een sierlijke, smalle dolk in zijn gordel. Net als ik zette hij zijn muts van lamsbont niet af, een privilege dat voortaan ook ons vergund was.

'Seljam-Alejkum, Iljas Beg!' riep ik en raakte met mijn rechterhand mijn muts aan.

We gaven elkaar onze handen volgens het oude inheemse gebruik: mijn rechterhand drukte zijn rechter en zijn linkerhand mijn linker.

'Vandaag wordt de leprozerie gesloten,' fluisterde Iljas Beg me toe.

Ik knikte geamuseerd.

De leprozerie was het geheim en de uitvinding van onze klas. De Russische leraren, ook als ze al jaren in onze stad werkten, hadden geen flauw idee van het rondom liggende land. Zo hadden we hun wijsgemaakt dat zich in de buurt van Bakoe een leprozerie bevond. Wanneer iemand van ons wilde spijbelen, ging de klassenvertegenwoordiger naar de leraar toe en vertelde met klapperende tanden dat er een paar zieken uit de leprozerie naar de stad waren ontvlucht. En dat de politie hen zocht. Het vermoeden was dat ze zich verborgen hielden in het deel van de stad waar de bewuste leerling woonde. De leraar werd bleek en gaf de leerling vrij tot de zieken zouden zijn opgepakt. Dat kon een week duren of ook langer, dat hing ervan af. Geen leraar kwam nog op de gedachte bij de gezondheidsdienst te informeren of er werkelijk een leprozerie was in de buurt van de stad.

Kennelijk verwachtten de leraren alles van ons beangstigende land. Maar vandaag zou de leprozerie plechtig worden gesloten.

Ik betrad de al stampvolle zaal. In de hoek zat met een voornaam, plechtig gezicht, omringd door leraren, onze rector, de Werkelijk Geheime Raadsheer Vassili Grigorjevitsj Chrapko. Ik liep naar hem toe en maakte een eerbiedige buiging. Ik was tegenover de rector de woordvoerder van de mohammedaanse leerlingen, omdat ik een papegaaiachtig instinct had voor talen en dialecten. Terwijl de meesten van ons al bij de eerste Russische zin hun niet-Russische afkomst verraadden, beheerste ik zelfs de verschillende Russische dialecten. Onze rector was afkomstig uit Petersburg, daarom moest je hem op zijn Petersburgs aanspreken, wat betekende dat je de medeklinkers moest lispelen en de klinkers moest inslikken. Het klinkt niet mooi, maar wel heel erg chic. De rector merkte er nooit iets van dat ik hem voor de gek hield en was verheugd over de 'voortschrijdende russificatie van dit verre randgebied'.

'Goedenavond, meneer de rector,' zei ik bescheiden.

'Goedenavond, Shirvanshir, ben je de eindexamenschok al te boven?'

'Ja zeker, meneer de rector. Maar intussen heb ik iets heel vreselijks meegemaakt.'

'Wat dan?'

'Wel, de problemen met de leprozerie. Mijn neef Süleyman was erbij. Hij is immers luitenant bij het Saljan-regiment. Hij is sindsdien erg ziek, en ik moet hem verzorgen.'

'Wat is er dan aan de hand met de leprozerie?'

'O? Meneer de rector weet van niets?! Alle zieken waren het gebouw ontvlucht en marcheerden gisteren op de stad af. Twee eenheden van het Saljan-regiment moesten erop af worden gestuurd. De zieken hadden twee dorpen bezet. De soldaten legden een kordon om de dorpen en schoten iedereen neer, zowel zieke als gezonde mensen. Op dit moment worden de huizen in brand gestoken. Is het niet verschrikkelijk, meneer de rector?

De leprozerie bestaat niet meer. De zieken, met afgevallen ledematen, rottende stukken vlees, voor een deel nog rochelend, liggen onder de rook van de stad en worden één voor één met petroleum overgoten en verbrand.'

Bij de rector stond het zweet op zijn voorhoofd. Waarschijnlijk vroeg hij zich af of het geen tijd werd de minister te verzoeken hem over te plaatsen naar een streek waar het wat geciviliseerder toeging.

'Vreselijk land, vreselijke mensen,' zei hij somber. 'Maar dan zie je weer eens, kinderen, hoe belangrijk het is een ordelijk bestuur en snel handelende overheidsorganen te hebben.'

De klas stond om de rector heen en luisterde gnuivend naar de toespraak over de zegeningen van de orde. De leprozerie was ter aarde besteld. Onze opvolgers zouden zelf iets moeten verzinnen.

'Weet meneer de rector dat de zoon van Mehmed Haidar al in de tweede klas van ons gymnasium zit?' vroeg ik heel onschuldig.

'Wáááát?'

De ogen van de rector puilden uit. Mehmed Haidar was de schande van het gymnasium. Hij bleef in elke klas minstens drie keer zitten. Op zijn zestiende was hij getrouwd, maar bleef desondanks op school. Zijn zoon van negen zat nu op dezelfde school. Eerst probeerde de gelukkige vader dat feit geheim te houden. Maar op een keer kwam de kleine, wat mollige jongen midden in de grote pauze naar hem toe en zei met onschuldige, grote ogen in het Tataars: 'Papa, als jij me geen vijf kopeken geeft voor chocola, dan vertel ik aan mama dat je bij de wiskunderepetitie hebt afgekeken.'

Mehmed Haidar schaamde zich enorm, gaf de brutale bengel een pak slaag en verzocht ons de rector op een geschikt moment voorzichtig op de hoogte te stellen van zijn vaderschap.

'Je wilt toch niet beweren dat Mehmed Haidar, leerling van de zesde klas, een zoon heeft die al in de eerste klas zit?' vroeg de rector.

'Zo is het. Hij vraagt u het hem te vergeven. Maar hij wil dat zijn zoon net als hijzelf een geleerde wordt. Het is werkelijk ontroerend te zien hoe de drang naar westerse kennis steeds meer mensen in zijn greep krijgt.'

De directeur werd rood. Hij overdacht zwijgend of het feit dat vader en zoon op dezelfde school zaten niet indruiste tegen de een of andere schoolregel. Maar hij kwam er niet uit. En zo mochten papa en zijn zoontje doorgaan met hun belegering van de burcht van de westerse kennis.

Een kleine zijdeur van de zaal ging open. De zware deurvleugels werden opzij geduwd. Een jongetje van tien leidde aan zijn hand vier donkerhuidige, blinde mannen binnen, muzikanten uit Perzië. De mannen gingen op het tapijt in de hoek van de zaal zitten. Vreemde instrumenten van eeroude Perzische makelij kwamen te voorschijn. Een klaaglijk geluid weerklonk. Een van de muzikanten bracht zijn hand naar zijn oor. Het klassieke gebaar van de oosterse zanger.

In de zaal werd het stil. Nu sloeg een ander enthousiast op de tamboerijn. De zanger zong met een hoge falsetstem:

> Als een Perzische degen is je figuur,
> Je mond als gloeiend robijn.
> Was ik de Turkse sultan, ik nam je tot vrouw.
> Parels zal ik in je vlechten doen,
> Je hielen kussen.
> Aanbieden zou ik je op een gouden schaal
> Mijn eigen hart.

De zanger verstomde. De stem van zijn buurman aan zijn linkerzijde weerklonk. Luid, driest, vol haat schreeuwde hij:

> En elke nacht
> Als een rat sluip je
> Door de tuin naar de buurman.

Woest dreunde nu de tamboerijn. De eensnarige viool snikte. De derde zanger riep gesmoord en hartstochtelijk:

> Het is een jakhals, een ongelovige…
> O ongeluk! O onheil! O smaad!!!

Het werd heel even stil. Toen drie, vier korte klanken, en de vierde zanger begon zachtjes, dwepend, bijna teder:

> Drie dagen scherp ik mijn dolk.
> De vierde dag doorsteek ik mijn vijand.
> Ik snijd hem in kleine stukjes.
> Ik gooi jou, geliefde, over mijn zadel,
> Ik verberg mijn gezicht met het doek van de oorlog
> En galoppeer met jou naar de bergen.

Ik stond voor een van de damasten gordijnen in de zaal. Naast mij de rector en de leraar aardrijkskunde.

'Wat een afschuwelijke muziek,' zei de rector zachtjes, 'net een Kaukasische ezel die balkt in de nacht. Wat die woorden allemaal te betekenen hebben?'

'Die zullen wel net zo zinloos zijn als de melodie,' antwoordde de leraar.

Ik wilde er stilletjes vandoor gaan.

Toen merkte ik dat het zware damasten gordijn zachtjes bewoog. Ik keek voorzichtig om. Een oude man met sneeuwwit haar en merkwaardig lichte ogen stond achter het gordijn, luisterde naar de muziek en huilde: Zijne Excellentie Seinal Aga, de vader van Iljas Beg. Zijn zachte handen met dikke blauwe aderen trilden. Die handen, die nauwelijks in staat waren de naam van hun eigenaar te schrijven, heersten over zeventig miljoen roebel.

Ik keek weer voor me. Het was een eenvoudige boer, die Seinal Aga, maar hij begreep meer van de kunst van de zangers dan de leraren die ons rijp hadden verklaard.

Het lied was uit. De muzikanten zetten een Kaukasische dansmelodie in. Ik liep door de zaal. De leerlingen stonden in groepjes. Ze dronken wijn. Ook de mohammedanen. Ik dronk niet.

Meisjes, vriendinnen en zusjes van onze vrienden stonden in de hoeken met elkaar te kletsen. Er waren veel Russinnen bij, met blonde vlechten, blauwe of grijze ogen en met gepoederd haar. Ze praatten alleen met Russen, hoogstzelden met Armeniërs en Georgiërs. Sprak een mohammedaan hen aan, dan giechelden ze verlegen, gaven kort antwoord en keerden hem de rug toe.

Iemand deed de klep van de piano open. Wals. De rector danste met de dochter van de gouverneur.

Toen, eindelijk! Op de trap haar stem:

'Goedenavond, Iljas Beg. Een beetje laat. Maar dat is niet mijn schuld.'

Ik rende naar buiten. Nee, Nino droeg geen avondjapon en geen gala-uniform van het lyceum van de heilige Tamar. Haar taille was aangesnoerd en zo smal dat ik meende die met één hand te kunnen omvatten. Ze had een kort fluwelen vest met gouden knopen over haar schouders geworpen. Een lange, zwarte rok, eveneens van fluweel, viel tot op haar voeten. Ik zag alleen de vergulde punten van haar marokijnleren pantoffels. Een rond mutsje zat op haar haar, en twee rijen zware, gouden munten hingen over haar voorhoofd. De oeroude feestkledij van een Georgische prinses en daarbij het gezicht van een byzantijnse madonna.

De madonna lachte:

'Nee, Ali Khan. Je mag niet boos zijn. Het dichtbinden van deze rok duurt een uur. Hij is van mijn oma geweest. Alleen ter ere van jullie heb ik mij erin geperst.'

'De eerste dans met mij!' riep Iljas Beg.

Nino keek me vragend aan. Ik knikte. Ik dans niet graag en

bovendien slecht, en aan Iljas Beg kan ik Nino toevertrouwen. Hij weet hoe het hoort.

'Sjamils gebed!' riep Iljas Beg.

Meteen gingen de blinde muzikanten over op een wilde melodie...

Iljas sprong naar het midden van de zaal. Hij trok zijn dolk. Zijn voeten bewogen in het vurige ritme van de Kaukasische bergdans. Het lemmet blikkerde in zijn hand. Nino danste naar hem toe. Haar voeten leken op kleine, merkwaardige stukken speelgoed. Het mysterie van Sjamil begon. We klapten op de maat van de muziek. Nino was de bruid die ontvoerd moest worden... Iljas nam de dolk tussen zijn tanden. Met uitgestrekte armen, als een roofvogel, draaide hij om het meisje heen. Razendsnel vlogen Nino's voeten door de zaal. Haar soepele armen gaven alle gradaties aan van angst, wanhoop en overgave. In haar linkerhand hield ze een zakdoek. Haar hele lichaam beefde. Alleen de munten die aan haar muts hingen lagen keurig op een rij, en dat hoorde ook zo en was het allermoeilijkste aan de dans. Alleen een Georgische vrouw kan zo razendsnel door de zaal wervelen zonder ook maar een enkele munt aan haar muts te laten rinkelen. Iljas joeg achter haar aan. Voortdurend volgde hij haar door de wijde cirkel. Steeds gebiedender werden de brede gebaren van zijn armen, steeds tederder de afwerende bewegingen van Nino. Eindelijk bleef ze staan, als een geschrokken, door de jager ingehaald ree. Steeds nauwer trok Iljas zijn wilde cirkels. Sneller en sneller werden zijn sprongen. Nino's ogen werden zacht en nederig. Haar handen trilden. Nog heel even een wilde, korte uithaal van de muziek, en ze opende haar linkerhand. De zakdoek viel op de grond. En ogenblikkelijk suisde Iljas' dolk neer op het stukje zijde en nagelde het vast aan de vloer.

De symboliek van de liefdesdans was voltooid...

Heb ik overigens al vermeld dat ik vóór de dans begon mijn dolk aan Iljas gaf en zijn dolk bij mij stak? Het was mijn lemmet dat Nino's zakdoek doorstak. Het is veiliger zo, en een wijze regel luidt: 'Voordat je je kameel toevertrouwt aan de bescherming van Allah, bind hem vast aan je hek.'

5

'Toen onze glorierijke voorouders, o khan, dit land betraden om zich een grote en gevreesde naam te verwerven, riepen ze "Kará bak!" – Kijk... daar ligt sneeuw! Maar toen ze dichter bij de bergen kwamen en het oerwoud zagen, riepen ze "Karábách!" – Zwarte Tuin. En sindsdien heet dit land Karabach. Maar vroeger heette het Sunik en nog vroeger Agwar. Want je moet weten, o khan, wij zijn een zeer oud en beroemd land.'

Mijn gastheer, de oude Moestafa, bij wie ik in Sjoesja een kamer had gehuurd, zweeg vol waardigheid, dronk een glaasje Karabachse brandewijn, sneed een stuk van de merkwaardige kaas af die van ontelbare draden wordt gevlochten en eruitziet als de haarvlecht van een vrouw, en babbelde verder:

'In onze bergen wonen de Karanlik, de donkere geesten, en bewaken enorme schatten, dat weet iedereen. Maar in de wouden staan heilige stenen en stromen heilige beken. Wij hebben alles. Loop maar eens door de stad en kijk maar of je iemand ziet werken – bijna niemand. Kijk maar of iemand bedroefd is – niemand! Of iemand nuchter is – niemand! Verbaas je, meneer!!'

Ik verbaasde me over de kostelijke leugenachtigheid van dit volk. Er is geen verhaal dat ze niet zouden verzinnen ter verheerlijking van hun kleine land. Gisteren wilde eerst een dikke Armeniër me wijsmaken dat de christelijke Maras-kerk in Sjoesja vijfduizend jaar oud is.

'Lieg toch niet zo,' zei ik tegen hem, 'het hele christendom is nog geen tweeduizend jaar oud. Een christelijke kerk kan toch niet vóór Christus zijn gebouwd.'

Maar de dikke man was erg beledigd en zei verwijtend:

'Natuurlijk, je bent een ontwikkeld man. Maar neem dit maar aan van een oude man: bij andere volkeren is het christendom misschien niet ouder dan tweeduizend jaar. Maar aan ons, het volk van Karabach, is de Heiland al drieduizend jaar eerder verschenen. Zo is het.'

Vijf minuten later vertelde dezelfde man doodgemoedereerd dat de Franse maarschalk Murat een Armeniër uit Sjoesja was. Hij was als kind naar Frankrijk gegaan om daar de naam Karabach beroemd te maken.

Al op weg naar Sjoesja zei de koetsier, toen we over een kleine stenen brug kwamen:

'Deze brug heeft Alexander de Grote gebouwd toen hij voor onsterfelijke daden op weg was naar Perzië.'

Op de lage balustrade was groot het jaartal '1897' uitgehouwen. Ik wees de koetsier erop, maar die wuifde het weg.

'Ach, meneer, dat hebben de Russen er later op gezet om een smet te werpen op onze roem.'

Sjoesja is een wonderlijke stad. Op een hoogte van vijfduizend meter gelegen, bewoond door Armeniërs en mohammedanen, vormt ze sinds eeuwen een brug tussen de Kaukasus, Perzië en Turkije. Het is een mooie stad, omringd door bergen, bossen en rivieren. Op de berghellingen en in de dalen staan kleine hutten van leem, die ze hier met kinderlijke vermetelheid paleizen noemen. Daar wonen de autochtone feodalen, de Armeense Meliks en Nacharars en de mohammedaanse Begs en

Agalars. Urenlang zitten die mensen op de drempel van hun huis, roken pijp en vertellen elkaar hoe vaak Rusland en de tsaar zijn gered door generaals uit Karabach en wat er wel zou zijn geworden van het grote rijk, wanneer er geen Karabachs bestonden.

Zeven uur deden we erover om vanaf het kleine stationnetje met paard en wagen via de steile haarspeldbochten Sjoesja te bereiken – wij, dat wil zeggen ik en mijn kotsji. Kotsji's zijn van beroep gewapende dienaren, die ertoe neigen rover te worden. Ze bewaken de huizen en de mensen in de huizen. Ze hebben krijgslustige gezichten, zijn behangen met wapens en hullen zich in onheilspellend zwijgen. Misschien bergt dat zwijgen de herinneringen aan heldhaftige berovingen, misschien bergt het wel helemaal niets. Mijn vader gaf mij de kotsji mee op reis om mij te beschermen tegen vreemdelingen, of de vreemdelingen tegen mij. Dat was me niet helemaal duidelijk geworden. De man was behulpzaam, was op de een of andere manier verwant met het huis Shirvanshir, en was betrouwbaar zoals alleen familieleden in het Oosten kunnen zijn.

Vijf dagen zat ik nu in Sjoesja, wachtte op de aankomst van Nino, liet me van de vroege ochtend tot de late avond vertellen dat alle rijke, dappere of anderszins belangrijke mensen op de wereld hier vandaan komen, bezichtigde het stadspark en telde de kerkkoepels en minaretten. Sjoesja was duidelijk een erg vrome stad. Zeventien kerken en tien moskeeën waren voor zestigduizend inwoners rijkelijk genoeg. Daar kwamen nog talloze heiligdommen bij in de buurt van de stad en in de eerste plaats natuurlijk het beroemde graf, de kapel en de twee bomen van de heilige Sary Beg, waarheen de Karabachse opscheppers me de eerste dag al meetroonden.

Het graf van de heilige ligt een uur van Sjoesja af. Elk jaar gaat de hele stad op bedevaart naar hem toe en houdt braspartijen rondom de heilige plek. Heel vrome mensen leggen de weg daarheen op hun knieën af. Dat is een zware tocht, maar verhoogt het aanzien van de pelgrim enorm. De bomen bij het graf van de heilige mogen niet worden aangeraakt. Wie alleen maar een blad van de boom aanraakt, raakt meteen verlamd. Zo enorm is de macht van de heilige Sary Beg! Welke wonderen de heilige had verricht, kon niemand me vertellen. In plaats daarvan kreeg ik uitvoerig te horen hoe hij ooit, door vijanden achtervolgd, hoog te paard de berg op reed, op welks top vandaag de dag nog Sjoesja ligt. Zijn achtervolgers waren al heel dichtbij. Toen zette zijn paard aan voor een geweldige sprong, over de berg, over de rotsen, over de hele stad Sjoesja heen. Op de plek waar het paard neerkwam, kan een vroom man ook vandaag nog in het gesteente de diepe afdruk van het hoefijzer van het edele dier zien. Dat verzekerden de mensen mij tenminste. Toen ik enige twijfel uitte over de mogelijkheid van die sprong, zeiden ze verontwaardigd:

'Maar meneer toch, het was immers een paard uit Karabach!'

En vervolgens vertelden ze me de legende van het Karabachse paard: alles in hun land was mooi, maar het mooist was het paard van Karabach, dat beroemde paard in ruil waarvoor Aga Mohammed, sjah van Perzië, zijn hele harem wilde geven. (Wisten mijn vrienden dat Aga Mohammed een eunuch was?) Dat paard was bijna heilig. Eeuwenlang hadden de wijzen gepuzzeld en gekruist tot dit wonder van de paardenfokkerij was geboren: het beste paard ter wereld, het beroemde roodgouden edele dier uit Karabach.

Nieuwsgierig gemaakt door zoveel lof vroeg ik of ze mij zo'n schitterend ros wilden laten zien. Mijn begeleider keek mij medelijdend aan.

'Het is gemakkelijker binnen te dringen in de harem van een sultan dan in de stal van een Karabachs paard. Er zijn in heel Karabach nog geen twaalf echte roodgouden beesten. Wie ze ziet wordt een paardendief. Alleen als er oorlog is, bestijgt de eigenaar zijn roodgouden wonder.'

Ik moest dus genoegen nemen met wat ze mij over het legendarische paard vertelden en keerde terug naar Sjoesja. Daar zat ik nu, luisterde naar het gezwets van de oude Moestafa, wachtte op Nino en voelde me heel plezierig in dit sprookjesland.

'O khan,' zei Moestafa, 'jouw voorvaderen hebben oorlog gevoerd, maar jij bent een geleerd man en hebt het huis der kennis bezocht. Je zult dus ook gehoord hebben over de schone kunsten. De Perzen zijn trots op Sa'di, Hafiz en Firdausi, de Russen op Poesjkin, en verder in het westen is een dichter, die heet Goethe en heeft een gedicht over de duivel geschreven.'

'Zijn al die dichters afkomstig uit Karabach?' onderbrak ik hem.

'Dat niet, edele gast, maar onze dichters zijn beter, ook al weigeren ze klanken vast te leggen in dode letters. In hun trots schrijven ze hun gedichten niet op, maar zeggen ze alleen op.'

'Welke dichters bedoel je? De Asjoeken?'

'Ja, de Asjoeken,' zei de oude man gewichtig, 'ze wonen in de dorpen rond Sjoesja en houden morgen een wedstrijd. Wil je erheen en je verbazen?'

Ik wilde wel. De volgende dag daalde onze wagen de bochtige weg af naar het dorp Tasj-Kenda, het bolwerk van de Kaukasische dichtkunst.

Bijna in elk dorp in Karabach wonen inheemse zangers die de hele winter door dichten en in het voorjaar de wereld in trekken om in paleizen en hutten hun liederen voor te dragen. Maar er zijn drie dorpen die uitsluitend door dichters worden bewoond en ten teken van de grote bewondering die het Oosten voor de poëzie koestert, van oudsher bevrijd zijn van alle leges en belastingen aan de inheemse feodalen. Een van die dorpen is Tasj-Kenda.

Eén blik was voldoende om vast te stellen dat de inwoners van dit dorp geen gewone boeren waren. De mannen hadden lang haar, droegen zijden gewaden en keken elkaar wantrouwig aan. De vrouwen liepen achter hun mannen aan, maakten een terneergeslagen indruk en droegen de muziekinstrumenten. Het dorp was vol rijke Armeniërs en mohammedanen, die uit het hele land waren aangereisd om de Asjoeken te bewonderen. Op het kleine centrale plein van het dichtersdorp verzamelde zich de kijklustige menigte. In het midden stonden de twee strijdbare dichtersvorsten, die hier een verbitterd duel zouden leveren. Ze keken elkaar laatdunkend aan. Hun lange haar fladderde in de wind.

De ene Asjoek riep:

'Je kleren stinken naar mest, je gezicht lijkt op een varkenssnoet, je talent is zo dun als het haar op de buik van een maagd, en voor een handvol geld ben je bereid een smaadgedicht op jezelf te dichten.'

De andere antwoordde grimmig en keffend:

'Jij draagt het gewaad van een lustknaap en hebt de stem van een eunuch. Je kunt je talent niet verkopen omdat je dat nooit hebt bezeten. Je leeft van de kruimels die van de feestelijke dis van mijn gaven vallen.'

Zo scholden ze elkaar met overgave en een beetje eentonig een hele tijd uit. Het volk applaudisseerde. Toen verscheen een oude man met een grijze baard en het gezicht van een apostel, en noemde twee thema's voor de wedstrijd, een lyrisch en een episch thema: 'De maan boven de Araxes' en 'De dood van Aga Mohammed Sjah'.

De beide dichters keken naar de hemel. Toen begonnen ze te zingen. Ze zongen over de grimmige eunuch Aga Mohammed, die naar Tiflis ging om daar in het zwavelbad zijn mannelijke kracht terug te krijgen. Toen het bad niets uitrichtte, verwoestte de eunuch de stad en liet alle mannen en vrouwen op wrede wijze vermoorden. Maar op de terugweg naar Karabach haalde het lot hem in. Toen hij in Sjoesja overnachtte, werd hij, terwijl hij in een tent lag te slapen, met een dolk gedood. De grote sjah heeft niets gehad aan het leven. Hij leed honger tijdens veldtochten. At donker brood en dronk zure melk. Hij veroverde talloze landen en was armer dan een bedelaar in de woestijn. De eunuch Aga Mohammed.

Dat alles werd in klassieke verzen voorgedragen, waarbij de een zeer uitvoerig de kwellingen van een eunuch in het land van de mooiste vrouwen schilderde, en de ander met grote precisie de terechtstelling van die vrouwen beschreef. De toehoorders waren tevreden. Zweet druppelde van het voorhoofd van de dichters. Toen riep de zachtere van hen beiden: 'Op wie lijkt de maan boven de Araxes?'

'Op het gezicht van je geliefde,' onderbrak de grimmige hem.

'Mild is het goud van die maan,' riep de zachte.

'Nee, ze lijkt op het schild van een grote, gevallen krijger,' antwoordde de grimmige.

Zo putten ze een voor een hun voorraad vergelijkingen uit. Toen zong elk een lied over de schoonheid van de maan, over de Araxes, die als de haarvlecht van een meisje door de laagvlakte kronkelt, en over verliefde mensen, die 's nachts naar de oevers komen en naar de maan kijken, die zich spiegelt in het water van de Araxes...

De grimmige werd tot winnaar gekozen, met een boosaardig lachje kreeg hij de luit van zijn tegenstander als prijs. Ik liep naar de winnaar toe. Hij keek droef voor zich uit, terwijl zijn messing schaal gevuld werd met munten.

'Ben je blij met je overwinning?' vroeg ik.

Hij spuugde verachtelijk op de grond.

'Het is geen overwinning, meneer, vroeger waren er overwinningen. Honderd jaar geleden. In die tijd mocht de overwinnaar het hoofd van de verliezer afhakken. Hoog was destijds de achting voor de kunst. Nu zijn we verwekelijkt. Niemand offert nog zijn bloed voor een gedicht.'

'Jij bent nu de beste dichter van het land.'

'Nee,' zei hij. Zijn ogen werden heel treurig. 'Nee,' herhaalde hij, 'ik ben alleen maar een vakman. Ik ben geen echte Asjoek.'

'Wie is een echte Asjoek?'

'In de maand ramassan,' zei de grimmige, 'is een geheimzinnige nacht, de nacht Kadir. In die nacht valt de natuur gedurende een uur in slaap. Rivieren houden op met stromen, de boze geesten houden op met het bewaken van de schatten. Je kunt gras horen groeien en bomen horen spreken. Uit de rivieren komen de nimfen aan land, en de mensen die in de nacht Kadir worden verwekt, zijn wijzen en dichters. In de nacht Kadir moet een Asjoek de profeet Elias aanroepen, de beschermheilige van alle dichters. Op het juiste tijdstip verschijnt de profeet, geeft de dichter te drinken uit een nap en zegt: "Van nu af aan ben je een echte Asjoek en zul je alles in de wereld met mijn ogen zien." De aldus begenadigde beheerst de elementen: dieren en mensen, winden en zeeën gehoorzamen zijn stem, want in zijn woord is de kracht van de almachtige.'

De grimmige ging op de grond zitten en ondersteunde zijn gezicht met zijn handen. Toen huilde hij kort en boos. Hij zei:

'Maar niemand weet welke nacht de nacht Kadir is en welk uur van die nacht het uur van de slaap. Daarom bestaan er geen echte Asjoeken.'

Hij stond op en liep weg. Eenzaam, somber, gesloten. Een steppewolf in het groene paradijs van Karabach.

6

*B*IJ DE BRON VAN Pechachpur keken de bomen als vermoeide heiligen naar de hemel. De bron ruiste in haar nauwe, stenen bedding. Kleine heuvels benamen het uitzicht op Sjoesja. In het oosten gingen de velden van Karabach over in de stoffige steppen van Azerbaidzjan. Daarvandaan woei de gloeiende adem van de grote woestijn, het vuur van Zarathoestra. Als het land van herders uit de bijbel strekten zich veelbelovend de graslanden in het zuiden van Armenië uit. Om ons heen stond zwijgend en roerloos het heilige bos alsof de laatste goden uit de oudheid zojuist waren vertrokken. Aan hen had het walmende vuur waarin we zaten te staren gewijd kunnen zijn. Op felgekleurde tapijten zaten we in een kring rond de vlammen, een groep drinkende Georgiërs en ik. Wijnkelken, vruchten, bergen groenten en kaas omringden de vuurplaats, stukken vlees aan het spit roosterden boven de rokende houtskool. Bij de bron zaten de sasandari, de rondtrekkende muzikanten. In hun handen lagen instrumenten waarvan alleen al de namen muziek waren: dairah, tsjianoeri, thara, diplipito. Nu zongen ze een of andere bajat, een liefdeslied in het Perzische ritme, waarom de uit de grote stad afkomstige Georgiërs ter verhoging van de exotische bekoring van de omgeving hadden gevraagd. 'Dionysische stemming' zou onze leraar Latijn deze uitbundige poging noemen zich aan te passen aan de gebruiken van het land. Het was de eindelijk aangekomen familie Kipiani die al die vrolijke kuurgasten had uitgenodigd voor dit nachtelijke feest in het heilige bos bij Sjoesja.

Voor mij zat de tamada, die volgens de strenge regels van het inheemse feestceremonieel het feest leidde. Hij had glanzende ogen en een dikke, zwarte snor in een rood gezicht. In zijn hand hield hij een kelk en proostte mij toe. Ik nipte aan het glas, hoewel ik anders nooit drink. Maar de tamada was de vader van Nino, en het is onbeleefd niet mee te drinken wanneer de tamada je ertoe uitnodigt.

Dienaren reikten water uit de bron aan. Wie ervan dronk kon eten zoveel hij wilde zonder oververzadigd te worden, want ook het water van Pechachpur is een van de talloze wonderen van Karabach.

We dronken het water, en de berg eten werd kleiner. Ik zag het strenge, door het vuur flakkerend verlichte profiel van Nino's moeder. Ze zat naast haar man en haar ogen lachten. Die ogen stamden uit Mingrelië, uit de vlakte van Rion, waar eens de tovenares Medea de Argonaut Jason had ontmoet.

De tamada hief zijn glas.

'Een kelk ter ere van zijne doorluchtigheid Dadiani.'

Een oude man met kinderlijke ogen dankte. Het was de derde ronde die nu begon. De glazen werden geleegd. Het legendarische water van Pechachpur hielp ook tegen de roes. Niemand was dronken, want wat een Georgiër beleeft bij het gastmaal is de roes van het hart. Zijn hoofd blijft helder als het water van Pechachpur.

Het heilige bos was verlicht door het schijnsel van talrijke vuren. Wij waren niet de enige drinkers. Heel Sjoesja trok elke week naar de verschillende bronnen. Tot het ochtendgloren duurden de feesten. Christenen en mohammedanen vierden gemeenschappelijk feest in de heidense schaduw van het heilige bos.

Ik keek naar Nino, die naast me zat. Ze keek opzij. Ze sprak met de grijsharige Dadiani. Zo hoorde het. Aan de ouderdom het respect. Aan de jeugd de liefde.

'U moet eens bij mij komen, op mijn kasteel Zoegdidi,' zei de oude man, 'aan de rivier de Rion, waar ooit de slaven van Medea het goud vingen met behulp van vliezen. Kom ook mee, Ali Khan. U zult het tropische oerwoud van Mingrelië zien met zijn oeroude bomen.

'Graag, doorluchtigheid, maar alleen omwille van u, niet omwille van de bomen.'

'Wat hebt u tegen bomen? Voor mij zijn ze de belichaming van het volmaakte leven.'

'Ali Khan is bang voor bomen als een kind voor spoken,' zei Nino.

'Zo erg is het niet. Maar wat voor u de bomen zijn, is voor mij de woestijn.'

Dadiani knipoogde met zijn kinderlijke ogen.

'De woestijn,' zei hij, 'vaal struikgewas en heet zand.'

'De wereld van de bomen verwart me, doorluchtigheid. Die is vol verschrikkingen en raadsels, vol spoken en demonen. Je uitzicht is beperkt. Het is er donker. De zonnestralen worden opgeslokt door de schaduw van de bomen. Alles is onwerkelijk in het schemerige licht. Nee, ik hou niet van bomen. De schaduwen van het bos beklemmen me en ik word verdrietig wanneer ik het ritselen van de twijgen hoor. Ik hou van de eenvoudige dingen: wind, zand en stenen. De woestijn is zo eenvoudig als een slag met een zwaard. Het bos even gecompliceerd als de gordiaanse knoop. Ik weet niet de weg in het bos, doorluchtigheid.'

Dadiani keek me peinzend aan.

'U hebt de ziel van een woestijnmens,' zei hij, 'misschien bestaat er slechts één juiste indeling van de mensen: in bosmensen en woestijnmensen. De droge dronkenschap van het Oosten komt van de woestijn, waar hete wind en heet zand de mens in een roes brengen, waar de wereld eenvoudig en probleemloos is. Het bos is vol vragen. Alleen de woestijn vraagt niets, geeft niets en belooft niets. Maar het vuur van de ziel komt van het bos. De woestijnmens – ik zie hem – hij heeft slechts één gevoel en kent slechts één waarheid, die hem geheel vervult. De bosmens heeft vele gezichten. De fanaticus komt van de woestijn, de scheppende mens van het bos. Dat is waarschijnlijk het belangrijkste verschil tussen Oost en West.

'Daarom houden wij Armeniërs en Georgiërs van het bos' mengde Melik Nachararjan zich in het gesprek, een dikke man van zeer edelen Armeensen bloede. Hij had uitpuilende ogen, weelderige wenkbrauwen en een neiging tot filosoferen en zuipen. We konden goed met elkaar opschieten.

Hij proostte me toe en riep:

'Ali Khan! Adelaars komen uit de bergen, tijgers uit de jungles. Wat komt er uit de woestijn?'

'Leeuwen en krijgers,' antwoordde ik, en Nino klapte vergenoegd in haar handen.

Aan het spit geroosterd lamsvlees werd rondgedeeld. Telkens opnieuw werden de bekers gevuld. De Georgische levensvreugde stortte zich uit over het bos. Dadiani discussieerde met Nachararjan en Nino keek me veelbetekenend en vragend aan.

Ik knikte. Het was al donker geworden. In het schijnsel van het vuur leken de mensen spoken of rovers. Niemand lette op ons. Ik kwam overeind en liep langzaam naar de bron. Ik boog vooroverd naar het water en dronk uit mijn handpalm. Het deed me goed. Lang staarde ik naar de sterren die weerspiegelden in het donkere water. Achter me hoorde ik voetstappen. Een droog takje kraakte onder een kleine voet... Ik stak mijn hand uit en Nino pakte die vast. We liepen dieper het bos in. De bomen keken ons dreigend en afkeurend aan. Het was niet helemaal zoals het hoorde dat we wegliepen van het vuur en dat Nino aan de rand van de kleine weide ging zitten en mij naar zich toe trok. In het levensblije Karabach heersten strenge zeden. De oude Moestafa vertelde mij met afschuw dat er achttien jaar geleden een keer echtbreuk was gepleegd in het land. Sindsdien werd er minder fruit geoogst.

We keken elkaar aan en Nino's gezicht, dat door de maan beschenen werd, was bleek en raadselachtig.

'Prinses,' zei ik, en Nino keek me van opzij aan. Sinds vierentwintig uur was ze prinses, en vierentwintig jaar had het geduurd voordat haar vader zijn aanspraak op de titel in Petersburg gehonoreerd had gekregen. Vanochtend vroeg was er een telegram uit Petersburg gekomen. De oude man was blij geweest als een kind dat zijn verloren moeder heeft teruggevonden, en had ons allemaal uitgenodigd voor het nachtelijke feest.

'Prinses,' herhaalde ik en ik nam haar gezicht in mijn handen. Ze verzette zich niet. Misschien had ze te veel van de Kachetische wijn gedronken. Misschien hadden het bos en de maan haar dronken gemaakt. Ik kuste haar. Haar handpalmen waren zacht en warm. Haar lichaam voegde zich. De droge boomtakken kraakten. We lagen op het zachte mos en Nino keek mij aan. Ik betastte de kleine rondingen van haar stevige borsten en genoot van de geur en de zachte zilte smaak van haar huid. Iets merkwaardigs speelde zich af in Nino, en dat merkwaardige nam ook bezit van mij. Haar hele wezen was een en al zintuiglijkheid, en die zintuiglijkheid leek op de geconcentreerde kracht van de aarde en van de ademhaling van de aarde. De verrukkingen van het lichamelijke leven vervulden haar. Haar ogen waren omfloerst. Haar gezicht werd smal en erg ernstig. Ik maakte haar jurk open. In het maanlicht glansde haar huid gulden als opaal. Ik hoorde het kloppen van haar hart en ze sprak woorden vol zinloze tederheid en zinloos verlangen. Ik begroef mijn gezicht tussen haar kleine borsten. Haar knieën trilden. Tranen liepen over haar gezicht en ik kuste die weg en droogde haar vochtige wangen. Ze ging zitten en zweeg, door eigen raadsel en gevoelens overweldigd. Ze was pas zeventien, mijn Nino, en zat op het lyceum van de heilige koningin Tamar.

Toen zei ze:

'Ik geloof dat ik je liefheb, Ali Khan, ook al ben ik prinses geworden.'

'Misschien zul je het niet lang blijven,' zei ik, en Nino trok een verbaasd gezicht.

'Hoe bedoel je dat? Neemt de tsaar de titel weer van ons af?'

'Je zult hem verliezen wanneer je trouwt. Maar de titel Khan is ook een mooie titel.'

Nino vouwde haar handen in haar nek, legde haar hoofd achterover en lachte:

'Khan misschien wel, maar khanin? Dat bestaat niet eens. En wat een rare manier is dat om een huwelijksaanzoek te doen. Als dat tenminste de bedoeling is.'

'Dat is de bedoeling.'

Nino's vingers gleden over mijn gezicht en woelden door mijn haar.

'En als ik "ja" zeg, dan zul jij zeker een goede herinnering bewaren aan het bos bij Sjoesja en vrede sluiten met de bomen. Ja?'

'Ik denk van wel.'

'Maar de huwelijksreis maak je naar je oom in Teheran, en ik heb dan het bijzondere privilege de keizerlijke harem te mogen bezoeken en met een heleboel dikke vrouwen thee te drinken en te converseren.'

'Ja, waarom niet?'

'En dan mag ik met jou de woestijn gaan bekijken omdat daar niemand is die mij kan zien.'

'Nee, Nino, de woestijn hoef je niet te bekijken. Die zal je niet bevallen.'

Nino legde haar handen om mijn nek en drukte haar neus tegen mijn voorhoofd.

'Misschien trouw ik echt met je, Ali Khan. Maar heb je er wel eens over nagedacht wat er voor het zover is allemaal moet worden overwonnen, behalve bos en woestijn?'

'Wat dan?'

'Eerst zullen mijn vader en mijn moeder van verdriet sterven, omdat ik met een mohammedaan trouw. Daarna zal jouw vader je vervloeken en eisen dat ik me tot de islam bekeer. En als ik dat dan doe, zal vadertje tsaar me vanwege mijn afvalligheid van het christelijk geloof naar Siberië verbannen. En omdat jij mij hebt verleid, stuurt hij jou meteen mee.'

'En dan zitten we midden in de IJszee op een ijsschots en verscheuren de grote witte beren ons,' lachte ik. 'Nee, Nino, zo erg zal het niet zijn. Je hoeft je niet tot de islam te bekeren, je ouders zullen niet van verdriet sterven en onze huwelijksreis maken we naar Parijs en Berlijn, dan kun jij daar de bomen in het Bois de Boulogne en in de Tiergarten bekijken. Wat zeg je daarvan?'

'Je bent goed voor me,' zei ze verbaasd, 'en ik zeg nu niet "nee", maar mijn "ja" heeft nog even tijd. Ik loop immers niet weg. Als ik klaar ben met school, gaan we met onze ouders praten. Alleen ontvoeren mag je me niet. Alleen dát niet. Ik weet hoe jullie dat doen: vrouw over het zadel gooien, de bergen in en dan een breed uitgemeten bloedvete met het huis Kipiani.'

Ze was plotseling vol uitgelaten vrolijkheid. Alles in haar scheen te lachen en haar handen, haar voeten, haar hele huid ook. Ze leunde tegen een boomstam, boog haar hoofd en keek van onderuit naar mij. Ik stond tegenover haar. In de schaduw van de boom leek ze op een exotisch dier dat zich in het bos verstopt en bang is voor de jager.

'Laten we gaan,' zei Nino, en we liepen door het bos naar het grote vuur. Onderweg schoot haar iets te binnen. Ze stond stil en keek omhoog naar de maan.

'Maar onze kinderen, welk geloof zullen die dan hebben?' vroeg ze bezorgd.

'Vast en zeker een heel goed en sympathiek geloof,' zei ik ontwijkend.

Ze keek me wantrouwig aan en zweeg een poosje. Toen zei ze verdrietig:

'Ik ben toch eigenlijk al te oud voor je. Ik word straks zeventien. Jouw toekomstige vrouw zou nu twaalf moeten zijn.'

Ik stelde haar gerust. Nee, ze was absoluut niet te oud. Hoogstens te slim; want niemand weet of slim zijn altijd voordeel oplevert. Misschien worden we in het Oosten wel allemaal te vroeg rijp, oud en slim. Maar wie weet zijn we allemaal wel dom en simpel. Ik wist het niet. De bomen brachten me in verwarring, Nino bracht me in verwarring, de verre gloed van het houtvuur bracht me in verwarring, en het meest bracht ik mijzelf in verwarring, want misschien heb ook ik te veel aan de Kachetische wijn genipt en als een woestijnrover huisgehouden in de stille tuin van de liefde.

Toch zag Nino er niet uit als het slachtoffer van een woestijnrover. Ze keek rustig, zeker van zichzelf en vrijmoedig voor zich uit. Alle sporen van de tranen, van het lachen en van het tedere verlangen waren verdwenen toen we weer bij de bron van Pechachpur kwamen. Niemand koesterde argwaan over ons verdwijnen. Ik ging bij het vuur zitten en voelde plotseling hoe mijn lippen brandden. Ik vulde mijn glas met het water van Pechachpur en dronk gulzig. Toen ik het glas neerzette, ontmoette ik de blik van Nachararjan, die mij vriendelijk, belangstellend en een beetje als een beschermer aankeek.

7

Ik lag op de divan op het terras van het kleine huis en droomde over de liefde. Die was heel anders dan ze moest zijn. Vanaf het begin heel anders. Ik heb Nino niet bij de bron ontmoet, bij het water putten, maar in de Nicolaasstraat, op weg naar school. Daarom werd het ook een heel andere liefde dan de liefde van mijn vader, mijn grootvader of mijn oom. Bij de bron begint de liefde van de oosterling, bij de kleine, rustig murmelende dorpsbron, of bij de grote zingende fontein van de waterrijke stad. Elke avond gaan de meisjes met hoge aardewerken kruiken op hun schouders naar de bron, waar vlak in de buurt de jonge mannen in een kring zitten en geen seconde acht slaan op de passerende meisjes. Ze kletsen over oorlog en roof. Langzaam laten de meisjes de kruiken vollopen, langzaam gaan ze terug. Een kruik is zwaar. Die is tot aan de rand gevuld met water. Om niet te struikelen, slaan de meisjes hun sluier terug en kijken zedig naar de grond.

Elke avond gaan de meisjes naar de bron. Elke avond zitten aan het eind van het plein de jonge mannen, en zo begint in het Oosten de liefde.

Toevallig, heel toevallig kijkt een meisje even op en werpt de mannen een blik toe. De mannen merken het niet. Alleen als het meisje terugkomt, draait een van hen zich om en kijkt omhoog naar de lucht. Soms kruisen zijn blikken de blikken van het meisje. Maar soms ook niet; dan zit er morgen een ander op zijn plaats. Wanneer de blikken van twee mensen elkaar bij de bron verscheidene keren hebben gekruist, weet iedereen dat de liefde is begonnen.

De rest komt vanzelf. De verliefde loopt rond in de omgeving van de stad en zingt balladen, zijn familieleden onderhandelen over de bruidsschat en wijze mannen rekenen uit hoeveel nieuwe krijgers het jonge paar ter wereld zal brengen. Alles is heel simpel, elke vervulling van tevoren bepaald en geregeld.

En hoe is dat bij mij? Waar blijft mijn bron? Waar blijft de sluier rond Nino's gezicht? Het is merkwaardig. De vrouw achter de sluier kun je niet zien. Maar je kent haar toch: haar gewoonten, haar gedachten, haar verlangens. De sluier verbergt de ogen, de neus, de mond. Maar niet de ziel. De ziel van de oosterse vrouw bevat geen raadsels. Heel anders dan bij de vrouwen zonder sluier. Je ziet hun ogen, hun neus, hun mond, soms zelfs veel meer dan dat. Maar wat zich achter die ogen verborgen houdt weet je nooit, ook al meen je het precies te weten.

Ik hou van Nino, en ze brengt me toch in verwarring. Ze vindt het leuk wanneer andere mannen op straat naar haar kijken. Een goede oosterse vrouw zou daarover verontwaardigd zijn. Ze kust me. Ik mag haar borst aanraken en haar dijen strelen. Terwijl we nog niet eens verloofd zijn. Ze leest boeken waarin veel over liefde staat, en heeft dan dromerige en verlangende ogen. Wanneer ik haar vraag waarnaar ze verlangt, schudt ze verbaasd haar hoofd, want kennelijk weet ze het zelf niet. Ik verlang nooit naar iets, behalve naar haar. Als Nino bij me is, heb ik geen enkel ander verlangen. Ik geloof dat het bij Nino komt doordat ze zo vaak in Rusland is geweest. Haar vader heeft haar vaak meegenomen naar Petersburg, en de Russische vrouwen zijn allemaal waanzinnig, dat weet iedereen. Ze hebben veel te verlangende ogen, bedriegen vaak hun mannen en hebben toch zelden meer dan twee kinderen. Dat is de straf van God! Maar toch hou ik van Nino. Van haar ogen, haar stem, haar lachen, haar manier van praten en denken. Ik zal met haar trouwen en ze zal een goede vrouw worden zoals alle Georgische vrouwen, ook al zijn ze nog zo vrolijk, uitgelaten of dromerig. Insjallah.

Ik ging op mijn andere zij liggen. Het nadenken vermoeide me. Het was veel prettiger mijn ogen dicht te doen en van de toekomst te dromen, dat wil zeggen van Nino, want de toekomst, dat zal ons huwelijk zijn, de toekomst begint op de dag waarop Nino mijn vrouw wordt, met onze trouwdag.

Het wordt een opwindende dag. Ik zal Nino op die dag niet mogen zien. Niets is gevaarlijker voor de huwelijksnacht dan wanneer het bruidspaar elkaar op de huwelijksdag in de ogen kijkt. Mijn vrienden, bewapend en te paard, zullen Nino afhalen. Ze zal zwaar gesluierd zijn. Alleen op die ene dag zal ze het gewaad van het Oosten moeten dragen. De mullah zal de vragen stellen en mijn vrienden zullen in de vier hoeken van de zaal staan en bezweringen uitspreken tegen impotentie. Dat is het gebruik, en elke mens heeft vijanden die op de huwelijksdag de dolk voor de helft uit de schede trekken, hun gezicht naar het westen richten en fluisteren:

'Anisani, banisani, mamawerli, kaniani, hij kan het niet, hij kan het niet, hij kan het niet.'

Maar, godlof, ik heb ook goede vrienden, en Iljas Beg kent alle reddende bezweringsformules uit zijn hoofd.

Meteen na de huwelijksvoltrekking zullen we uit elkaar gaan. Nino gaat naar haar vriendinnen en ik naar mijn vrienden. Afzonderlijk vieren we het afscheid van onze jeugd.

En dan? Ja, dan?

Heel even doe ik mijn ogen open, zie het houten terras en de bomen in de tuin en doe mijn ogen weer dicht om beter te kunnen zien wat dan komt. De huwelijksdag is immers de belangrijkste, is werkelijk de enige belangrijke dag in het leven en bovendien een erg zware dag.

Het is moeilijk om in de huwelijksnacht in het bruidsvertrek te komen. Bij elke deur van de lange gang staan vermomde figuren die je er pas door laten nadat je hun een muntstuk in de hand hebt gedrukt. In het bruidsvertrek zullen welwillende vrienden een haan, een kat of wellicht iets heel anders verstoppen. Ik zal heel goed om me heen moeten kijken. Want soms ligt er in bed een of ander oud wijf te giechelen, dat ook al geld wil hebben voordat ze uit het bruidsbed stapt...

Eindelijk ben ik dan alleen. De deur gaat open en Nino komt binnen. Nu begint het moeilijkste deel van de bruiloft. Nino glimlacht en kijkt me vol verwachting aan: haar lichaam is in een korset van marokijn geperst. Het wordt door snoeren bijeengehouden, die aan de voorkant aan elkaar zijn geknoopt. De knopen zijn heel erg gecompliceerd en daarin ligt hun enige betekenis. Ik moet ze zelf losmaken. Nino mag me er niet bij helpen. Of zal ze het toch doen? Want de knopen zijn echt veel te ingewikkeld, en ze domweg doorsnijden met een mes is een grote schande. De man moet zelfbeheersing tonen, want de volgende ochtend komen zijn vrienden en willen de losgemaakte knopen zien. Wee de ongelukkige die ze niet kan tonen. De hele stad zal de spot met hem drijven.

In de huwelijksnacht lijkt het huis op een mierenhoop. Vrienden, familieleden van vrienden en vrienden van de familieleden van vrienden staan in de gangen, op het dak en zelfs op straat. Ze wachten en worden ongeduldig als het te lang duurt. Ze kloppen op de deur, miauwen en blaffen, tot eindelijk het lang verwachte revolverschot knalt. Meteen beginnen de vrienden enthousiast in de lucht te schieten, gaan naar buiten en vormen een soort erewacht die mij en Nino niet naar buiten zal laten gaan zolang het hem past.

Ja, het zal een mooie bruiloft zijn, volgens goede oude zeden, zoals de vaderen het hebben bepaald.

Ik moet op de divan in slaap zijn gevallen. Want toen ik mijn ogen opendeed, zat mijn kotsji gehurkt op de grond en maakte met zijn lange dolk zijn nagels schoon. Ik had hem helemaal niet binnen horen komen.

'Is er nieuws te melden, broedertje?' vroeg ik lui en geeuwend.

'Niets bijzonders, baasje,' antwoordde hij met verveelde stem, 'bij de buren hadden de vrouwen ruzie en een ezel is schuw geworden, liep de beek in en daar zit hij nu nog.'

De kotsji zweeg even, stak de dolk in de schede en ging tamelijk onverschillig verder:

'De tsaar heeft het behaagd verscheidene Europese monarchen de oorlog te verklaren.'

'Wáááát? Wat voor oorlog?'

Ik sprong overeind en keek hem onthutst aan.

'Een heel gewone oorlog.'

'Wat zeg je me nou? Met wie dan wel?'

'Verscheidene Europese monarchen. Ik heb de namen niet onthouden. Het waren er te veel. Maar Moestafa heeft ze allemaal opgeschreven.'

'Laat hem dadelijk komen!'

De kotsji schudde zijn hoofd over zoveel onwaardige nieuwsgierigheid, verdween door de deur en kwam al snel samen met de huisbaas terug.

Moestafa grijnsde en straalde omdat hij zich superieur voelde door wat hij wist. Natuurlijk, zei hij, had de tsaar de oorlog verklaard. De hele stad wist het al. Alleen ik lag te slapen op het balkon. Maar waaróm de tsaar de oorlog had verklaard, wisten de mensen niet zo precies. Hij had het in zijn wijsheid nu eenmaal zo besloten.

'Maar aan wie heeft de tsaar de oorlog verklaard?' riep ik kwaad.

Moestafa greep in zijn zak en haalde er een stuk papier uit met krabbels erop. Hij schraapte zijn keel en las plechtig maar moeizaam:

'Aan de Duitse keizer en de Oostenrijkse caesar, aan de koning van Beieren, de koning van Pruisen, de koning van Sachsen, de koning van Württemberg, de koning van Hongarije en talloze andere vorsten.'

'Zoals ik al zei, baasje, dat kan niemand allemaal onthouden,' zei de kotsji bescheiden.

Moestafa vouwde intussen zijn papiertje samen en zei:

'Daar staat tegenover dat Zijne Keizerlijke Majesteit, de kalief en sultan van het Hoge Osmaanse Rijk Mehmed Rasjid, evenals Zijn Keizerlijke Majesteit de koning der koningen van Iran sultan Achmed Sjah hebben verklaard dat ze vooralsnog niet zullen deelnemen aan die oorlog. Het is dus een oorlog van de ongelovigen onder elkaar en gaat ons niet veel aan. De mullah in de Mehmed-Ali-moskee denkt dat de Duitsers zullen winnen...'

Moestafa kon zijn zin niet afmaken. In de stad, alles overstemmend, begonnen plotsklaps de zeventien kerkklokken te luiden. Ik ging naar buiten. De gloeiende augustushemel lag dreigend en roerloos als een stolp over de stad. De blauwe bergen in de verte keken als ongeïnteresseerde getuigen toe. Het gelui van de klokken sloeg te pletter tegen hun grijze rotsen. De straten waren vol mensen. Gezichten, opgewonden en verhit, keken omhoog naar de koepels van de godshuizen. Stof wervelde door de lucht. De stemmen van de mensen waren schor. De muren van de kerken keken zwijgend en verweerd met de ogen van de eeuwigheid. De torens staken boven ons uit als zwijgzame dreigementen. De galm van de klokken verstomde. Een dikke mullah, in een golvend, kleurig gewaad, klom op de minaret van de iets verderop gelegen moskee. Hij hield zijn hand als een trechter voor zijn mond en riep trots en weemoedig:

'Sta op voor het gebed, sta op voor het gebed, het gebed is beter dan de slaap!'

Ik liep naar de stal. De kotsji zadelde het paard. Ik sprong erop en galoppeerde door de straten, zonder me iets aan te trekken van de geschrokken blikken van de menigte. Het paard spitste blij en opgewonden zijn oren. Ik reed de stad uit. Voor mij liep het brede spoor van de bochtige weg de heuvel af. Ik galoppeerde langs de huizen van de Karabachse adel, en de eenvoudige, boerse edellieden zwaaiden naar me:

'Ben je al op weg naar het slagveld, Ali Khan?'

Ik keek naar beneden, het dal in. Naar het kleine huisje met het platte dak dat midden in de tuin lag. Toen ik het huis zag, vergat ik alle wetten van de paardrijkunst. Ik reed in wilde galop de steile heuvel af. Het huis werd steeds groter en daarachter verdwenen de bergen, de hemel, de stad, de tsaar en de hele wereld. Ik reed de tuin in. Een bediende met een onbewogen gezicht kwam het huis uit. Hij keek me aan met de ogen van een dode:

'De vorstelijke familie heeft drie uur geleden het huis verlaten.'

Mijn hand omklemde automatisch de greep van mijn dolk.

De bediende deed een stap opzij.

'Prinses Nino heeft een brief achtergelaten voor zijne doorluchtigheid Ali Khan Shirvanshir.'

Zijn hand greep naar zijn borstzak. Ik sprong van het paard en ging op de treden van het terras zitten. De envelop was zacht, wit en geparfumeerd. Ongeduldig scheurde ik hem open.

Ze schreef met grote, kinderlijke letters:

'Liefste Ali Khan! Het is plotseling oorlog en we moeten terug naar Bakoe. Geen tijd je bericht te sturen. Wees niet boos. Ik huil en hou van je. De zomer was bijna voorbij. Kom spoedig na. Ik wacht op je en verlang naar je. Ik zal onderweg alleen aan jou denken. Vader denkt dat de oorlog al snel succesvol zal zijn beëindigd. Ik ben helemaal in de war door de chaos. Ga alsjeblieft in Sjoesja naar de markt en koop een tapijt voor me. Ik ben er niet meer aan toe gekomen. Het moet als patroon paardenhoofden hebben, in allerlei kleuren. Ik kus je. In Bakoe zal het nog verschrikkelijk heet zijn. Je Nino.'

Ik vouwde de brief samen. Eigenlijk was alles in orde. Alleen niet dat ik, Ali Khan Shirvanshir, als een domme jongen halsoverkop in het zadel was gesprongen en het dal in was gereden, in plaats van, zoals het hoorde, naar de hoofdman van de stad te gaan en hem te feliciteren met de oorlog, of ten minste in een van de moskeeën van Sjoesja Gods zegen af te smeken voor de legers van de tsaar. Ik zat op de trap naar het terras en staarde voor me uit. Ik was een idioot. Wat had Nino anders kunnen doen dan gehoorzaam met haar vader en moeder naar huis gaan en mij aan te sporen zo snel mogelijk na te komen. Zeker, als er oorlog is in het land moet de geliefde allereerst naar haar geliefde gaan en niet geparfumeerde brieven schrijven. Maar er was geen oorlog in ons land, oorlog was het in Rusland, en dat ging mij en Nino niet veel aan. Maar toch – ik voelde een grote woede in me: op de oude Kipiani, die zoveel haast had gehad om weer thuis te zijn, op de oorlog, op het lyceum van de heilige Tamar, waar ze de meisjes niet leren hoe ze zich moeten gedragen, en vooral op Nino, die zomaar weg was gegaan, terwijl ik, plicht en eer verzakend, niet wist hoe snel ik naar haar toe moest komen. Telkens weer herlas ik haar brief. Plotseling trok ik mijn dolk, hief mijn hand, een korte flits, en de kling boorde zich met een snikkend geluid in de bast van de boom die voor me stond.

De bediende kwam naar me toe, trok de dolk uit de boom, bekeek hem met kennersblik en gaf hem aan mij terug.

'Echt staal uit Koebatsin, en u hebt een sterke hand,' zei hij, ietwat verlegen.

Ik stapte op mijn paard. Langzaam reed ik naar huis. In de verte verhieven zich de koepels van de stad. Ik was nu niet meer boos. Mijn woede was in de boomschors blijven zitten. Nino had heel juist gehandeld. Ze was een goede dochter en zou een goede vrouw worden. Ik schaamde me en reed met gebogen hoofd. De weg was stoffig. De zon had een roodachtige kleur aangenomen en zonk weg in het westen.

Het gehinnik van een paard deed me schrikken. Ik keek op en verstijfde. Heel even vergat ik Nino en de wereld. Een paard met een smal, klein hoofd, hoogmoedige ogen, een slanke romp en met de benen van een balletdanseres stond voor me. Roodgoud glansde zijn huid in de schuine stralen van de zon. In het zadel zat een oude man met een hangsnor en een scheve neus: vorst Melikov, een landgoedeigenaar uit de buurt. Ik hield stil en staarde ongelovig en verrukt naar het paard. Wat hadden de mensen me toen ik in Sjoesja aankwam verteld over het beroemde paardenras van de heilige Sary Beg: 'Het is roodgoud van kleur en er zijn er maar twaalf van in heel Karabach. Ze worden gekoesterd als de haremdames van de sultan.' Nu stond het roodgouden wonder voor me.

'Waarheen voert de rit, vorst?'

'Naar de oorlog, mijn zoon.'

'Wat een paard, vorst!'

'Ja, daar sta je zeker versteld van! Maar weinig mensen bezitten het echte roodgouden...'

De ogen van de vorst werden zacht.

'Zijn hart weegt precies zes pond. Als je water giet over het lijf van dit paard, fonkelt het als een gouden ring. Hij heeft nog nooit het zonlicht gezien. Toen ik hem vandaag naar buiten bracht en de zonnestralen in zijn ogen vielen, begonnen die te glanzen als helder bronwater. Zo moeten ook de ogen van de man hebben gestraald die het vuur vond. Dit paard stamt af van het paard van Sary Beg. Ik laat hem nog aan niemand zien. Alleen als de tsaar oproept tot de oorlog, stapt vorst Melikov op zijn roodgouden wonder.'

Hij groette trots en reed door. Zijn sabel kletterde zachtjes. Er was werkelijk oorlog in het land.

Het was donker toen ik thuiskwam. De stad stond op stelten in woest oorlogsenthousiasme. Adellijke heren uit de omgeving liepen dronken en schreeuwend door de straten en schoten in de lucht.

'Bloed zal er vloeien,' riepen ze. 'Bloed zal vloeien. O Karabach, je naam wordt groot!!'

Thuis lag er een telegram op me te wachten:

'Kom meteen naar huis, vader.'

'Inpakken,' zei ik tegen de kotsji, 'morgen gaan we weg.'

Ik liep de straat op en keek naar het tumult. Iets verontrustte me, maar ik wist niet wat. Ik keek omhoog naar de sterren en dacht lang en ingespannen na.

8

'Zeg eens, Ali Khan, wie zijn onze vrienden?'
We reden de steile en bochtige weg van Sjoesja af. Mijn kotsji, een eenvoudige dorpsjongen, was onvermoeibaar in het bedenken van de vreemdste vragen op alle terreinen van de oorlog en de politiek. Een doorsneemens had bij ons slechts drie onderwerpen van gesprek: religie, politiek, zaken. Een oorlog raakt al deze drie gebieden. Over oorlog kun je praten zoveel en wanneer je maar wilt, onderweg, thuis en in het koffiehuis, zonder dat je er ooit over uitgepraat raakt.

'Onze vrienden, kotsji, dat zijn de keizer van Japan, de keizer van India, de koning van Engeland, de koning van Servië, de koning van de Belgen en de president van de Franse Republiek.'

De kotsji kneep misprijzend zijn lippen op elkaar:

'De president van de Franse Republiek is toch een gewone burger, hoe kan die het veld in trekken en oorlog voeren?'

'Ik weet het niet. Misschien stuurt hij een generaal.'

'Je moet zelf oorlog voeren en het niet aan anderen overlaten. Anders komt er niets van terecht.'

Hij keek bezorgd naar de rug van onze koetsier en zei toen als een echte deskundige:

'De tsaar is immers nogal klein uitgevallen en mager. Keizer Giljom daarentegen groot en sterk. Hij zal de tsaar al in de eerste slag overweldigen.'

De goede man was ervan overtuigd dat in een oorlog de vijandelijke heersers elkaar hoog te paard tegemoet rijden en op die manier de slag openen. Het was zinloos hem dat uit zijn hoofd te willen praten.

'Als Giljom dan de tsaar heeft verslagen, moet de tsarevitsj het veld in. Maar die is jong en ziek. Terwijl Giljom zes gezonde en sterke zonen heeft.'

Ik probeerde zijn pessimisme te verdrijven:

'Giljom kan alleen met zijn rechterhand vechten, zijn linkerhand is verlamd.'

'Ach wat, zijn linkerhand gebruikt hij toch alleen maar om de teugels van zijn paard vast te houden. Vechten doe je met je rechterhand.'

Hij fronste nadenkend zijn voorhoofd en vroeg plotseling:

'Is het waar dat caesar Frans Josef honderd jaar is?'

'Dat weet ik niet precies. Maar hij is erg oud.'

'Verschrikkelijk,' zei de kotsji, 'dat zo'n oude man op zijn paard moet klauteren en zijn sabel moet trekken.'

'Dat hoeft hij toch niet.'

'Natuurlijk moet hij dat. Tussen hem en de kralj is bloed. Ze zijn nu bloedvijanden, en de caesar moet wraak nemen voor het bloed van zijn troonopvolger. Als hij een boer uit ons dorp was kon hij misschien onderhandelen over de bloedprijs. Voor zo'n honderd koeien en een huis. Maar een caesar kan geen bloed vergeven. Anders doen ze het allemaal en dan bestaat er algauw geen bloedwraak meer en verkommert het land.'

De kotsji had gelijk. De bloedwraak vormt de belangrijkste basis voor het staatsbestel en de goede zeden, ook al hebben de Europeanen er nog zoveel bezwaren tegen. Zeker, het is prijzenswaardig wanneer oude en wijze mannen erop aandringen, er zeer op aandringen het vergoten bloed in ruil voor een grote afkoopsom te vergeven. Maar aan het principe van de bloedwraak mag niet worden getornd. Waar zou het anders eindigen? De mensheid bestaat uit families en niet uit volkeren. Tussen de families heerst een door God gewild en op de voortplantingskracht van de mannen berustend evenwicht. Wordt dat evenwicht door bruut geweld verstoord, dat wil zeggen door moord, dan moet de familie die Gods wil niet heeft gerespecteerd meteen een van haar leden verliezen. Dan is het evenwicht hersteld. Natuurlijk, het uitvoeren van de bloedwraak was een beetje gecompliceerd, er wordt vaak naast geschoten of meer mensen worden gedood dan nodig. Dan werd de bloedwraak dus voortgezet. Maar het principe was goed en helder. Mijn kotsji begreep dat heel goed en knikte tevreden: ja, die caesar van honderd, die op het paard stapte om bloed te wreken, was een verstandig en rechtvaardig man.

'Ali Khan, als caesar en kralj bloed uit te vechten hebben, wat hebben andere heersers daar dan mee te maken?'

Dat was een lastige vraag, waarop ik zelf geen antwoord had.

'Luister,' zei ik, 'onze tsaar heeft dezelfde God als de Servische kralj, daarom helpt hij hem. Keizer Giljom en andere vijandige monarchen zijn, geloof ik, met de caesar verwant. De koning van Engeland is met de tsaar verwant, en op die manier komt van het een het ander.'

Dat antwoord bevredigde de kotsji allerminst. De keizer van Japan had vast en zeker een heel andere God dan de tsaar, en de geheimzinnige burger die over Frankrijk heerste, kon natuurlijk met geen andere heerser verwant zijn. Bovendien bestond er naar de mening van de kotsji in Frankrijk helemaal geen God. Daarom heette het land immers republiek.

Van dat alles begreep ik zelf ook niet veel. Ik gaf vage antwoorden en ging eindelijk zelf tot de aanval over door hem op mijn beurt de vraag te stellen of mijn dappere kotsji van plan was ten oorlog te trekken.

Hij keek dromerig naar zijn wapens.

'Ja,' antwoordde hij, 'natuurlijk trek ik ten oorlog.'

'Je weet toch dat je het niet hoeft te doen? Wij mohammedanen zijn vrijgesteld van de krijgsplicht.'

'Ja, maar ik wil toch.' De eenvoudige knaap werd plotseling zeer spraakzaam. 'De oorlog is iets heel moois. Ik krijg de halve wereld te zien. Ik zal de wind in het Westen horen fluiten en tranen in de ogen van de vijanden zien. Ik krijg een paard en een geweer en rijd met vrienden door veroverde dorpen. Als ik terugkom breng ik veel geld mee en alle mensen vieren mijn heldendom. Als ik val, zal dat de dood zijn van een echte man. Dan zal iedereen goeds van mij zeggen en mijn zoon of mijn vader wordt zeer vereerd. Nee, oorlog is iets heel moois, doet er niet toe tegen wie. Eén keer in zijn leven moet een man ten oorlog trekken.'

Hij sprak lang en enthousiast. Hij somde de wonden op die hij zijn vijanden dacht toe te dienen, hij zag in zijn fantasie de oorlogsbuit al vóór zich, zijn ogen glansden van ontwakende strijdlust en zijn bruine gezicht leek op het gelaat van een oude dappere krijger uit het heilige boek van sjah Nameh.

Ik benijdde hem omdat hij een eenvoudige man was die precies wist wat hem te doen stond, terwijl ik zat te tobben en besluiteloos in de verte staarde. Ik heb te lang op het keizerlijk gymnasium gezeten. De tobberige aard van de Russen was op mij overgegaan.

We kwamen bij het station. Vrouwen, kinderen, oude mannen en vrouwen, boeren uit Georgië, nomaden uit Sakataly belegerden het stationsgebouw. Het was onbegrijpelijk waarheen en waarom ze de trein namen. Ook zijzelf schenen het niet te weten. Ze lagen als grove kluiten aarde op de grond en bestormden elke trein die arriveerde, ongeacht in welke richting die verderreed. Een oude man in een schaapsvacht vol scheuren en met etterende ogen zat bij de deur van de wachtkamer te snikken. Hij kwam uit Lenkoranj, aan de Perzische grens. Hij was ervan overtuigd dat zijn huis verwoest was en zijn kinderen dood waren. Ik zei tegen hem dat Perzië geen oorlog tegen ons voerde. Hij bleef troosteloos voor zich uit kijken.

'Nee, meneer. Lang is het zwaard van Iran verroest geweest. Nu wordt het opnieuw geslepen. Nomaden zullen ons overvallen, Sjahsawans zullen onze huizen verwoesten, want we leven in het rijk van het ongeloof. De leeuw van Iran zal ons land verwoesten. Onze dochters zullen slavinnen worden en onze zonen lustknapen.'

Hij ging maar door met zijn zinloos gejammer. Mijn kotsji duwde de menigte uiteen. Met veel moeite kwamen we op het perron. De locomotief had het botte gezicht van een voorwereldlijk monster. Zwart en boosaardig sneed hij het gele gelaat van onze woestijn kapot. We stapten in de wagon en sloegen de deur van onze coupé dicht. Een fooi voor de conducteur verzekerde ons van rust. De kotsji ging met opgetrokken benen op de rode pluchen bekleding van de divan zitten, waarin de drie in elkaar verstrengelde gouden letters waren geweven die de initialen vormden van de Transkaukasische spoorwegen, de trots van de Russische koloniale politiek. De trein zette zich in beweging.

Het raam zat dicht. Buiten lag de uitgestrekte gele zandwoestijn dromerig te rusten. Kleine kale heuvels glansden zacht en rond in de zandzee. Ik deed het raam open en keek naar buiten. Van verre, onzichtbare zeeën waaide over de hete duinen een koele wind. Rossig straalden verweerde rotsen. Fonkelende korreltjes rolden over het gesteente. De karige begroeiing kronkelde als een slang rond de lage heuvels. Door het zand trok een karavaan. Honderd kamelen of meer, met één bult, met twee bulten, kleine, grote, ze keken angstig naar de trein. Elk dier had een bel om zijn nek. Op de klank daarvan stemden de kamelen hun slappe pas en de wippende beweging van hun kop af. Alle dieren, alsof ze één enkel lichaam vormden, bewogen tegelijk op de maat van de nomadische symfonie van de rondtrekkende ziel van Azië... Een van de dieren struikelt, doet een misstap, en een bel valt uit de toon. De kameel voelt de wanklank en wordt onrustig. Het is de wellust van de woestijn die dit merkwaardige schepsel baarde, deze bastaard uit dier en vogel, gracieus, aantrekkelijk en afstotend tegelijk. De hele woestijn wordt gespiegeld in zijn wezen: de uitgestrektheid, het verdriet, de adem, de slaap ervan.

Het zachte zand, grijs en eentonig, leek op het gelaat van de eeuwigheid. Dromerig trok de ziel van Azië door de eeuwigheid. De trein met de drie gouden letters reed in de verkeerde richting. Ik hoorde dáár thuis, bij de kamelen, bij de mensen die ze leidden, bij het zand. Waarom hief ik niet mijn hand om aan de noodrem te trekken? Terug! Terug! Ik wil niet meer! Ik hoorde de vreemde klank in het eentonige belgelui van de eeuwige karavaan.

Wat kon mij die schelen, die wereld aan de andere kant van het bergmassief? De oorlogen daar, de steden, de tsaren, de zorgen, de vrienden, de properheid en het vuil? Wij zijn op een andere manier proper en op een andere manier zondig, wij hebben een ander ritme en andere gezichten. Laat de trein maar naar het westen stormen. Ik blijf hier achter.

Ik stak mijn hoofd ver uit het raam. De karavaan was achtergebleven. Ik keek hem na. Ik voelde me opeens heel rustig. Er was geen vijand in mijn land. Niemand bedreigde de steppen van Transkaukasië. Laat mijn kotsji maar ten oorlog trekken. Hij heeft gelijk. Hij strijdt noch voor de tsaar noch voor het Westen. Hij is de huurling van zijn eigen belustheid op avontuur, hij wil bloed vergieten en vijanden zien huilen. Zoals elke Aziaat. Ook ik wil ten oorlog trekken, mijn hele wezen verlangt naar de vrije lucht van een bloedig gevecht, naar de rook 's avonds op een groot slagveld. Oorlog – een heerlijk woord, mannelijk en sterk, als een stoot met een lans. En toch: ik ben oud geboren, met eeuwenoude hersenen. Deze oorlog gaat mij niets aan. Ik hoef daarin niet voor een overwinning te vechten. Ik moet hier blijven, voor het geval de vijand op een dag ons land, onze stad, ons deel van de aarde binnenvalt. Laat overmoedige mannen maar deelnemen aan deze oorlog. Maar er moeten genoeg mensen achterblijven in ons land om de toekomstige vijand af te weren. Want ik heb het vage gevoel dat wie er ook overwint in deze oorlog, er een gevaar op ons afkomt dat groter is dan de veroveringstochten van de tsaar. Een onzichtbaar iemand grijpt de teugels van de karavaan en wil die met geweld naar nieuwe weideplaatsen sturen, via nieuwe wegen. Dat kunnen alleen maar de wegen van het Westen zijn, de wegen die ik niet wil gaan. Daarom blijf ik thuis. Pas wanneer de onzichtbare mijn wereld belaagt, zal ik naar het zwaard grijpen.

Ik leunde achterover in de kussens. Het was goed een gedachte helemaal tot het einde te denken. Mogelijk dat de mensen zullen zeggen dat ik thuisblijf om geen afscheid te hoeven nemen van de donkere ogen van Nino. Dat is goed mogelijk. Misschien hebben die mensen ook wel gelijk. Want die donkere ogen zijn voor mij hetzelfde als mijn geboortegrond, hetzelfde als de roep waarmee mijn geboortestad haar zoon roept die door een vreemdeling wordt verleid vreemde wegen te gaan. Ik blijf om de donkere ogen van mijn vaderland tegen de onzichtbare te beschermen.

Ik keek naar mijn kotsji. Hij sliep en snurkte vol overgave en krijgszucht.

9

DE STAD LAG LOOM en lui in de gloed van de Transkaukasische augustuszon. Haar oeroude, doorgroefde gezicht was niet veranderd. Veel Russen waren verdwenen. Ze trokken ten strijde voor tsaar en vaderland. De politie doorzocht hun woningen naar Duitsers en Oostenrijkers. De olieprijzen stegen en de mensen binnen en buiten de grote muren waren tevreden en gelukkig. Alleen theehuisbezoekers uit de zakenwereld lazen de oorlogsberichten. De oorlog was ver weg, op een andere planeet. De namen van de veroverde of prijsgegeven steden klonken vreemd en ver. Generaals keken op foto's vriendelijk en zegevierend van de omslagen van de tijdschriften. Ik ging niet naar het instituut in Moskou. Nu het oorlog was wilde ik niet weg uit mijn vaderland. Studeren kon ik altijd nog. Veel mensen verachtten me daarom, en ook omdat ik nog niet aan het front lag. Maar als ik van het dak van ons huis neerkeek op de bonte mensenmenigte in de oude stad, wist ik dat geen oproep van de tsaar mij ooit zou kunnen scheiden van de aarde van mijn geboortestreek, van de muren van mijn geboortestad.

Mijn vader vroeg verbaasd en bezorgd:

'Wil je echt niet ten oorlog trekken, Ali Khan Shirvanshir?'
'Nee, vader, ik heb geen zin.'
'De meesten van onze voorvaderen zijn in het veld gevallen. Het is de natuurlijke dood in onze familie.'
'Weet ik, vader. Ook ik zal in het veld vallen, maar niet nu en niet zo ver weg.'
'Liever in ere sterven dan in oneer leven.'
'Ik leef niet eerloos. Ik heb in deze oorlog geen verplichtingen.'

Mijn vader keek mij wantrouwig aan. Was zijn zoon laf?

Voor de honderdste keer vertelde hij mij de geschiedenis van onze familie. Al onder Nadir Sjah streden vijf Shirvanshirs voor het rijk van de Zilveren Leeuw. Velen vielen in de veldtocht tegen India. Slechts een van hen kwam met rijke buit terug uit Delhi. Hij kocht landgoederen, bouwde paleizen en overleefde de grimmige heerser. Toen daarna sjah Rukh ten strijde trok tegen Hoessein Khan, koos deze voorvader de kant van de wilde Kadjarenvorst Aga Mohammed. Met acht zonen volgde hij hem door Send, Khorosan en Georgië. Slechts drie van hen bleven in leven, bleven volgelingen van de grote eunuch, ook toen die sjah was geworden. Hun tenten stonden in het kamp van Aga Mohammed in Sjoesja in de nacht waarin hij werd vermoord. Met het bloed van negen familieleden hadden de Shirvanshirs de landgoederen betaald waarmee Fath Ali, de zachtaardige erfgenaam van Aga Mohammed, hen in Shirvan, Mazdaran, Gijan en Azerbaidzjan beleende. De drie broers heersten over Shirvan als erfelijke vazallen van de koning der koningen. Toen kwamen de Russen. Ibrahim Khan Shirvanshir verdedigde Bakoe, en zijn heldendood bij Gandzja bracht de naam Shirvanshir nieuwe roem. Pas na de vrede van Turkmanchai vielen de landgoederen, de vlaggen en de slagvelden van de Shirvanshirs uiteen. De Perzische leden van de clan streden en stierven onder Mohammed Sjah, Nasir al-Din Sjah in de veldtochten tegen Turkmenen en Afghanen, de Russische familieleden vergoten hun bloed voor de tsaar in de Krimoorlog, in de strijd tegen Turkije en in de Japanse oorlog. Maar daar staat tegenover dat wij landgoederen en orden hebben en dat de zonen ook voor hun eindexamen gymnasium slagen wanneer ze het gerundium niet kunnen onderscheiden van het gerundivum.

'Weer is er oorlog in het land,' besloot mijn vader, 'maar jij, Ali Khan Shirvanshir, zit op het tapijt van de lafheid, verstopt je achter de milde wet van de tsaar. Wat hebben woorden voor zin wanneer de geschiedenis van onze familie niet is opgenomen in je bloed. Niet op de dode, vergeelde, stoffige bladzijden van een boek, nee, in je aderen, in je hart zou je de heldendaden van je voorvaderen moeten lezen.'

Mijn vader zweeg bedroefd. Hij verachtte me, want hij begreep me niet. Was zijn zoon laf? Er was oorlog in het land en zijn zoon stortte zich niet in de strijd, dorstte niet naar het bloed van de vijand, wilde niet de tranen in hun ogen zien. Nee, deze zoon was ontaard!

Ik zat op het tapijt, leunde tegen zachte kussens en zei schertsend:

'Je hebt me de vervulling van drie wensen geschonken. De ene wens was een zomer in Karabach. Nu komt de tweede: ik trek het zwaard op het moment dat ik dat wil. Ik denk dat het nooit te laat zal zijn. De vrede is voorbij – voor heel lang. Ons land zal mijn zwaard nog nodig hebben.'

'Goed,' zei mijn vader.

Daarna zweeg hij, sprak niet meer over de oorlog, maar keek mij alleen van opzij onderzoekend aan. Misschien was zijn zoon toch niet ontaard.

Ik sprak met de mullah van de Taza-Pir-moskee. De mullah begreep me meteen. Hij kwam bij ons thuis, in wijdvallend gewaad, en verspreidde de geur van amber. Hij zonderde zich af met mijn vader. Hij zei tegen hem dat volgens de tekst van de koran deze oorlog geen plicht is voor een moslim. Hij ondersteunde zijn woorden met veel spreuken van de profeet.

Sindsdien lieten ze me thuis met rust.

Maar alleen thuis. De oorlogszucht had onze jeugd in zijn greep, en niet iedereen was verstandig genoeg zich te beheersen. Soms ging ik bij mijn vrienden op bezoek. Dan liep ik door de poort van Zizianasjvili, sloeg rechtsaf de Asjumstraat in, passeerde de straat van de heilige Olga en slenterde kalmpjes naar het huis van de oude Seinal Aga.

Iljas Beg zat aan een tafel militaire beschouwingen te bestuderen. Naast hem, met gefronst voorhoofd en een paniekerig gezicht, zat Mehmed Haidar, de grootste domkop van de hele school. De oorlog had hem compleet van zijn stuk gebracht. Halsoverkop had hij het huis der kennis verlaten en koesterde, net als Iljas Beg, nog maar één verlangen: de gouden epauletten van een officier op zijn schouders te voelen. Beiden bereidden zich voor op het officiersexamen. Toen ik de kamer binnenkwam, hoorde ik het wanhopige gemompel van Mehmed Haidar:

'De taak van het leger en de vloot is de verdediging van de tsaar en van het vaderland tegen de externe en interne vijand.'

Ik nam het boek van de arme man in mijn hand en overhoorde hem.

'Wie, beste Mehmed Haidar, is de externe vijand?'

Hij fronste zijn voorhoofd, dacht krampachtig na en riep toen plotseling:

'De Duitsers en de Oostenrijkers.'

'Je zit er helemaal naast, m'n beste,' jubelde ik en ik las triomfantelijk:

'Externe vijand is elke militaire formatie die met oorlogszuchtige bedoelingen onze grenzen dreigt te overschrijden.'

Daarna richtte ik me tot Iljas Beg:

'Wat wordt er verstaan onder een schot?'

Iljas Beg antwoordde als een automaat:

'Onder een schot wordt verstaan het wegschieten van de kogel uit de monding van de loop met behulp van de kruitexplosie.'

Dat vraag-en-antwoordspelletje duurde een hele tijd. Het verbaasde ons zeer hoe moeilijk het was om een vijand volgens alle regels van de wetenschap dood te maken, en hoe dilettantisch die kunst tot dusver was uitgeoefend in ons land. Daarna gaven ze beiden – Mehmed Haidar en Iljas Beg – hoog op van de vreugden van de toekomstige veldtocht. Vreemde vrouwen, die je van de puinhopen van veroverde steden had opgeraapt zonder hun letsel toe te voegen, speelden daarbij een maatgevende rol. Na een uur vrijuit gedroomd te hebben constateerden ze dat elke soldaat zijn maarschalkstaf in zijn ransel draagt, en ze keken mij neerbuigend aan.

'Zodra ik officier ben,' zei Mehmed Haidar, 'moet jij me op straat vóór laten gaan en mij eer bewijzen. Want dan verdedig ik met mijn dappere bloed jouw luie vlees.'

'Tegen de tijd dat jij officier bent, is de oorlog al lang verloren en hebben de Duitsers Moskou veroverd.'

De twee toekomstige helden waren helemaal niet verontwaardigd over die profetie. Het maakte hun niets uit wie de oorlog zou winnen, evenmin als het mij wat uitmaakte. Tussen ons en het front lag een zesde deel van de wereld. Zoveel konden de Duitsers helemaal niet veroveren. In plaats van een christelijke heerser zouden we een andere christelijke heerser krijgen. Dat was alles. Nee, voor Iljas Beg was de oorlog een avontuur, voor Mehmed Haidar de welkome aanleiding zijn schooltijd op een waardige manier af te sluiten en zich te wijden aan een van nature mannelijk beroep. Vanzelfsprekend zouden beiden goede frontofficieren worden. Aan moed ontbrak het ons volk niet. Maar waartoe? Dat vroeg Iljas Beg noch Mehmed Haidar zich af, en het zou zinloos zijn geweest hen tot de orde te roepen, want de bloeddorst van het Oosten was in hen beiden ontwaakt.

Nadat ze me uitvoerig hadden veracht, verliet ik het huis van Seinal Aga. Door de wirwar van de Armeense stadswijk kwam ik op de strandpromenade. De Kaspische Zee, zilt en loodzwaar, spoelde tegen de granieten kade. Er lag een kanonneerboot in de haven. Ik ging op een bank zitten en keek naar de kleine inheemse zeilboten, die dapper tegen de golven streden. Met zo'n boot zou ik gemakkelijk en comfortabel naar Perzië kunnen varen, naar de haven van Astara, een vervallen, vredig nest aan de poort naar het grote, groene land van de sjah. Daar kon je de weemoedige liefdesverzuchtingen van de klassieke dichters beluisteren of de herinneringen aan de heldendaden van de dappere krijgers en aan de geurige rozentuinen in de paleizen bij Teheran. Een mooi, sprookjesachtig land.

Ik liep een aantal keren de promenade op en af. Ik was er nog steeds niet aan gewend bij Nino thuis op bezoek te gaan. Dat was in strijd met alle beginselen van de goede zeden. Maar in verband met de oorlog meende de oude Kipiani dat hij het een en ander door de vingers kon zien. Eindelijk haalde ik diep adem en liep de trap op van het vier verdiepingen tellende huis. Bij de tweede verdieping hing een messing bordje met de korte tekst 'Vorst Kipiani'.

Een dienstmeisje met een wit schortje deed de deur open en maakte een kniebuiging. Ik overhandigde haar mijn muts, hoewel een goed oosters gebruik voorschrijft dat de gast zijn muts ophoudt. Ik wist hoe het hoorde in Europa. De vorstelijke familie zat in de salon en dronk thee.

Het was een grote kamer, en de meubels die er stonden waren bekleed met rode zijde. In de hoeken stonden palmen en potten met bloemen, de muren waren niet geverfd of met tapijten bedekt, maar behangen. De vorstelijke familie dronk Engelse thee uit wijde kopjes met mooie versieringen. Er waren beschuitjes en biscuitjes en ik kuste de hand van de vorstin, die naar beschuit, biscuit en lavendelwater rook. De vorst gaf mij een hand en Nino reikte me drie vingers, terwijl ze verlegen in haar theekopje keek.

Ik ging zitten en kreeg thee.

'U hebt dus besloten, khan, voorlopig niet ten strijde te trekken,' vroeg de vorst plechtig.

'Ja, vorst, voorlopig niet.'

De vorstin zette haar kopje neer:

'Ik zou als ik u was lid worden van het een of andere oorlogshulpcomité. Dan hebt u tenminste een uniform.'

'Misschien, vorstin, dat is een goed idee.'

'Ik ga dat ook doen,' zei de vorst, 'ook al kunnen ze me niet missen op de zaak, ik moet toch mijn vrije tijd opofferen voor het vaderland.'

'Heel juist, vorst. Maar ik heb helaas zo verschrikkelijk weinig vrije tijd. Ik ben bang dat het vaderland niet veel aan mij zal hebben.'

De vorst was oprecht verbaasd:

'Waar bent u dan zo druk mee?'

'Ik wijd me aan het beheer van mijn landgoederen, vorst.'

Die zat. Ik had de zin ontleend aan de een of andere Engelse roman. Wanneer een voorname lord helemaal niets te doen heeft, dan wijdt hij zich aan het beheer van zijn landgoederen. De achting voor mij steeg in de ogen van de vorstelijke ouders. Nog een paar voorname woorden, en Nino kreeg toestemming die avond met mij naar de opera te gaan. Ik kuste opnieuw de zachte hand van de vorstin, maakte een buiging, sprak zelfs de r op de Petersburgse manier uit en beloofde om halfacht terug te komen.

Nino bracht mij naar de deur, en toen het dienstmeisje mij mijn muts aanreikte, bloosde ze hevig, boog haar hoofd en zei in verrukkelijk gebroken Tataars:

'Ik ben vreselijk blij dat je hier blijft. Echt, ik ben erg blij. Maar vertel eens, Ali, ben je werkelijk zo bang voor de oorlog? Mannen moeten toch houden van de strijd. Ik zou ook van je wonden houden.'

Ik bloosde niet. Ik pakte haar hand en hield die stevig vast.

'Ik ben niet bang. Er komt een tijd waarin je ook mijn wonden zal mogen verzorgen. Maar als je er zin in hebt, kun je me tot die tijd als een lafaard beschouwen.'

Nino keek me verbaasd aan. Ik ging naar huis en sneed een oud scheikundeboek in duizend snippers.

Toen dronk ik echte Perzische thee en reserveerde in de opera een loge.

10

*V*LUG JE OGEN SLUITEN, met je handen je oren dichthouden en helemaal in jezelf verzinken. Hoe was dat? Destijds in Teheran?

Een enorme, blauwe, stenen hal met de edele naam van sjah Nasir al-Din boven de ingang. In het midden een rechthoekig toneel, en in de hele zaal, zittend, staand, liggend, waardige mannen, opgewonden kinderen, dweepzieke jongelingen – aandachtige luisteraars bij het passiespel van de heilige Hoessein. De zaal is spaarzaam verlicht. Op het toneel troosten bebaarde engelen de jongeling Hoessein. De grimmige kalief Jazid stuurt zijn ruiters de woestijn in om het hoofd van de heilige jongeling te halen. Klaagliederen worden door het gekletter van degens onderbroken. Ali, Fatima en Eva, de eerste vrouw, lopen over het toneel en zingen uit vele coupletten bestaande rubayats. Op een zware gouden schaal wordt het hoofd van de jongeling aan de goddeloze kalief overhandigd. De toeschouwers beven en huilen. Een mullah loopt tussen de rijen door en verzamelt met behulp van watten de tranen van de toeschouwers in een klein flesje. Die tranen bevatten allerlei magische krachten. Hoe dieper het geloof van de toeschouwers, des te sterker is het effect van het spel. Een plank wordt een woestijn, een krat de met diamanten ingelegde troon van de kalief, een paar houten palen de hof van Eden en een man met een baard de dochter van de profeet.

Nu je ogen opendoen, je handen in je schoot leggen en om je heen kijken.

Fel licht van ontelbare elektrische gloeilampen. Rood fluweel in de loges, die door vergulde goden van gips worden getorst. In de zaal glimmende kale hoofden als sterren aan het nachtelijke firmament. De vrouwen hebben witte ruggen en blote armen. Een donkere afgrond scheidt het publiek van het toneel. In die afgrond zitten schuchter uitziende mensen met muziekinstrumenten. Boven het parket hangt het samengebalde geluid van halfluide gesprekken, ritselende programmaboekjes, in- en uitklappende dameswaaiers en lorgnetten: de stedelijke opera van Bakoe een paar minuten voor het begin van de opera *Eugen Onegin*.

Nino zat naast me. Haar smalle gezicht was naar mij toe gekeerd. Haar lippen waren vochtig en haar ogen droog. Ze sprak niet veel. Toen het donker werd legde ik mijn arm om haar schouders. Ze hield haar hoofd scheef en scheen geheel op te gaan in de muziek van Tsjaikovski. Eugen Onegin liep in een biedermeierjas over het toneel en Tatjana zong een aria.

Ik geef de voorkeur aan de opera, omdat de handeling me vooraf bekend is en ik niet, zoals in het theater, moet opletten om te verstaan wat er op het toneel gebeurt. De muziek stoort me slechts zelden, hoogstens wanneer die te luid wordt. Het is donker in de zaal, en wanneer ik mijn ogen dichtdoe, denken de mensen naast me dat mijn ziel verzonken is in de symfonische oceaan.

Deze keer hield ik mijn ogen open. Achter Nino's fijnbesneden profiel, dat ietwat vooroverneeg, zag ik de eerste rijen van het parket. In het midden van de derde rij zat een dikke man met schaapsogen en een filosofisch voorhoofd, mijn oudere vriend Melik Nachararjan, de voornaamste Armeniër van Sjoesja. Zijn hoofd bewoog tussen Nino's linkeroog en haar neus op de maat van de aria.

'Kijk, daar zit Nachararjan,' fluisterde ik haar toe.

'Kijk naar het toneel, barbaar dat je bent,' fluisterde ze terug, maar wierp toch een blik naar de dikke Armeniër.

Die draaide zich om en knikte vriendelijk.

In de pauze ontmoette ik hem bij het buffet, waar ik voor Nino bonbons kocht. Hij kwam in onze loge en zat daar, dik, intelligent en met een hoofd dat al een beetje kaal werd.

'Hoe oud bent u, Melik Nachararjan?' vroeg ik.

'Dertig,' antwoordde hij.

Nino hoorde ervan op.

'Dertig?' zei ze. 'Nou, dan zullen we u wel niet meer lang zien in onze stad.'

'Hoezo, prinses?'

'Uw jaargang is immers al opgeroepen.'

Hij lachte hard, zijn ogen puilden uit zijn hoofd, en zijn dikke buik schudde.

'Helaas, prinses, ik mag niet ten oorlog trekken. De dokter heeft bij mij een ongeneeslijk bijholte-empyeem geconstateerd. Ik moest hier blijven.'

De naam van de ziekte klonk exotisch en deed aan buikpijn denken. Nino zette grote ogen op.

'Is die ziekte dan erg gevaarlijk?' vroeg ik bezorgd.

'Het is maar hoe je het bekijkt. Met behulp van een plichtsbewuste arts kan elke ziekte gevaarlijk worden.'

Nino was verbaasd en verontwaardigd tegelijk.

Melik Nachararjan was een afstammeling van de edelste Armeense familie van Karabach. Zijn vader was generaal. Hijzelf sterk als een beer, kerngezond en ongehuwd. Toen hij de loge verliet, vroeg ik of hij na de opera met ons wilde souperen. Hij nam de uitnodiging aan en dankte beleefd.

Het gordijn ging open en Nino's hoofd rustte tegen mijn

schouder. Bij de klanken van de beroemde wals van Tsjaikovski deed ze zelfs haar ogen dicht en fluisterde:

'Vergeleken met hem ben jij bijna een held. Jij hebt tenminste geen bijholtes.'

'De Armeniërs hebben meer fantasie dan de mohammedanen,' probeerde ik Nachararjan te verontschuldigen.

Nino's hoofd bleef zelfs tegen mijn schouder rusten toen de heldentenor Lensky voor de loop van Onegins pistool ging staan en, zoals in het programma was aangekondigd, werd doodgeschoten.

Het was een gemakkelijke, elegante en volmaakte overwinning, die gevierd moest worden.

Nachararjan wachtte op ons bij de ingang van de opera. Hij had een auto, wat vergeleken met de koets van huize Shirvanshir ongemeen voornaam en Europees was. We reden door de nachtelijke straten van onze stad, langs het gymnasium en het lyceum. 's Nachts zagen die gebouwen er bijna vriendelijk uit. We stopten voor de marmeren trap van de stadssociëteit. Het was niet helemaal zoals het hoorde. Nino zat nog op het lyceum. Maar wanneer de ene heer de naam Shirvanshir draagt en de ander Nachararjan heet, kan een prinses Kipiani rustig de regels van het lyceum van de heilige Tamar overtreden.

We liepen naar het felverlichte grote terras van de sociëteit, dat uitkwam op de nachtelijk donkere gouverneurstuin. Ik zag de sterren, de vaag glinsterende zee en de vuurtorens van het eiland Nargin.

De glazen rinkelden. Nino en Nachararjan dronken champagne. Omdat niets ter wereld, zelfs niet Nino's ogen, mij kan dwingen in mijn geboortestad in het openbaar alcohol te drinken, dronk ik, zoals gewoonlijk, een glas sinaasappelsap. Toen het zeskoppige dansorkest ons eindelijk een pauze gunde, zei Nachararjan ernstig en peinzend:

'Daar zitten we dan, de vertegenwoordigers van de drie grootste volkeren van Kaukasië: een Georgische, een mohammedaan, een Armeniër. Onder dezelfde hemel geboren, door dezelfde aarde gedragen, verschillend en toch één – als de drie wezens van God. Europees en Aziatisch tegelijkertijd, van het Westen en van het Oosten ontvangend en aan beide gevend.'

'Ik dacht altijd,' zei Nino, 'dat het element van een Kaukasiër de strijd was. En nu zit ik tussen twee Kaukasiërs in die geen van beiden willen vechten.'

Nachararjan keek haar meewarig aan.

'Ze willen allebei vechten, prinses, maar niet tegen elkaar. Een steile muur scheidt ons van de Russen. Die muur is het Kaukasische gebergte. Winnen de Russen, dan wordt ons land helemaal Russisch. We raken onze kerken kwijt, onze taal, onze eigen aard. We worden bastaarden van Europa en Azië, in plaats van de brug te vormen tussen beide werelden. Nee, wie voor de tsaar vecht, vecht tegen de Kaukasus.'

De schoolwijsheid van het lyceum van de heilige Tamar sprak uit Nino:

'Perzen en Turken hebben ons land verscheurd. De sjah heeft het Oosten verwoest, de sultan het Westen. Hoeveel Georgische slavinnen zijn er niet in een harem terechtgekomen! De Russen zijn immers niet zomaar binnengemarcheerd. Wij hebben ze geroepen. Georgius de Twaalfde heeft vrijwillig zijn kroon afgestaan aan de tsaar: "Niet tot uitbreiding van onze toch al eindeloze gebieden van ons keizerrijk nemen wij de bescherming op ons van het koninkrijk Georgië." Kennen jullie die woorden soms niet?'

Natuurlijk kenden we die. Acht jaar lang hadden we op school de letterlijke tekst van het manifest in ons hoofd moeten stampen dat Alexander de Eerste honderd jaar geleden aan ons had opgedragen. In de hoofdstraat van Tiflis stonden die woorden op een bronzen plaquette: 'Niet tot uitbreiding van onze toch al eindeloze…'

Nino had niet ongelijk. De harems in het Oosten zaten destijds vol met gevangen Kaukasische vrouwen, de straten van de

Kaukasische steden waren bezaaid met christelijke lijken. Ik had Nino natuurlijk kunnen antwoorden: 'Ik ben mohammedaan, jullie zijn christenen. God heeft ons jullie als buit geschonken.' Maar ik zweeg en wachtte op het antwoord van Nachararjan.

'Luister eens, prinses,' zei hij, 'een politiek denkend iemand moet de moed opbrengen tot onrechtvaardigheid, tot onobjectiviteit. Ik geef toe, met de Russen kwam er vrede in het land. Maar die vrede kunnen wij, de volkeren van Kaukasië, nu ook zonder de Russen bewaren. De Russen veinzen dat ze ons tegen elkaar moeten beschermen. Daarom al die Russische regimenten, die Russische ambtenaren en gouverneurs. Maar prinses, oordeel zelf, moet u tegen mij worden beschermd? Moet iemand mij tegen Ali Khan beschermen? Hebben we niet allemaal vredig in een kring op het bonte tapijt in Pechachpur bij Sjoesja gezeten? Perzië is tegenwoordig immers geen vijand meer voor wie de Kaukasische volkeren bang moeten zijn. De vijand zit in het noorden, en die vijand maakt ons wijs dat we kinderen zijn die tegen elkaar moeten worden beschermd. Maar we zijn al lang geen kinderen meer.'

'En daarom gaat u niet naar de oorlog?' vroeg Nino.

Nachararjan had te veel champagne gedronken.

'Niet alleen daarom,' zei hij, 'ik ben lui en gemakzuchtig. Ik neem het de Russen kwalijk dat ze de Armeense kerkgoederen in beslag hebben genomen, en op het terras van deze sociëteit is het prettiger dan in de loopgraven. Mijn familie heeft genoeg roem vergaard. Ik ben een genieter.'

'Ik denk er heel anders over,' zei ik, 'ik ben geen genieter, en ik hou van de oorlog. Maar niet van deze oorlog.'

'U bent jong, beste vriend,' zei Nachararjan en nam nog een slok.

Hij sprak lang en beslist erg verstandig. Toen we opbraken, was Nino bijna overtuigd van de juistheid van zijn ideeën. We reden in de auto van Nachararjan naar huis. 'Deze heerlijke stad,' zei hij onderweg, 'de poort van Europa. Als Rusland niet zo achterlijk was, waren we al lang een Europees land.'

Ik dacht aan de voorbije tijden van mijn aardrijkskundelessen en lachte vergenoegd.

Het was een goede avond. Bij het afscheid kuste ik Nino's ogen en handen, terwijl Nachararjan naar de zee keek. Later bracht hij me naar de poort van Zizianasjvili... Verder kwam de auto niet. Achter de muur begon Azië.

'Gaat u met Nino trouwen?' vroeg hij nog.

'Insjallah, als God het wil.'

'U zult nog een paar moeilijkheden moeten overwinnen, beste vriend. Voor het geval u hulp nodig hebt, ik sta ter beschikking. Ik ben er een voorstander van dat de vooraanstaande families van onze volkeren met elkaar verwant raken. We moeten een eenheid vormen.'

Ik gaf hem dankbaar een hand. Er bestonden dus werkelijk fatsoenlijke Armeniërs. De ontdekking was verwarrend.

Vermoeid ging ik het huis binnen. De bediende zat op de grond en las. Ik wierp een blik op het boek. Het Arabische sierschrift van de koran kronkelde over de bladzijden. De bediende stond op en groette. Ik pakte het goddelijke boek en las:

'O gij die gelooft, ziet: de wijn en het geluksspel en de afgodsbeelden en de lotspijlen zijn slechts een gruwel en het werk van satan. Mijdt ze, misschien gaat het jullie dan voorspoedig. De satan wil slechts vijandschap en haat tussen u werpen en jullie afleiden van de gedachten aan Allah en van het gebed.'

De bladzijden van de koran geurden zoet. Het dunne, vergeelde papier ritselde. Gods woord, ingeklemd tussen twee leren omslagen, was streng en vermanend. Ik gaf het boek terug en ging naar mijn kamer. De brede, lage divan was zacht. Ik deed mijn ogen dicht, zoals altijd wanneer ik heel goed wilde zien. Ik zag champagne, Eugen Onegin op het bal, de lichte schaapsogen van Nachararjan, Nino's zachte lippen en de horde vijanden die over de muur van bergen stroomt om onze stad te veroveren.

Op straat klonk een eentonig gezang. Het was Hasjim, de man die altijd verliefd was. Hij was erg oud, en niemand wist om welke liefde hij treurde. Hij werd met een Arabische erenaam Madjnun genoemd, de liefdeszieke. Als het nacht was sloop hij door de lege straten, ging ergens op een straathoek zitten en huilde en zong tot het ochtendgloren over zijn liefde en zijn pijn.

Het monotone geluid van zijn liederen was slaapverwekkend. Ik keerde mijn gezicht naar de muur en verzonk in duisternis en droom.

Het leven was nog steeds erg mooi.

11

*E*EN STOK HEEFT TWEE UITEINDEN. Een boveneinde en een ondereinde. Draai je de stok om, dan is het bovenste einde onder en het onderste boven. Aan de stok is intussen niets veranderd.

Zo gaat het met mij. Ik ben dezelfde als een maand en als een jaar geleden. Het is dezelfde oorlog daarginds, en dezelfde generaals overwinnen of worden overwonnen. Maar wie mij kort geleden nog lafaard noemde, slaat nu zijn ogen neer wanneer ik langskom; vrienden en familieleden steken de loftrompet over mijn wijsheid, en mijn eigen vader kijkt mij bewonderend aan.

Aan de stok is intussen niets veranderd.

Op een dag deed in onze stad het gerucht de ronde: Zijne Keizerlijke Majesteit de sultan van het Hoge Osmaanse Rijk Mehmed de Vijfde Rasjid heeft besloten, zei men, oorlog te gaan voeren tegen de wereld van het ongeloof. Zijn zegenrijke troepen waren al op weg naar het oosten en het westen om de gelovigen te bevrijden van het juk van Rusland en Engeland. De Heilige Oorlog was verklaard, vertelde men, en de groene vlag van de profeet wapperde boven de paleizen van de kalief.

Dat was de reden waarom ik een held ben geworden. Er kwamen vrienden die de lof zongen van mijn vooruitziende blik. Ik had gelijk gehad toen ik weigerde ten oorlog te trekken, zeiden ze. Een mohammedaan moest natuurlijk nooit tegen de sultan strijden. De Turken, onze broeders, zouden zich in Bakoe vestigen en ons volk zou met het volk van de Turken verenigd worden tot één grote gemeenschap van gelovigen.

Ik zweeg en maakte zwijgend een buiging. Lof en kritiek moesten een wijs man onverschillig laten. Mijn vrienden spreidden de landkaarten uit. Verbitterd kibbelden ze erover in welke wijk de Turken zich zouden vestigen in Bakoe. Ik maakte een eind aan de ruzie door te zeggen dat de Turken, waar ze ook vandaan zouden komen, eerst door de wijk Armenikend zouden trekken, het stadsdeel van de Armeniërs. Mijn vrienden keken me vol bewondering aan en prezen mijn wijsheid.

Van de ene dag op de andere veranderde de ziel van de mensen. Geen moslim voelde zich nog geroepen de wapenen op te nemen. Voor veel geld moest Seinal Aga zijn plotseling oorlogsschuw geworden Iljas Beg onderbrengen bij het garnizoen van Bakoe. De arme kerel was net voordat de Turken de oorlog hadden verklaard voor zijn officiersexamen geslaagd, en, o wonder, zelfs Mehmed Haidar was erdoor gekomen. Nu waren ze allebei luitenant, zaten in de kazerne en benijdden mij omdat ik de tsaar geen trouw had gezworen. De weg terug was voor hen versperd. Niemand had hen tot die eed gedwongen. Ze hadden die vrijwillig afgelegd, en ik zou de eerste zijn die hen links zou laten liggen wanneer ze hun eed zouden breken.

Ik bleef zwijgzaam, mijn gedachten waren troebel. Slechts af en toe verliet ik 's avonds het huis en ging snel naar de moskee bij de vesting. In de buurt van de moskee stond een oud huis. Daar woonde Seyd Moestafa, een schoolkameraad van mij. Bij hem ging ik laat op de avond op bezoek.

Seyd Moestafa was een nazaat van de profeet. Hij had kleine spleetoogjes en een pokdalig gezicht. Hij droeg altijd de groene sjerp van zijn stand. Zijn vader was imam in de kleine moskee en zijn grootvader een beroemd geleerde aan het graf van imam Reza in de heilige stad Mesjhed. Hij bad vijf keer per dag. Met krijt schreef hij op zijn zolen de naam van de goddeloze kalief Jazid, om dagelijks de vijand van het geloof met voeten te treden. Op de heilige rouwdag van de tiende moharrem krabde hij tot bloedens toe de huid op zijn borst open. Nino vond hem te bigot en ze verachtte hem daarom. Ik hield van hem om zijn heldere kijk op de dingen; want als geen ander kon hij goed en kwaad, waar en onwaar van elkaar onderscheiden.

Hij ontving me met het blije glimlachje van een wijze:

'Heb je dat gehoord, Ali Khan? De rijke Jakub Oghly heeft twaalf kratten champagne gekocht om daarmee te drinken met de eerste Turkse officier die de stad binnenkomt. Champagne! Champagne ter ere van de mohammedaanse Heilige Oorlog.'

Ik haalde mijn schouders op.

'Waarom verbaast je dat nog, o Seyd? De mensen hebben hun verstand verloren.'

'Tegen wie Allah in toorn ontsteekt, die wordt door hem op een dwaalspoor geleid,' zei Seyd grimmig. Hij sprong op, zijn lippen trilden. 'Acht man zijn gisteren gevlucht om in het leger van de sultan te dienen. Acht man! Ik vraag je, khan, wat zit er in de hoofden van die acht?'

'Die zijn leeg als de buik van een hongerige ezel,' antwoordde ik voorzichtig.

Seyds verbeten woede kende geen grenzen.

'Kijk,' riep hij, 'Sji'ieten vechten voor de soennitische kaliefs. Heeft Jazid niet het bloed van de kleinzoon van de profeet vergoten? Heeft Moawia de geprezen Ali niet vermoord? Wie behoort het erfgoed van de profeet toe? Aan de kalief of aan de onzichtbare, de imam van de eeuwigheid, die het bloed van de profeet in zijn aderen heeft? Al eeuwenlang rouwt het volk van de sji'ieten, vloeit er bloed tussen ons en de afvalligen, die erger zijn dan de ongelovigen. Hier sjia, daar soenna, en tussen beide is geen brug. Het is nog helemaal niet zo lang geleden dat sultan

Selîm veertigduizend sji'ieten heeft laten afslachten. En nu? Sji'ieten vechten voor de kalief, die de erfenis van de profeet heeft gestolen. Vergeten is alles, het bloed van de vromen, het mysterie van de imams. Hier in onze sjiietische stad zitten mensen en kijken er verlangend naar uit dat de soennieten komen en ons geloof verwoesten. Wat wil de Turk?! Tot Urmia is Enver al opgerukt. Iran wordt in tweeën gedeeld. Het geloof verwoest. O Ali, kom met vlammend zwaard, vernietig de afvalligen! O Ali, Ali…!'

Tranen stroomden over zijn gezicht. Hij balde zijn hand tot een vuist en sloeg wanhopig op zijn borst. Ik keek hem verbijsterd aan. Ik wist niet meer wat recht en wat onrecht was. Ja, de Turken waren soennieten. En toch verlangde mijn hart naar de intocht van Enver in onze oude stad. Wat was dat? Was het bloed van onze martelaren werkelijk voor niets vergoten?

'Seyd,' zei ik, 'de Turken zijn van onze stam. Hun taal is onze taal. Het bloed van Turan vloeit in ons beider aderen. Misschien is het daarom gemakkelijker onder de halvemaan van de kalief te sterven.'

Seyd Moestafa droogde zijn ogen.

'In mijn aderen stroomt het bloed van Mohammed,' zei hij koel en trots. 'Het bloed van Turan? Ik geloof dat je zelfs het kleine beetje kennis bent vergeten dat je op school hebt opgedaan. Rij naar de bergen van Altaj, of nog verder, naar de grens van Siberië: wie wonen daar? Turken, net als wij, met onze taal en ons bloed. God heeft ze op dwaalwegen geleid, en ze zijn heidenen gebleven, aanbidden afgoden: de watergod Soe-Tengri, de hemelgod Teb-Tengri. Als die Jakoeten of Altajers machtig waren en tegen ons zouden vechten, zouden wij sji'ieten dan blij zijn met de overwinningen van de heidenen, alleen maar omdat ze van ons bloed zijn?'

'Wat moeten we doen, Seyd?' vroeg ik, 'Het zwaard van Iran is verroest. Wie tegen de Turken vecht, helpt de tsaar. Moeten we in naam van Mohammed het kruis van de tsaar tegen de halvemaan van de kalief verdedigen? Wat moeten we doen, Seyd?'

Moestafa's gezicht stond diep en diep bedroefd. Hij keek me aan en het leek wel alsof de hele wanhoop van een stervend millennium uit zijn ogen sprak.

'Wat we moeten doen, Ali Khan? Ik weet het zelf niet.'

Seyd Moestafa was een eerlijk mens.

Ik zweeg ontdaan. De petroleumlamp in de kamer van Seyd walmde. In de kleine lichtcirkel straalden de kleuren van het gebedstapijt. Het tapijt leek op een tuin die je kunt opvouwen en mee op reis nemen. Voor hem, Seyd Moestafa, was het eenvoudig om de zonden van het volk te vervloeken. Hij was op aarde alsof hij op reis was. Nog tien, nog twintig jaar, en hij zal imam zijn, aan het graf van Reza in Mesjhed, een van de wijzen die onzichtbaar en ongemerkt het lot van Perzië in de hand hebben. Hij heeft nu al de vermoeide ogen van een oude man die zich bewust is van zijn hoogbejaardheid en die daar blij mee is. Geen duimbreed zal hij afwijken van het ware geloof, ook als daardoor Perzië weer groot en machtig zou kunnen worden. Liever te gronde gaan dan dwars door de vuiligheid van de zonde heen tot het dwaallicht van het aardse geloof te geraken. Daarom zwijgt hij en weet zich geen raad. Daarom hou ik van hem, de eenzame wachter op de drempel van het ware geloof.

'Ons lot ligt in Allahs hand, Seyd Moestafa,' zei ik ter afleiding, 'God moge ons op de rechte weg leiden. Vandaag wilde ik iets anders met je bespreken.'

Seyd Moestafa keek naar zijn met henna geverfde nagels. Een rozenkrans van barnsteen gleed door zijn vingers. Hij sloeg zijn ogen op en zijn pokdalig gezicht werd breed.

'Ik weet het, Ali Khan, je wilt trouwen.'

Geschrokken sprong ik overeind. Ik was van plan geweest met Seyd Moestafa de oprichting van een mohammedaansji'itische padvindersorganisatie te bespreken. Maar hij mat zichzelf nu al het ambt en de kennis van een zielszorger aan.

'Hoe weet jij dat ik wil trouwen en wat gaat jou dat aan?'

'Ik zie het aan je ogen en dat gaat me wel degelijk iets aan; want jij bent mijn vriend. Je wilt met Nino trouwen, die mij niet mag en die een christin is.'

'Zo is het, Moestafa. En wat vind je daarvan?'

Moestafa keek doordringend en wijs:

'Ik zeg "ja", Ali Khan. Een man moet trouwen, en het best met de vrouw die hem bevalt. Het is niet nodig dat hij ook bij haar in de smaak valt. Een verstandig man dingt niet naar de gunst van een vrouw. De vrouw is slechts een akker die door de man wordt bevrucht. Moet een akker van de boer houden? Het is immers genoeg wanneer de boer van zijn akker houdt. Trouw maar. Maar vergeet niet dat je vrouw slechts een akker is.'

'Geloof je dus dat een vrouw ziel noch verstand heeft?' vroeg ik.

Hij keek mij meewarig aan:

'Hoe kun je zoiets vragen, Ali Khan? Natuurlijk heeft een vrouw verstand noch ziel. Waarom zou ze ook? Het is voldoende dat ze zedig is en veel kinderen krijgt. De wet zegt: "De getuigenis van een man is meer waard dan de getuigenis van drie vrouwen." Vergeet dat niet, Ali Khan.'

Ik was erop bedacht geweest dat de vrome seyd me zou vervloeken als hij zou horen dat ik met een christin wilde trouwen die hem niet mocht. Zijn antwoord ontroerde me. Hij was werkelijk eerlijk en wijs.

Ik zei zachtjes: 'Het stoort je dus niet dat ze een christin is? Of moet ze toetreden tot de islam?'

'Waartoe?' vroeg hij. 'Een schepsel zonder verstand en ziel heeft immers toch geen geloof. Op een vrouw wacht paradijs noch hel. Ze vervalt na haar dood tot niets. De zonen moeten natuurlijk sji'ieten zijn.'

Ik knikte.

Hij ging staan en liep naar de boekenkast. Zijn lange apenhanden pakten een boek dat onder het stof zat. Ik wierp een blik op het omslag. De Perzische titel luidde: *Dsjeinabi: Tewarichi Al-y-Seldsjuk*, de geschiedenis van het huis der Selsjoeken.

Hij sloeg het boek open.

'Hier,' zei hij. 'Bladzijde 207.' Toen las hij:

'In het jaar van de vlucht 637 stierf in het slot Kabadia sultan Ala el Din Kaikobad. De troon van de Selsjoeken werd bestegen door Chajasseddin Keichosrov. Die huwde met de dochter van een Georgische vorst, en zo hevig was zijn liefde voor de christelijke Georgische vrouw, dat hij beval haar beeltenis naast het zijne op de munten te slaan. Toen kwamen de wijzen en vromen en zeiden: "Niet schenden zal de sultan de wetten Gods. Zijn voornemen is een zonde." De geweldige ontstak in toorn. "God heeft mij boven jullie gesteld. Gehoorzaamheid is jullie lot." Toen gingen de wijzen weg en waren bedroefd. Maar God gaf de sultan inzicht. Hij riep de wijzen en sprak aldus: "Ik wil de heilige wetten niet schenden die God mij heeft opgelegd om ze te gehoorzamen. Het zal daarom als volgt zijn: de leeuw met lange manen en een degen in zijn rechterpoot, dat ben ik. De zon die boven mijn hoofd opgaat, dat is de vrouw van mijn liefde. Dat worde wet." Sinds die tijd zijn leeuw en zon de symbolen van Perzië. Maar wijze mannen zeggen: "Er bestaan geen mooiere vrouwen dan de vrouwen uit Georgië."

Moestafa deed het boek dicht en grijnsde naar me.

'Zie je, wat Keichosrov heeft gedaan, doe jij nu. Geen wet verbiedt het. Georgische vrouwen zijn een deel van de buit die de profeet aan de vrome mensen heeft beloofd: "Ga heen en neem ze." Zo staat het in het boek.'

Zijn sombere gezicht was plotseling zacht geworden. Zijn kleine, kwaaie oogjes straalden. Hij was gelukkig omdat hij de futiele probleempjes van de twintigste eeuw door het woord van het heilige boek had verdreven. Mogen de ongelovigen weten waar de ware vooruitgang is.

Ik omhelsde en kuste hem. Ik ging weg, en mijn voetstappen in de nachtelijke straten klonken zeker en vast. Achter mij stonden het heilige boek, de oude sultan en de geleerde Moestafa.

12

*D*E WOESTIJN IS ALS de poort tot een geheimzinnige en ongrijpbare wereld. Stof en stenen wervelen omhoog onder de hoeven van mijn paard. Het zadel is zacht, alsof het met dons is gevuld. Het is een zadel van de kozakken van de Terek. In zo'n zadel kan een kozak slapen, liggen en staan. De zadeltassen bergen al zijn have en goed. Een brood, een fles wodka en geroofde gouden munten uit de dorpen van de Kabardijnen. Mijn zadeltassen zijn leeg. Ik hoor het suizen van de woestijnwind. Ik storm vooruit, opgenomen in de oneindigheid van het grijze zand. De Kabardijnse viltmantel, de boerka, ligt zacht en beschermend om mijn schouders. Die laat geen zonnestralen en ook geen regendruppels door. Rovers en ridders hebben dit kledingstuk uitgevonden voor roof en rit. Een paar handgrepen, en het zwarte vilt wordt een tent. In de plooien van de boerka kun je de opbrengst van een hele rooftocht verstoppen. Ontvoerde meisjes zitten in de bescherming van de boerka als papegaaien in een kooi.

Ik rijd naar de poort van de grijze wolf. Titanen uit de voortijd hebben die opgericht, midden in de woestijn van Bakoe. Twee verweerde, grijze rotsen in de oceaan van zand. Sary Kurt, de grijze wolf, de stamvader van de Turken, moet ooit de clan van de Osmanen door deze nauwe doorgang van steen naar de groene vlakten van Anatolië hebben geleid.

's Nachts, bij volle maan, verzamelen zich bij deze rotsen de jakhalzen en wolven van de woestijn. Ze janken tegen de maan als een hond tegen een lijk. Ze hebben een kosmisch zintuig voor de geur van lijken. De maan is een lijk. Wanneer in een huis een mens op sterven ligt, huilen de honden. Ze ruiken de lijkgeur al aan de stervende. Ze zijn van dezelfde stam als de wolven in de woestijn. Zoals wij onderdanen van de Russen verwant zijn met de wolven die Enver aanvoert tegen Kaukasië.

Ik rijd door het niets van de grote woestijn. Naast mij mijn vader. In het zadel is hij een centaur, zo is hij met het dier vergroeid.

'Safar Khan.' Mijn stem klinkt hees, zelden noem ik mijn vader bij zijn voornaam. 'Safar Khan, ik moet met je praten.'

'Spreek onder het rijden, mijn zoon. Het praat gemakkelijker wanneer ruiter en paard zijn verenigd.'

Lacht mijn vader? Ik strijk met mijn zweep langs de smalle schoften van mijn paard. Mijn vader trekt zijn wenkbrauwen op. Een lichte beweging van zijn dijen en hij haalt me in.

'Wel, mijn zoon?' Het klinkt bijna spottend.

'Ik wil trouwen, Safar Khan.'

Langdurig zwijgen. De wind suist. Stenen springen op onder de hoeven van de paarden. Eindelijk klinkt zijn stem:

'Ik zal een villa voor je bouwen langs de strandpromenade. Ik weet daar een mooie plek. Misschien met een stal. In de zomer kun je in Mardakyan wonen. De eerste zoon moet je Ibrahim noemen. Ter ere van de voorvaderen. Wanneer je wilt, krijg je een auto van me. Maar een auto is zinloos. We hebben er immers geen wegen voor. Beter toch een stal.'

Opnieuw zwijgen. De poort van de grijze wolf ligt achter ons. We rijden naar de zee, in de richting van de voorstad Bailov. De stem van mijn vader klinkt alsof die van heel ver komt:

'Zal ik een mooie vrouw voor je zoeken of heb je zelf al iemand gevonden? Het komt tegenwoordig vaak voor dat jonge mensen zelf hun vrouw uitzoeken.'

'Ik wil met Nino Kipiani trouwen.'

Niets beweegt in het gezicht van mijn vader. Zijn rechterhand streelt teder de manen van het paard.

'Nino Kipiani,' zegt hij, 'ze heeft te smalle heupen. Maar ik geloof dat dat bij alle Georgische vrouwen zo is. Toch krijgen ze gezonde kinderen.'

'Vader toch!'

Ik weet niet precies waarover ik verontwaardigd ben, maar ik ben verontwaardigd.

Mijn vader kijkt me van opzij aan en glimlacht.

'Je bent nog erg jong, Ali Khan. De heupen van een vrouw zijn veel belangrijker dan haar talenkennis.'

Hij liet het extra onverschillig klinken.

'Wanneer wil je trouwen?'

'In de herfst, als Nino haar school heeft afgemaakt.'

'Heel goed. Dan komt het kind volgend jaar mei. Mei is een geluksmaand.'

'Vader toch.'

Weer voel ik een onbegrijpelijke woede. Ik heb het gevoel dat mijn vader de draak met me steekt. En ik zeg hem dat ik niet met Nino trouw om haar heupen of haar talenkennis. Dat ik met haar trouw omdat ik van haar hou.

Mijn vader glimlacht. Dan houdt hij zijn paard in en zegt:

'De woestijn is eenzaam en verlaten. Het doet er niet toe bij welke heuvel we ontbijten. Ik heb honger. Laten we dus hier maar een pauze maken.'

We stijgen van het paard. Uit de zadeltas haalt mijn vader een plat brood en schapenkaas. Hij reikt mij de helft ervan aan, maar ik heb geen honger. We liggen in het zand, hij eet en staart in de verte. Dan wordt zijn gezicht ernstig, hij komt overeind en zit kaarsrecht met gekruiste benen. Hij zegt:

'Het is heel goed dat je trouwt. Ik ben drie keer getrouwd geweest. Maar de vrouwen stierven als vliegen in de herfst. Nu ben ik, zoals je weet, helemaal niet getrouwd. Maar als jij trouwt, trouw ik misschien ook. Jouw Nino is een christin. Laat het vreemde geloof niet toe in je huis. Stuur haar zondags naar de kerk. Maar geen pope mag het huis betreden. Een vrouw is een breekbaar vat. Het is belangrijk dat te weten. Sla haar niet wanneer ze zwanger is. Maar vergeet nooit: jij bent de baas, en zij leeft in jouw schaduw. Je weet, elke mohammedaan mag vier vrouwen tegelijk hebben. Maar het is beter wanneer je met één vrouw genoegen neemt. Tenzij Nino geen kinderen krijgt. Bedrieg je vrouw niet. Ze heeft recht op elke druppel van je zaad. Eeuwig verderf kome over de overspelige man. Wees geduldig met haar. Vrouwen zijn als kinderen, alleen heel veel listiger en boosaardiger; het is belangrijk ook dat te weten. Overlaad haar, als je wilt, met geschenken, geef haar zijde en edelstenen. Maar heb je ooit raad nodig en zij geeft je die, handel dan precies tegenovergesteld. Dat is waarschijnlijk het allerbelangrijkste.'

'Maar vader, ik hou immers van haar.'

Hij schudde zijn hoofd:

'In het algemeen moet iemand niet van een vrouw houden. Je houdt van je geboortestreek, van de oorlog. Sommige mensen houden van mooie tapijten of bijzondere wapens. Maar ja, het komt voor dat de man ook van een vrouw houdt. Je kent de veelbezongen liefde van Leila en Madjnun, of de liefdesverhalen van Hafiz. Zijn hele leven lang zong Hafiz over de liefde. Maar veel wijzen zeggen: nimmer heeft hij met een vrouw geslapen. Maar Madjnun was gewoon een gek. Geloof me, de man moet de vrouw beschermen, van haar houden hoeft hij niet. Zo heeft God het gewild.'

Ik zweeg. Ook mijn vader viel stil. Misschien had hij gelijk. Liefde is niet het belangrijkste in het leven van een man. Alleen had ik het hoge niveau van zijn wijsheid nog niet bereikt.

Plotseling lachte mijn vader en riep vrolijk:

'Goed dan, morgen ga ik naar vorst Kipiani en bespreek de kwestie. Of maken jonge mensen er tegenwoordig een gewoonte van het huwelijksaanzoek zelf te doen?'

'Ik zal zelf met de familie Kipiani spreken,' zei ik vlug.

We stegen weer op het paard en reden naar Bailov. Algauw werden de olietorens van Bibi-Eibat zichtbaar. De zwarte stellages leken op een dreigend donker bos. Het rook naar petroleum. Arbeiders met van olie druipende handen stonden in de boorgaten. De aardolie vloeide in een brede stroom over de vette aarde. We reden langs de gevangenis van Bailov en hoorden plotseling schoten.

'Wordt er iemand doodgeschoten?' vroeg ik.

Nee, deze keer vonden er geen executies plaats. De schoten kwamen uit de kazerne van het garnizoen van Bakoe. Daar werd ijverig geoefend in de kunst van het oorlogvoeren.

'Wil je je vrienden bezoeken?' vroeg mijn vader. Ik knikte. We reden het brede exercitieterrein van de kazerne op. Iljas Beg en Mehmed Haidar oefenden met hun afdelingen. Zweet stroomde van hun voorhoofd.

'Rechts – links! Rechts – links!'

Het gezicht van Mehmed Haidar stond diep ernstig. Iljas Beg leek op een broze marionet die door een andere wil werd aangestuurd. Beiden kwamen naar ons toe en begroetten ons.

'Hoe bevalt de dienst jullie?' vroeg ik.

Iljas Beg zweeg. Mehmed Haidar keek somber voor zich uit.

'Alles beter dan school,' bromde hij.

'We krijgen een nieuwe regimentscommandant. Een zekere vorst Melikov uit Sjoesja,' zei Iljas Beg.

'Melikov? Ik ken hem. Is het de man met het roodgouden paard?'

'Ja, dat is hem. Het hele garnizoen vertelt al legenden over dat paard.'

We zwegen. Dik stof bedekte de binnenplaats van de kazerne.

Iljas Beg keek dromerig naar de poort. In zijn ogen stonden afgunst en verlangen. Mijn vader sloeg op zijn schouder:

'Je benijdt Ali Khan zijn vrijheid. Wees niet afgunstig. Hij staat op het punt zichzelf weg te geven.'

Iljas Beg lachte verlegen:

'Ja, maar aan Nino.'

Mehmed Haidar keek nieuwsgierig op.

'Wel wel,' zei hij, 'eindelijk, hoogste tijd.'

Hij was een ouderwetse echtgenoot, zijn vrouw droeg de sluier. Ik noch Iljas wist zelfs maar haar naam.

Nu keek hij mij zeer uit de hoogte aan, fronste zijn lage voorhoofd en zei:

'Nu zul je erachter komen hoe het leven in werkelijkheid is.'

In de mond van Mehmed Haidar klonk dat erg onnozel. Ik gaf beiden een hand en verliet de kazerne. Wat konden Mehmed Haidar en zijn gesluierde vrouw al van het leven weten?

Ik kwam thuis en ging op de divan liggen. Een Aziatische kamer is altijd koel. Die vult zich 's nachts met koelte als een bron met water. Overdag duik je in die kamer onder als in een koel bad.

Plotseling ging de telefoon. Nino's stem klaagde:

'Ali Khan, ik verga van de hitte en de wiskunde. Kom me helpen.'

Tien minuten later steekt Nino haar tengere armen naar mij uit. Haar dunne vingers zitten onder de inkt. Ik kus de inktvlekken.

'Nino, ik heb met mijn vader gesproken. Hij gaat akkoord.'

Nino beeft en lacht tegelijkertijd. Verlegen kijkt ze rond in haar kamer. Haar gezicht wordt rood.

Ze komt heel dicht bij me staan en ik zie haar verwijde pupillen. Ze fluistert:

'Ali Khan, ik ben bang, ik ben zo bang.'

'Voor het examen, Nino?'

'Nee.' Ze keert zich van mij af. Haar ogen kijken naar de zee.

Ze strijkt met haar hand door haar haar en zegt:

'Ali Khan, een trein rijdt van de stad a naar de stad b met de snelheid van vijftig kilometer per uur…'

Ontroerd buig ik me over haar schrift.

13

DE AVOND WAS ALS in mat glas gehuld. Dichte mist dreef van zee over de stad. Op de straathoeken stonden de lantaarns onheilspellend te walmen.

Ik rende over de strandpromenade. Gezichten doken op in de mist en verdwenen weer, onaangedaan of geschrokken. Ik struikelde over een brede plank die dwars over de weg lag en viel tegen de gehurkte gestalte van een ambal, een sjouwer uit de haven. De ambal zat met zijn dikke mond zinloos te kauwen. Zijn ogen staarden in de verte alsof ze waren gesluierd. Hij kauwde hasjiesj en ging helemaal op in woeste visioenen. Ik balde mijn vuisten, stompte hem op zijn rug en rende door. De ruiten van de havenstad glommen me tegemoet. Ik schopte met mijn voet tegen een glas, hoorde het gerinkel en keek in een van schrik vertrokken Perzisch gezicht.

Een buik dook voor me op in de mist. Bij het zien van die menselijke vollijvigheid werd ik razend; ik gaf de buik een kopstoot. Hij was zacht en vet.

Een stem zei goedmoedig:

'Goedenavond, Ali Khan.'

Ik keek op en zag Nachararjan glimlachend op mij neerkijken.

'Donder op,' riep ik en wilde doorlopen.

Hij pakte me vast:

'U bent niet helemaal in orde, beste vriend. Blijf liever bij mij.'

Zijn stem klonk bezorgd. Ik voelde me plotseling erg moe. Uitgeput en badend in het zweet bleef ik staan.

'Laten we naar Filliposjants gaan,' zei hij. Ik knikte. Het maakte me niets uit wat er nu ging gebeuren. Hij pakte mijn hand en liep met me door de Barjatinskystraat naar het grote koffiehuis.

Toen we ons in de diepe zetels lieten vallen, zei hij begrijpend:

'Amok, Kaukasische amok. Waarschijnlijk het gevolg van dit drukkende weer. Of hebt u speciale redenen, khan, om zo tekeer te gaan?'

In het koffiehuis hadden ze meubels met zachte kussens en tapijten van rode stof. Ik slurpte van de hete thee en schilderde het hem uitvoerig: hoe ik vandaag het oude echtpaar Kipiani mijn komst telefonisch had aangekondigd, hoe Nino angstig en heimelijk het huis uit was geslopen. Hoe ik de hand van de vorstin had gekust en de vorst een hand had gegeven. Hoe ik de oude afkomst en de inkomsten van mijn familie had geschilderd en hoe ik in een Russisch waarom de tsaar me zou hebben benijd om de hand van prinses Nino Kipiani had gevraagd.

'En toen, beste vriend?' Nachararjan scheen zeer geïnteresseerd.

'En toen? Luister maar.'

Ik deed de houding van de vorst na en sprak, net als hij, met een licht Georgisch accent:

'Mijn beste zoon, mijn zeer geëerde khan. Gelooft u mij, ik zou mij geen betere man kunnen wensen voor mijn kind. Wat een geluk voor een vrouw met een man met uw karakter te trouwen. Maar bedenk toch – Nino's leeftijd. Wat weet het kind van liefde? Ze zit immers nog op school. We willen toch zeker niet het Indische voorbeeld van het kinderhuwelijk volgen. En verder, het verschil in religie, opvoeding, afkomst. Ik zeg het ook tot uw heil. Uw vader zal dezelfde mening zijn toegedaan. En deze tijden, deze verschrikkelijke oorlog, wie weet wat er met ons zal gebeuren? Ook mij ligt Nino's geluk aan het hart. Ik weet dat ze ervan overtuigd is dat ze van u houdt. Ik wil haar geluk niet in de weg staan. Maar één ding zeg ik: laten we wachten tot de oorlog voorbij is. Dan zullen jullie beiden ouder zijn. Wanneer uw gevoel dan nog zo sterk is, kunnen we verder praten.'

'En wat denkt u nu te doen, khan?' vroeg Nachararjan.

'Ik zal Nino ontvoeren en naar Perzië brengen. Ik kan die vernedering niet op me laten zitten. Nee zeggen tegen een Shirvanshir! Wat denkt hij wel? Ik voel me onteerd, Nachararjan. De Shirvanshirs zijn ouder dan de Kipiani's. Onder Aga Mohammed Sjah hebben wij heel Georgië verwoest. Iedere Kipiani zou destijds blij zijn geweest zijn dochter aan een Shirvanshir te mogen geven. Wat bedoelt hij eigenlijk met het verschil in religie? Staat de islam soms lager dan het christendom? En mijn eer? Mijn eigen vader zal mij uitlachen. Een christen weigert mij zijn dochter. Wij mohammedanen zijn wolven met uitgevallen tanden. Honderd jaar geleden...'

Ik stikte van woede en zweeg. Eigenlijk had ik veel te veel gezegd. Nachararjan was zelf een christen. Hij had reden genoeg om nu beledigd te zijn. Hij was het niet:

'Ik begrijp uw woede. Maar hij heeft immers niet nee gezegd. Wachten tot de oorlog voorbij is, is natuurlijk belachelijk. Hij kan zich gewoon niet voorstellen dat zijn dochter volwassen is. Ik heb niets tegen een ontvoering. Het is een oud, probaat middel. Helemaal bij onze traditie passend. Maar toch alleen een laatste middel. Je zou de vorst kunnenuitleggen wat de culturele en politieke betekenis is van dit huwelijk, dan zal hij wel toegeven.'

'Wie moet dat doen?'

Toen sloeg Nachararjan met zijn brede hand op zijn borst en riep:

'Ik zal dat doen, ik! Verlaat je maar op mij, khan.'

Ik keek hem verbaasd aan. Wat wilde die Armeniër? Voor de tweede keer greep hij in in mijn leven. Misschien zocht hij, met het oog op de oprukkende Turken, aansluiting bij mohammedanen. Of hij wilde werkelijk een bond van Kaukasusvolkeren stichten. Mij maakte het niets uit. Kennelijk was hij een bondgenoot. Ik stak hem mijn hand toe. Hij hield die vast.

'Ik zal u op de hoogte houden. Doe zelf niets. En geen ontvoering. Alleen wanneer er niets anders te doen staat.'

Ik stond op. Ik had plotseling het gevoel dat ik op deze dikke man kon vertrouwen. Ik omarmde hem en verliet het koffiehuis. Nauwelijks liep ik weer op straat of iemand haalde me in. Ik draaide me om. Het was Süleyman Aga, een oude vriend van mijn vader. Hij had daarnet ook in het koffiehuis gezeten.

Hij legde zijn hand zwaar op mijn schouder en zei:

'Foei, een Shirvanshir omarmt een Armeniër.'

Ik kromp ineen. Maar hij verdween al in de nachtelijke mist.

Ik liep verder. Wat goed, dacht ik, dat ik tegenover mijn vader heb verzwegen waarom ik vandaag naar de Kipiani's ging. Ik zeg gewoon dat ik nog niet met hen heb gesproken.

Toen ik thuis de sleutel in het sleutelgat stak, schudde ik in gedachten mijn hoofd. 'Wat dom is toch die blinde haat tegen Armeniërs.'

Het leven in de weken daarna speelde zich af rond het zwarte kastje van de telefoon. Het vormeloze ding met de grote hendel kreeg plotseling een ongekende betekenis. Ik zat thuis en bromde onverstaanbare woorden wanneer mijn vader aan mij vroeg waarom ik aarzelde met het huwelijksaanzoek. Af en toe sloeg het zwarte monster alarm. Ik greep de hoorn en Nino's stem deed verslag van het oorlogsfront:

'Ben jij het, Ali? Luister, Nachararjan zit bij mama en praat met haar over de gedichten van haar grootvader, de dichter Iliko Tsjavtsjavadse.'

En iets later:

'Ali, hoor je me? Nachararjan zegt dat Rustaveli en het tijdperk van Tamar sterk waren beïnvloed door de Perzische cultuur.'

En toen:

'Ali Khan! Nachararjan zit thee te drinken met papa! Hij heeft zonet gezegd: "De magie van deze stad ligt in de mystieke verbondenheid van haar rassen en volkeren."'

Een halfuur later:

'Hij scheidt wijsheid af als een krokodil tranen. Hij zegt: "Op het aambeeld van Bakoe wordt het ras van de gepacificeerde Kaukasus gesmeed."'

Ik lachte en hing op. Zo ging het dag in dag uit. Nachararjan at en dronk en zat bij de Kipiani's. Hij maakte uitstapjes met hen en gaf adviezen van deels mystieke, deels zakelijke aard. Door de draad van de telefoonleiding volgde ik verbaasd de ontwikkeling van de Armeense list:

'Nachararjan zegt dat het eerste geld de maan was. Gouden munten en hun macht over de mensen zouden het gevolg zijn van de oeroude maancultus van de Kaukasiërs en Iraniërs. Ik kan al die onzin niet meer horen, Ali Khan. Kom naar de tuin.'

Ik ging naar de tuin. We ontmoetten elkaar bij de oude vestingmuur. Nino's slanke gestalte leunde tegen het verweerde gesteente. Kort en haastig vermeldde ze hoe haar moeder haar had bezworen haar jonge leven niet toe te vertrouwen aan een wilde mohammedaan. Hoe haar vader haar half schertsend had gewaarschuwd dat ik haar vast en zeker in een harem zou stoppen, en hoe zij, de kleine Nino, lachend, maar eveneens waarschuwend, haar ouders had geantwoord: 'Pas maar op, straks ontvoert hij me nog. En wat dan?'

Ik streelde haar haar. Ik kende mijn Nino. Wat ze wil, krijgt ze voor elkaar, zelfs als ze niet precies weet wat ze wil.

'De oorlog kan nog wel tien jaar duren,' mopperde ze, 'het is verschrikkelijk wat mijn ouders van plan zijn.'

'Hou je van me, Nino?'
Haar lippen trilden.
'We horen bij elkaar. Mijn ouders maken het me moeilijk. Maar ik zou oud en verweerd moeten zijn als deze muren om toe te geven. Overigens – ik hou werkelijk van je. Alleen, o wee als je me ontvoert!'

Ze zweeg; je kunt immers niet kussen en praten tegelijk. Stilletjes sloop ze daarna naar huis, en het spelletje aan de telefoon begon opnieuw:

'Ali Khan, Nachararjan zegt dat zijn vader hem uit Tiflis heeft geschreven dat de gouverneur een voorstander is van gemengde huwelijken. Hij noemt het de psychische doordringing van het Oosten met de cultuur van het Westen. Snap jij er nog iets van?'

Nee, ik snapte er niets meer van. Ik hing wat rond in huis en zei niets. Mijn nichtje Aisje, die met Nino in dezelfde klas zat, kwam op bezoek en vertelde dat Nino binnen drie dagen vijf onvoldoendes had gehaald. De verantwoordelijkheid voor die onvoldoendes werd door iedereen aan mij toegeschreven. Ik kon me maar beter meer om Nino's huiswerk bekommeren dan om haar toekomst. Ik zweeg beschaamd en speelde met mijn nichtje het spel nardy. Zij won en beloofde Nino op school te helpen. Weer ging de telefoon:

'Ben jij het? Urenlang gesprek over politiek en economie. Nachararjan zegt dat hij de mohammedanen benijdt, die hun geld in Perzische landerijen mogen investeren. Wie weet immers wat er met Rusland gebeurt? Misschien gaat hier alles wel te gronde. Maar alleen mohammedanen mogen grond kopen in Perzië. Hij weet best dat half Gijan al van de familie Shirvanshir is. Grondbezit in het buitenland is echt de beste zekerstelling tegenover ingrijpende veranderingen in Rusland. Op mijn ouders maakt het een geweldige indruk. Moeder zei dat er dus toch mohammedanen bestaan met een gecultiveerde geest.'

Nog twee dagen en het Armeense partijtje schaak was gewonnen. Nino's stem aan de telefoon snikte en lachte:

'De zegen van onze ouders zij met ons, amen.'

'Maar nu moet je vader me bellen. Hij heeft me immers beledigd.'

'Ik zal ervoor zorgen.'

En zo gebeurde. De stem van de vorst was zacht en mild:

'Ik heb het hart van mijn kind onderzocht. Haar gevoel is echt en heilig. Het was een zonde dat hart in de weg te staan. Kom hiernaartoe, Ali Khan.'

Ik bracht de familie een bezoek. De vorstin huilde en kuste me. De vorst deed plechtig. Hij sprak over het huwelijk, maar op een heel andere manier dan mijn vader. Volgens zijn mening bestond het huwelijk uit wederzijds vertrouwen en wederzijds respect. Man en vrouw moeten elkaar met raad en daad ter zijde staan. Ze moeten er ook altijd aan denken dat ze allebei gelijkberechtigde mensen zijn met een vrije ziel. Ik zwoer plechtig Nino niet met een sluier te laten lopen en er geen harem op na te houden. Nino kwam binnen en ik kuste haar op haar voorhoofd. Ze trok haar hoofd tussen haar schouders en leek op een vogeltje dat beschermd moet worden.

'Naar buiten mag er nog niets van bekend worden,' zei de vorst, 'eerst moet Nino haar school afmaken. Doe goed je best, mijn kind. Als je zakt, moet je nog een jaar wachten.'

Nino's smalle, als met een pen getekende wenkbrauwen gingen omhoog:

'Wees maar niet bang, vader, ik zak niet, op school niet en ook niet in het huwelijk. Ali Khan zal me in beide gevallen helpen.'

Toen ik het huis verliet, stond voor de deur de auto van Nachararjan... Zijn uitpuilende ogen knipperden in mijn richting.

'Nachararjan,' riep ik, 'zal ik u een stoeterij cadeau doen of een dorp in Dagestan, wilt u een Perzische orde of een sinaasappelboomgaard in Enzeli?'

Hij gaf me een schouderklopje.

'Niets van dat alles,' zei hij, 'ik heb genoeg aan het gevoel dat ik het noodlot heb gecorrigeerd.'

Dankbaar keek ik hem aan. We reden de stad uit naar de baai van Bibi-Eibat. Donkere machines doorploegden daar de van olie doordrenkte aarde. Zoals Nachararjan in mijn lot ingreep, zo greep het huis Nobel in in de eeuwige vormen van het landschap. Een enorm stuk zee was door de oever afgestoten. De oude zeebodem hoorde niet meer bij de zee en nog niet bij het vasteland. Maar toch had een ondernemende uitbater helemaal aan het eind van het nieuw gewonnen terrein al een theesalon gebouwd. Daar gingen we heen en dronken kjachtathee, de mooiste thee van de wereld, zwaar als alcohol. Door de geurige thee in een roes gebracht sprak Nachararjan veel over de Turken, die misschien binnen zouden vallen in Karabach, en over de moordpartijen onder Armeniërs in Klein-Azië. Ik luisterde nauwelijks.

'Wees maar niet bang,' zei ik, 'als de Turken Bakoe innemen, verstop ik u in mijn huis.'

'Ik ben niet bang,' zei Nachararjan.

Hoog boven de zee, achter het eiland Nargin, straalden de sterren. Vredige stilte daalde neer op de oevers.

'Zee en kust zijn als man en vrouw, in eeuwige strijd met elkaar verenigd.' Zei ik dat? Zei Nachararjan het? Ik wist het niet meer. Hij bracht me naar huis.

Tegen mijn vader zei ik:

'Kipiani dankt voor de eer die het huis Shirvanshir zijn geslacht heeft bewezen. Nino is mijn bruid. Ga morgen naar ze toe en bespreek maar met hen wat er nog te bespreken valt.'

Ik was erg moe en erg gelukkig.

14

AGEN REGEN ZICH AANEEN tot weken, tot maanden. Er was veel gebeurd in de wereld, in het land en in ons huis. De nachten werden lang, dood lag het gele loof op alle paden van de gouverneurstuin en het bood een treurige aanblik. Herfstige regenbuien verduisterden de horizon. IJsschollen dreven rond in de zee en schuurden langs de rotsige oevers. Op een ochtend bedekte een heel dun laagje sneeuw de straten en even heerste er winter.

Toen werden de nachten weer korter.

Kamelen kwamen met hun droeve pas aanlopen uit de woestijn. Er zat zand in hun gele haren, en hun ogen, die de eeuwigheid hadden gezien, keken altijd in de verte. Op hun bulten sjouwden ze kanonnen mee waarvan de lopen, die aan de zijkant waren vastgegespt, met de monding naar beneden hingen; en kisten met munitie en geweren: de oorlogsbuit van de grote gevechten. Gevangen Turken trokken door de stad en hun grijze uniformen waren verfomfaaid en gescheurd. Ze marcheerden naar de zee en kleine kustvaarders brachten hen naar het eiland Nargin. Daar stierven ze aan diarree, honger of heimwee. Of ze vluchtten en kwamen om in de zoutwoestijnen van Perzië en in de loodgrijze golven van de Kaspische Zee.

Ver weg woedde de oorlog. Maar die verte was plotseling dichtbij en tastbaar. Treinen met soldaten kwamen uit het noorden. Treinen met gewonden uit het westen. De tsaar zette zijn oom af en gaf zelf leiding aan het leger van tien miljoen soldaten. Die oom heerste nu over Kaukasië, en zijn onheilspellende en reusachtige schaduw viel over ons land. Grootvorst Nicolas Nikolajevitsj!! Tot in het hart van Anatolië reikte zijn lange, knokige hand. De wrok die hij tegen de tsaar koesterde, ontlaadde zich in de woeste aanvallen van zijn divisies. Over besneeuwde bergen en zandwoestijnen trok de wrok van de grootvorst in de richting van Bagdad, in de richting van Trebizonde, in de richting van Stamboel. 'De lange Nicolas,' zeiden de mensen, en ze spraken vol ontzetting over de wilde razernij van zijn ziel, over de duistere waan van de razende krijger.

Talloze landen mengden zich in de strijd. Van Afghanistan tot aan de Noordzee strekte het front zich uit, en de namen van de geallieerde monarchen, staten en veldheren bedekten de krantenkolommen als giftige vliegen de lijken van de helden.

En opnieuw kwam de zomer. Verzengende hitte nam de stad in bezit, het asfalt smolt onder de stappen van de voetgangers. Overwinningen werden gevierd in Oost en West, en Nino stond in de eindexamenzaal van het lyceum van de heilige Tamar en met behulp van wiskundige vergelijkingen, klassieke citaten, historische feiten bewees ze dat ook zij rijp was om de school te verlaten. Als ze geen antwoord wist, deed ze dat in haar wanhoop door het smachtend opslaan van haar grote Georgische ogen.

Ik hing wat rond in theesalons, in koffiehuizen, bij vrienden en bij mij thuis. Veel mensen mopperden op me vanwege mijn vriendschap met de Armeniër Nachararjan. Het regiment van Iljas Beg was nog steeds in de stad gelegerd en oefende op het stoffige kazerneterrein op de regels van de krijgskunst. De opera, het theater en de bioscopen bleven gewoon open. Er was veel gebeurd, maar niets veranderd in het land en bij mij thuis.

Wanneer Nino, zuchtend onder de last van de kennis, bij mij kwam, streelden mijn handen haar koele en gladde huid. Haar ogen waren diep en vervuld van een nieuwsgierige angst. We gingen naar de stadssociëteit, naar het theater en naar de bals. Iljas Beg, Mehmed Haidar, Nachararjan, zelfs de vrome Seyd Moestafa ging met ons mee. Vriendinnen van het lyceum van de heilige Tamar keken ons lang na, en Aisje, mijn nichtje, vertelde dat de leraren stilzwijgend tegemoetkwamen aan de toekomstige mevrouw Shirvanshir door de ene voldoende na de andere op te tekenen in het klassenboek.

We waren zelden alleen. Onze vrienden omringden ons als een bolwerk van bezorgde welwillendheid. Onderling verdroegen ze elkaar niet altijd. Wanneer de dikke en rijke Nachararjan champagne dronk en over de wederzijdse liefde van de Kaukasische volkeren sprak, dan trok Mehmed Haidar een boos gezicht en zei:

'Ik geloof, meneer Nachararjan, dat u zich onnodig zorgen maakt. Er zal na de oorlog ongetwijfeld slechts een heel klein aantal Armeniërs overblijven.'

'Maar Nachararjan zal bij de mensen horen die overblijven,' riep Nino. Nachararjan zweeg en nam een slok champagne. Ik had vernomen dat hij binnenkort al zijn geld naar Zweden wilde brengen.

Mij ging dat niets aan. Wanneer ik Mehmed Haidar verzocht wat vriendelijker te zijn tegen Nachararjan, fronste hij zijn voorhoofd en zei:

'Ik kan de Armeniërs niet uitstaan, de hemel weet waarom.'

Toen ik na het eindexamenbal een stralende Nino naar huis bracht, zei de oude Kipiani:

'Nu zijn jullie verloofd. Pak je koffers, Ali Khan. We gaan naar Tiflis. Ik moet je aan de familie voorstellen.'

En zo vertrokken we naar Tiflis, de hoofdstad van Georgië.

Tiflis leek op een oerwoud; toch had elke boom zijn eigen naam en was een oom, een neef, een tante of een nicht. Het was niet gemakkelijk de weg te vinden in dat woud. De lucht rinkelde van de namen die klonken als oud staal. Orbeliani, Tsjavtsjavadse, Zereteli, Amilachwari, Abasjidse. Aan de rand van de stad, in de Didubetuin, gaf het huis Orbeliani een feest ter ere van de nieuwe neef. De Georgische zoerna speelde Mravaljaver, het Kachetische krijgslied, en het wilde Chevsurische 'Lilo'. Een neef uit Koetajsi, Abasjidse was zijn naam, zong de 'Mgali Delia', het stormgezang van de Imeretische bergen. Een oom danste de 'Davlur' en een oude man met een witte baard sprong op het met doeken bedekte groene gazon en ging helemaal op in het pathos van de 'Bukhna'. Het feest duurde de hele nacht. Toen achter de bergen langzaam de zon opkwam, zetten de muzikanten de hymne in: 'Sta op, koningin Tamar, Georgië weent om jou.' Ik keek naast Nino aan tafel gefascineerd toe. Vlak bij ons zagen we degens en dolken blikkeren. De Georgische messendans, die in de ochtendschemering werd opgevoerd door een grote groep neven, leek op een toneelspel, onwerkelijk en ver weg. Ik luisterde naar de gesprekken van de mensen om ons heen. Het klonk alsof ze uit de diepte van eeuwen kwamen:

'Onder Saakadse heeft een Zereteli Tiflis verdedigd tegen Djingiz Chan.'

'U weet toch zeker wel dat onze familie Tsjavtsjavadse ouder is dan de familie Bagration, het koninklijk huis.'

'De eerste Orbeliani? Die kwam uit China, drieduizend jaar geleden. Hij was een zoon van de keizer. Veel Orbeliani's hebben ook nu nog spleetogen.'

Ietwat bevangen keek ik om me heen. Wat waren daarmee vergeleken de Shirvanshirs die in het verleden het tijdelijke voor het eeuwige hadden verwisseld? Nino troostte me.

'Maak je geen zorgen, Ali Khan. Die neven zijn natuurlijk van hoge komaf, maar let wel, waar waren hun voorvaderen toen jouw voorvader Tiflis veroverde?'

Ik zei niets, maar was wel erg trots: nu al, te midden van haar eigen familie, voelde Nino zich de vrouw van een Shirvanshir. Ik keek haar dankbaar aan.

De rode Kachetische wijn was als een vloeibaar vuur. Ik hief aarzelend het glas ter ere van het huis Orbeliani, en een oude vrouw boog zich naar mij toe en zei:

'Drink maar gerust, Ali Khan. In de wijn is God. Maar weinig mensen weten dat. Elke andere roes komt van de duivel.'

Het was al helemaal licht toen we terugkeerden naar de stad. Ik wilde naar mijn hotel. Een neef of oom hield me tegen.

'Vannacht was u de gast van het huis Orbeliani, nu bent u mijn gast. We ontbijten in Purgvino. En rond het middaguur ontvangen we onze vrienden.'

Ik was een gevangene van de Georgische vorstelijke geslachten.

Zo ging het de hele week. Almaar Alsanische en Kachetische wijnen, gebraden lamsvlees en motalikaas. De neven losten elkaar af als soldaten aan het front van de Georgische gastvrijheid. Alleen wij bleven – Nino en ik. Ik bewonderde Nino's uithoudingsvermogen. Aan het eind van de week was ze nog net zo fris als de eerste dauw in de lente. Haar ogen lachten, haar lippen werden niet moe met haar neven en tantes te praten. Alleen een onopvallende lichte heesheid van haar stem verried dat ze dagen en nachten had gedanst en gedronken en bijna niet had geslapen.

Op de ochtend van de achtste dag kwamen de neven Sandro, Dodiko, Vamech en Soso mijn kamer binnen. Geschrokken kroop ik onder de deken.

'Ali Khan,' zeiden ze zonder enig erbarmen, 'vandaag bent u de gast van de familie Dsjakeli. We gaan naar Kadsjory, naar het landgoed van de familie Dsjakeli.'

'Vandaag ben ik de gast van niemand,' zei ik somber, 'vandaag gaan voor mij, de arme martelaar, de poorten van het paradijs open. Aartsengel Michael met het vlammende zwaard laat mij binnen, want ik ben gestorven op het pad van de deugd.'

De neven keken elkaar aan en lachten schallend en zonder enig medelijden te tonen. Toen zeiden ze maar één woord:
'Zwavel.'

'Zwavel,' herhaalde ik, 'zwavel? Zwavel vind je in de hel. Maar ik kom in het paradijs.'

'Nee,' zeiden de neven, 'zwavel, dat is precies wat je nodig hebt.'

Ik ging rechtop in bed zitten. Mijn hoofd was zwaar. Mijn ledematen hingen erbij alsof het vreemde voorwerpen waren. Ik keek in de spiegel en zag een vaal, groengeel gezicht met doffe ogen.

'Ja,' zei ik, 'vloeibaar vuur,' en ik dacht aan de Kachetische wijn, 'mijn verdiende loon. Een moslim behoort niet te drinken.'

Ik kroop met veel gekreun uit bed, alsof ik een bejaarde was. De neven hadden Nino's ogen en haar slanke, lenige bouw. De Georgiër lijkt op een edel ree dat toevallig terecht is gekomen in de oerwoudsamenleving van de Aziatische volkeren. Geen ander ras in het Oosten bezit die elegantie, zulke gracieuze bewegingen, zo'n overweldigende levenslust en heeft zo'n gezond plezier in nietsdoen.

'We zullen tegen Nino zeggen dat we vier uur later in Kadsjory zullen zijn,' zei Vamech, 'wanneer je weer gezond bent.'

Hij ging de kamer uit, en ik hoorde zijn stem aan de telefoon:
'Ali Khan is plotseling ziek geworden. Hij wordt nu met zwavel behandeld. Hij zal pas over vier uur weer gezond zijn. Prinses Nino moet met haar gezelschap vooruit gaan. Wij komen later. Nee, het is niets ernstigs. Hij is alleen een beetje ziek.'

Talmend kleedde ik me aan. Ik was duizelig. De Georgische gastvrijheid was zo heel anders dan de stille en waardige ontvangsten bij mijn oom in Teheran. Daar dronk je sterke thee en sprak je over gedichten en wijze mannen. Hier dronk je wijn, danste en lachte je en was je tegelijkertijd soepel en hard als een pen van staal. Was dat de poort van Europa? Nee, natuurlijk niet. Dit hoorde bij ons en was toch zo anders dan de rest van Azië. Een poort, maar tot wat? Misschien tot de laatste wijsheid, die in kinderlijke, vrijmoedige speelsheid overgaat. Ik wist het niet. Ik was doodmoe. Bijna struikelend liep ik de trap af. We stapten in de wagen.

'Naar de ingang van het bad,' riep Sandro. De koetsier sloeg op de paarden in. We reden naar de wijk Maidan en stopten voor een groot gebouw met een koepelvormig dak. Bij de deur stond een halfnaakte man met een mager, skeletachtig lichaam. Zijn ogen waren als het nirwana en keken dwars door ons heen.

'Hamardsjoba, mekisse,' riep Sandro.

De wachter dook ineen. Hij maakte een buiging en zei:

'Hamardsjoba, tawadi. Goedendag, geachte vorsten.'

Toen bracht hij ons naar de hal van het grote Bebutovsjebad.

De hal was ruim en warm en er stonden veel stenen banken waarop naakte lichamen lagen te rusten. We deden onze kleren uit. Door een gang kwamen we in een andere ruimte. Daar zaten vierkante gaten in de vloer die met dampend zwavelwater waren gevuld. Als ik een droom hoorde ik de stem van Sandro:

'In Mztecha liet eens een koning een valk opstijgen. De valk achtervolgde een auerhaan. De koning wachtte. Noch de valk noch de auerhaan was te zien. De koning ging op zoek en kwam bij een heilig bos. Door het bos stroomde zwavelkleurig water, daarin was de auerhaan verdronken. De valk was hem gevolgd. Zo ontdekte de koning het zwavelbad en legde de grondsteen voor de stad Tiflis. Hier is het bad van de auerhaan en buiten bij de Maidanrivier was het heilige bos. Met zwavel is Tiflis begonnen, in zwavel zal het eindigen.'

Damp en de geur van zwavel vulden de gewelfde ruimte. Ik stapte in het hete bad als in een brouwsel van rotte eieren. Mijn neven glommen van het vocht. Ik wreef met mijn natte hand over mijn borst. De zwavel drong in mijn huid. In deze bron namen alle krijgers die in de afgelopen twee millennia deze stad hadden veroverd een bad: de Chvaresmir Dsjelaleddin, Dsjagatai, de zoon van Djingiz Chan, en de kreupele Timoer, trechter van de Samum. De veroveraars waren dronken en zwaar van het bloed dat ze hadden vergoten. Ze stapten in het zwavelbad en alle bloedige zwaarte viel van hen af.

'Genoeg, Ali Khan, kom eruit.'

De stem van de neven verstoorde het droombeeld van de badende veroveraars. Ik kroop uit het zwavelbad, liep naar de ruimte ernaast en viel uitgeput neer op een stenen bank.

'Mekisse,' riep Sandro.

De masseur – mager als een skelet en met ogen als het nirwana – kwam binnen. Hij was naakt en droeg een tulband op zijn kaalgeschoren hoofd. Ik ging op mijn buik liggen. Met zijn blote voeten sprong de mekisse op mijn rug. Hij stampte er lichtvoetig op rond als een danser op een tapijt. Daarna boorden zijn vingers zich in mijn vlees alsof het scherpe weerhaken waren. Hij draaide mijn armen uit de kom en ik hoorde mijn botten kraken. De neven stonden om de bank heen en gaven aanwijzingen:

'Draai zijn armen er nog een keer uit, mekisse, hij is erg ziek.'

'Spring nog maar een keer op zijn ruggengraat, zo, en knijp nu maar eens flink in zijn linkerzij.'

Het moet erg veel pijn hebben gedaan, maar ik voelde het niet. Ik gaf mij, wit van de schuimende zeepbellen, geheel over aan de harde en elastische klappen van de mekisse, en het enige wat ik voelde was dat alle spieren van mijn lijf langzaam loskwamen.

'Genoeg,' zei de mekisse en verstarde weer in de houding van een profeet. Ik kwam overeind. Ik had overal pijn. Ik liep naar de ruimte ernaast en dook in de ijskoude zwavelstroom van het tweede bad. Mijn adem stokte. Maar mijn ledematen spanden zich weer en vulden zich met nieuw leven. Ik kwam in een witte handdoek gehuld terug. De neven en de mekisse keken me vol verwachting aan.

'Honger,' zei ik waardig en ging met gekruiste benen op de bank zitten.

'Hij is gezond,' schreeuwden de neven, 'vlug een watermeloen, kaas, groente, wijn.'

De kuur was afgelopen.

We lagen in het voorvertrek van het bad en smulden. Alle vermoeidheid en slapte was ik kwijt. Het rode, geurige vlees van de ijskoude watermeloen verdreef de smaak van zwavel. De neven nipten aan de witte napareuliwijn.

'Weet je,' zei Dodiko en hij maakte zijn zin niet af, want in dat 'weet je' was alles al samengevat, de trots op het inheemse zwavelbad, het medelijden met de vreemdeling die was bezweken onder de Georgische gastvrijheid, en de liefdevolle verzekering dat hij, Dodiko, alle begrip had voor de tekortkomingen van zijn mohammedaanse neef.

Onze kring werd almaar groter. Buren voegden zich bij ons, naakt en met wijnflessen bewapend. Vorsten en de onderdanen van die vorsten, dienaren, uitvreters, geleerden, dichters en grootgrondbezitters uit de bergen zaten vreedzaam bijeen, een vrolijk beeld van Georgische gelijkheid. Het was geen bad meer, het was een sociëteit, een koffiehuis of een volksvergadering van naakte, vrolijke mensen met zorgeloos lachende ogen. Maar af en toe vielen er ook ernstige woorden, die vervuld waren van een somber voorgevoel.

'De Osman komt,' zei een dikke man met kleine ogen, 'de grootvorst zal Stamboel niet innemen. Ik heb gehoord: een Duitse generaal heeft in Stamboel een kanon gemaakt. Als dat schiet, raakt het precies de koepel van de Sionskathedraal in Tiflis.'

'U vergist zich, vorst,' zei een man met het gezicht van een pompoen, 'het kanon is nog niet klaar. Ze zijn het alleen van plan. Maar ook als het klaar is, kan het Tiflis niet raken. Alle landkaarten met behulp waarvan die Duitsers zich moeten oriënteren, zijn vals. Russen hebben die getekend. Nog vóór de oorlog. Begrijpt u? Russische kaarten. Kan daar iets van deugen?'

Iemand in de hoek zuchtte. Ik keek om en zag een witte baard en een lange gebogen neus.

'Arm Georgië,' zuchtte de baard, 'we zitten tussen twee scharen van een gloeiende tang. Wint de Osmaan – dan is het uit met het land van Tamar. Wint de Rus – wat dan? De bleke tsaar heeft zijn doel bereikt, maar onze keel wordt omklemd door de vingers van de grootvorst. Nu al vallen onze zonen in de strijd, de besten van de besten. En dan? Wat overblijft wordt gewurgd door de Osmaan, door de grootvorst of door iemand anders, misschien door een machine, misschien door een Amerikaan. Het lijkt een raadsel: ons krijgshaftig vuur en het plotselinge uitdoven daarvan. Het is uit met het land van Tamar. Kijk maar, de krijgers zijn klein en tenger, de oogst arm, de wijn zuur.'

De baard verstomde, zachtjes hijgend. Wij zwegen.

Plotseling fluisterde een bange, geknepen stem:

'Bagration hebben ze vermoord, de edele man. Hij is met de nicht van de tsaar getrouwd, en de Russen hebben het hem niet vergeven. De tsaar zelf commandeerde hem naar het regiment in Erevan, naar het front. Als een leeuw heeft Bagration gevochten en hij is gevallen, doorboord door achttien kogels.'

De neven nipten aan de wijn. Ik zat met mijn benen gekruist en staarde voor me uit. Bagration, dacht ik, het oudste vorstelijke geslacht van de christelijke wereld. De man met de baard heeft gelijk. Georgië gaat onder tussen de twee scharen van een gloeiende tang.

'Eén zoon heeft hij nagelaten,' vertelde een ander, 'Teymuras Bagration, de ware koning. Iemand beschermt hem.'

Het werd stil. De mekisse stond bij de muur. Dodiko rekte zich uit en geeuwde vol overgave.

'Mooi is het,' zei hij, 'ons land. De zwavel en de stad, de oorlog en de Kachetische wijn. Zie eens hoe de Alasan door de laagvlakte stroomt. Het is heerlijk, Georgiër te zijn, ook als Georgië ten onder gaat. Wat jullie daar allemaal zeggen, klinkt hopeloos. Maar wanneer is het anders geweest in het land van Tamar? En toch stromen de rivieren, groeien de wijndruiven, danst het volk. Mooi is ons Georgië. En zal dat altijd blijven, met al zijn hopeloosheid.'

Hij kwam overeind, jong en slank, met een zachte, fluwelen huid, de nakomeling van zangers en helden. De witte baard in de hoek glimlachte instemmend:

'Bij god, zolang we nog zo'n jeugd hebben.'

Vamech boog zich naar mij toe:

'Ali Khan, vergeet het niet. Je bent vandaag de gast van het huis Dsjakeli in Kadsjory.'

We stonden allemaal op en gingen naar buiten. De koetsier sloeg op de paarden in. Vamech zei:

'De familie Dsjakeli stamt af van het oude, vorstelijke geslacht van de…'

Ik lachte blij en uitbundig.

15

We zaten in caf Mefisto, in de Golovinskystraat, Nino en ik. Voor ons verhief zich de Davidsberg met het grote klooster. De neven lieten ons een dag lang met rust. Nino keek omhoog naar het klooster. Ik wist waar ze aan dacht. Boven, op de Davidsberg, was een graf dat we hadden bezocht. Aleksander Gribojedov rustte daar. Dichter en minister van Zijne Majesteit de tsaar. Op het graf de inscriptie:

'Je daden zijn onvergetelijk, maar waarom overleefde jou de liefde van je Nino?'

Nino? Ja. Ze heette Nino Tsjavtsjavadse en was zestien toen ze met de minister en dichter trouwde. Nino Tsjavtsjavadse, de oudtante van de Nino die naast me zat. Zeventien was ze toen het volk van Teheran het huis van de Russische minister omsingelde.

'Ya Ali Salavat, o geprezen Ali,' riep het volk. De minister had alleen een korte degen en een pistool. Een smid uit de Sülly-Sultanstraat hief zijn hamer en verbrijzelde de borst van de minister. Dagen later vond men aan de rand van Teheran hompen vlees. En een hoofd waaraan de honden al hadden geknaagd. Dat was alles wat er overbleef van Aleksander Gribojedov, de dichter en minister van de tsaar. Fath Ali Sjah, de Kadjar, was erg tevreden destijds, en ook de troonopvolger Abbas Mirza was erg gelukkig. Mesji Aga, een fanatieke en wijze grijsaard, kreeg een hoge beloning van de tsaar, en ook een Shirvanshir, mijn oudoom, kreeg in Gijan een landgoed.

Dat alles was honderd jaar geleden gebeurd. Nu zaten op het terras van café Mefisto ik, Shirvanshir, de achterneef, en zij, Nino, de achternicht.

'Wij zouden bloedvijanden moeten zijn, Nino.' Ik wees met mijn hoofd naar de kloosterberg. 'Zul jij ook eens zo'n mooie grafsteen voor me oprichten?'

'Misschien,' zei Nino, 'het hangt ervan af hoe jij je tijdens je leven gedraagt.'

Ze dronk haar koffie op.

'Kom,' zei ze, 'laten we door de stad gaan lopen.'

Ik stond op. Nino hield van deze stad als een kind van haar moeder. We liepen via de Golovinskystraat naar de smalle stegen van de oude stad. Bij de Sionskathedraal bleef Nino staan. We gingen de donkere, vochtige ruimte binnen. De dom was oeroud. In kruisvorm gebouwd, met een spitse koepel, borg hij de herinneringen aan al het bloed dat omwille van deze stad was vergoten. Boven het altaar stond het kruis van wijnstokhout. De heilige Nino, de beschermvrouwe van Georgië, bracht het ooit mee uit het Westen, samen met de eerste berichten over de Heiland van de wereld. Nino knielde. Ze sloeg een kruis en keek op naar het beeld van haar beschermheilige.

Ze fluisterde:

'Heilige Nino, vergeef me.'

In het licht van de kerkramen zag ik tranen in haar ogen.

'Kom mee, we gaan,' zei ik. Ze liep volgzaam mee naar buiten. Zonder iets te zeggen liepen we door de straten.

Toen zei ik:

'Wat moet de heilige Nino je vergeven?'

'Jou, Ali Khan.'

Haar stem klonk verdrietig en mat. Het was niet goed met Nino door de straten van Tiflis te lopen.

'Waarom mij?'

We waren in Maidan. Georgiërs zaten in de koffiehuizen of midden op straat. Ergens klonk de zoerna. Ver beneden ons schuimde de Kura. Nino keek in de verte, alsof ze daarginds zichzelf zocht.

'Jou,' herhaalde ze toen, 'jou en alles wat geweest is.'

Ik meende te weten wat ze bedoelde. En toch vroeg ik:

'Wat?'

Nino stond stil. Ginds aan de overkant van het plein rees de Khasjwetikathedraal op. Elke steen van de tempel was als een maagd, wit en zacht en teer.

Nino zei:

'Wandel door Tiflis. Zie je gesluierde vrouwen? Nee. Ruik je de geur van Azië? Nee, het is een andere wereld. De straten zijn breed, de zielen recht. Ik word erg verstandig wanneer ik in Tiflis ben, Ali Khan. Hier zijn geen bigotte idioten zoals Seyd Moestafa, en geen duistere figuren zoals Mehmed Haidar. Hier is het leven vrolijk en licht.'

'Dit land ligt tussen twee scharen van een gloeiende tang, Nino.'

'Dat is het precies.' Haar voeten trippelden alweer over het oeroude plaveisel. 'Dat is het precies. Zeven keer heeft de kreupele Timoer Tiflis verwoest. Turken, Perzen, Arabieren, Mongolen overstroomden het land. Wij bleven. Ze hebben Georgië verwoest, verkracht, vermoord, maar het nooit werkelijk bezeten. Uit het Westen kwam de heilige Nino met het kruis van wijnstokhout, en bij het Westen horen wij. Wij zijn niet Azië. Wij zijn het oostelijkste land van Europa. Voel je dat dan zelf niet?'

Ze liep snel. Ze fronste haar kinderlijke voorhoofd:

'Omdat we Timoer en Djingiz, sjah Abbas, sjah Tahmasp en sjah Ismail hebben getrotseerd, daarom besta ik, jouw Nino. En nu kom jij, zonder zwaard, zonder stampende olifanten, zonder krijgers, en toch ben je alleen maar een erfgenaam van de bloedige sjah. Mijn dochters zullen de sluier dragen, en zodra het zwaard van Iran weer scherp genoeg is, zullen mijn zonen en kleinzonen Tiflis voor de honderdste keer verwoesten. O, Ali Khan, we kunnen maar beter opgaan in de wereld van het Westen.'

Ik pakte haar hand:

'Wat zou je willen, Nino?'

'Ach,' zei ze, 'ik ben heel dom, Ali Khan. Ik wil dat jij van brede straten en groene bossen houdt, ik wil dat je meer van liefde begrijpt en niet blijft vastplakken aan de verweerde muur van een Aziatische stad. Ik ben altijd bang dat je over tien jaar vroom zult worden en listig, dat je dan op je landgoederen in Gijan zit en op een dag wakker wordt en zegt: "Nino, je bent niet meer dan een akker." Zeg zelf, wat aan mij is het waarvan je houdt, Ali Khan?'

Tiflis bracht Nino in verwarring, het leek wel alsof ze dronken was van de vochtige lucht aan de oever van de Kura.

'Van wat aan jou ik hou, Nino? Van jou, van je ogen, van je stem, van je geur, van de manier waarop je loopt. Wat wil je nog meer? Van alles aan jou hou ik. De liefde van Georgië en de liefde van Iran zijn toch gelijk. Hier op deze plek stond duizend jaar geleden jullie Rustaveli, de grootste dichter. Hij zong over de liefde voor koningin Tamar. En zijn liederen zijn net Perzische rubaiyats. Zonder Rustaveli geen Georgië, zonder Perzië geen Rustaveli.'

'Op deze plek,' zei Nino peinzend, 'zo – maar misschien stond Sajat Nova hier ook wel, de grote liefdesdichter, die de sjah liet onthoofden omdat hij de liefde van de Georgiër prees.'

Er viel niet veel te beginnen met mijn Nino. Ze nam afscheid van haar vaderland, en bij een afscheid openbaart de liefde zich.

Ze zuchtte:

'Mijn ogen, mijn neus, mijn voorhoofd, van alles houd je, Ali

Khan. En toch ben je iets vergeten. Hou je ook van mijn ziel?'

'Ja, van je ziel hou ik ook,' zei ik vermoeid.

Vreemd, toen Seyd Moestafa beweerde dat een vrouw geen ziel heeft, heb ik gelachen, en toen Nino van mij verlangde dat ik haar ziel ontdekte, raakte ik geïrriteerd. Wat is dat, de ziel van een vrouw? Een vrouw zou blij moeten zijn wanneer haar man niets wil weten van de bodemloze afgrond van haar ziel.

'Wat is er dan aan mij waarvan je houdt, Nino?'

Plotseling begon ze te huilen, midden op straat. Grote, kinderlijke tranen biggelden over haar wangen:

'Neem me niet kwalijk, Ali Khan. Ik hou van je, gewoon van jou, zoals je bent, maar ik ben bang voor de wereld waarin je leeft. Ik ben gek, Ali Khan. Ik sta op straat met jou, mijn bruidegom, en ik verwijt je alle veldtochten van Djingiz Chan. Vergeef het je Nino. Het is dom om jou verantwoordelijk te stellen voor elke Georgiër die ooit door een mohammedaan is vermoord. Ik zal het nooit weer doen. Maar kijk, ik, jouw Nino, ben toch ook een heel klein stukje van het Europa dat jij haat, en hier in Tiflis voel ik dat bijzonder duidelijk. Ik hou van je, en jij houdt van mij. Maar ik hou van bossen en weilanden, en jij van bergen en stenen en zand, omdat jij een kind van de woestijn bent. En daarom ben ik bang voor je, voor jouw liefde, voor jouw wereld.'

'En?' vroeg ik verbaasd en verward.

'En?' Ze droogde haar ogen, haar mond glimlachte weer en ze hield haar hoofd scheef. 'En? Over drie maanden gaan we trouwen, wat wil je nog meer?'

Zonder overgang kan Nino huilen en lachen, liefhebben en haten. Ze vergaf me alle veldtochten van Djingiz Chan en hield weer van me. Ze pakte mijn hand en trok me over de Veribrug naar het labyrint van de bazaar van Tiflis. Symbolisch vroeg ze daarmee om vergiffenis. De bazaar is de enige oriëntaalse vlek op het Europese gewaad van Tiflis. Dikke tapijtverkopers, Armeniërs en Perzen, spreidden daar de schatten van Iran in al hun bonte pracht uit. Kramen vol met glanzend gele messing schalen met wijze opschriften, een Koerdisch meisje met lichte, verbaasde ogen las uit de hand en leek zelf versteld te staan van haar alwetendheid. Bij de ingang van de kroegen stonden de nietsnutten van Tiflis en discussieerden ernstig en gewichtig over God en de wereld. We snoven de indringende geuren op van de stad van de tachtig verschillende talen. Nino's verdriet was snel verdwenen toen ze de bonte drukte in de stegen van de bazaar zag. Armeense handelaren, Koerdische waarzeggers, Perzische koks, Ossetische priesters, Russen, Arabieren, Ingoesjen, Indiërs, alle volkeren van Azië ontmoeten elkaar op de bazaar van Tiflis. In de schaduw van een kraam heerst grote onrust. De handelaren staan om de ruziemakers heen. Een Assyriër en een jood maken verbitterd ruzie. We horen nog net:

'Toen mijn voorouders jouw voorouders naar de Babylonische gevangenschap brachten...' De omstanders brulden van het lachen. Ook Nino lachte – over de jood, over de Assyriër, over de bazaar, over de tranen die ze hadden vergoten op het plaveisel van Tiflis.

We lopen verder. Nog een paar stappen en onze wandeling voert ons naar de plek waar die is begonnen. We staan weer voor café Mefisto in de Golovinskystraat.

'Zullen we hier weer gaan zitten?' vraag ik onzeker.

'Nee. Om onze verzoening te vieren gaan we naar het klooster van de heilige David.'

We sloegen een van de zijstraten in die naar de tandradbaan leidden. We stapten in de rode cabine, die langzaam de Davidsberg op kroop. De stad zonk voor onze ogen in de diepte, en Nino vertelde me het verhaal van de stichting van het beroemde klooster.

'Vele, vele jaren geleden woonde op deze berg de heilige David. Maar in de stad woonde een koningsdochter die in zonde leefde met een vorst... De vorst verliet haar. Maar ze was zwanger. Toen haar woedende vader naar de boosdoener vroeg, was de prinses bang de naam van haar geliefde prijs te geven, en ze beschuldigde de heilige David. In toorn ontstoken liet de koning de heilige naar zijn paleis brengen. Toen riep hij zijn dochter, die de beschuldiging herhaalde. Toen pakte de heilige zijn staf en raakte daarmee het lijf van de prinses aan. Er gebeurde een wonder. Uit het binnenste van haar lijf klonk de stem van het kind en noemde de ware schuldige. Maar op verzoek van de heilige baarde de prinses een steen. Uit die steen welt de bron van de heilige David op. Vrouwen die naar kinderen verlangen, dompelen hun lichaam onder in de heilige bron.'

Nino voegde er peinzend aan toe:

'Het is maar goed, Ali Khan, dat de heilige David dood is en zijn wonderstaf spoorloos verdwenen.'

We waren aangekomen.

'Wil je naar de bron, Nino?'

'Dat heeft nog een jaartje de tijd.'

We stonden bij de kloostermuur en keken neer op de stad. De kom van het Kuradal lag in een blauwachtig waas. Kerkkoepels staken als eenzame eilanden uit boven een zee van steen. In het oosten en het westen strekten de tuinen zich uit: plekken waar de beau monde van Tiflis zich vermaakte. In de verte verhief zich het sombere slot Metechi, eens de zetel van de Georgische koningen, nu een gevangenis van het Russische rijk voor oppositionele Kaukasiërs. Nino draaide zich om. Haar trouw aan de tsaar viel niet goed te rijmen met de aanblik van de beroemde folterburcht:

'Zitten er geen neven van jou in Metechi, Nino?'

'Nee, maar van rechtswege hoor jij erin. Kom, Ali Khan.'

'Waarheen?'

'Laten we Gribojedov een bezoek brengen.'

We liepen om de kloostermuur heen en bleven bij de verweerde grafsteen staan.

'Je daden zijn onvergetelijk, maar waarom overleefde jou de liefde van je Nino?'

Nino bukte zich en raapte een kiezelsteentje op. Ze drukte het vlug tegen de grafsteen en liet haar hand los. Het steentje viel op de grond en rolde voor onze voeten. Nino bloosde hevig. Een oud bijgeloof in Tiflis beweert dat wanneer een meisje een steen tegen de vochtige grafsteen drukt en de steen heel even blijft plakken, ze in datzelfde jaar nog zal trouwen. Nino's steen viel op de grond.

Ik zag haar verlegen gezicht en lachte.

'Zie je wel? Drie maanden voor de bruiloft! Dan heeft onze profeet toch gelijk met de spreuk "Geloof niet de dode stenen".'

'Ja,' zei Nino.

We liepen terug naar de tandradbaan.

'Wat gaan we na de oorlog doen?' vroeg Nino.

'Na de oorlog? Hetzelfde als nu. Door Bakoe wandelen, op bezoek gaan bij vrienden, naar Karabach reizen en kinderen op de wereld zetten. Het zal erg plezierig zijn.'

'Ik wil een keer naar Europa.'

'Graag. Naar Parijs, naar Berlijn, een hele winter lang.'

'Ja, een hele winter lang.'

'Nino, bevalt ons land je niet meer? Als je wilt, gaan we in Tiflis wonen.'

'Dank je, Ali, je bent erg goed voor me. We blijven in Bakoe.'

'Nino, ik denk dat er niets beters is dan Bakoe.'

'O? Heb je dan zoveel steden gezien?'

'Nee, maar als je wilt, maak ik met jou een reis om de wereld.'

'En dan heb je de hele tijd heimwee naar de oude muur en naar een spiritueel gesprek met Seyd Moestafa. Maar dat is niet erg. Ik hou van je. Blijf zoals je bent.'

'Weet je, Nino, ik hang aan onze geboortestreek, aan elke steen, aan elk korreltje zand in de woestijn.'

'Dat weet ik. Het is vreemd – van Bakoe houden. Voor vreemdelingen is onze stad alleen maar heet, stoffig, doordrenkt van olie.'

'Ja, omdat het vreemdelingen zijn.'

Ze legde haar arm om mijn schouders. Ze drukte haar lippen op mijn wang:

'Maar wij zijn geen vreemdelingen en zullen het ook nooit worden. Zul je altijd van me houden, Ali Khan?'

'Natuurlijk, Nino.'

De cabine was beneden bij het station aangekomen. Met onze armen stevig om elkaar heen geslagen liepen we door de Golovinskystraat. Links van ons lag een uitgestrekt park met mooie smeedijzeren hekken. Het park was dicht. Twee soldaten, roerloos en ademloos, alsof ze versteend waren, hielden de wacht. Boven het vergulde hek zweefde majesteitelijk de vergulde keizerlijke dubbele adelaar. Het park hoorde bij het paleis van de grootvorst Nicolas Nikolajevitsj, stadhouder van de tsaar in de Kaukasus.

Plotseling stond Nino stil. 'Kijk,' zei ze, en ze wees naar het park. Achter het hek, in de schaduw van de pijnbomenlaan, schreed langzaam een lange, magere man met grijs gemêleerd haar. Nu draaide hij zich om en ik herkende de grote, met kille waan vervulde ogen van de grootvorst. Zijn gezicht was langwerpig. Zijn lippen stevig gesloten. In de schaduw van de pijnbomen leek hij op een groot, edel en wild dier.

'Waaraan denk je nu, Ali Khan?'

'Aan de kroon van de tsaar, Nino.'

'Die zou hem goed staan op zijn grijze haar. Wat zal hij gaan doen?'

'Ze zeggen dat hij de tsaar ten val zal brengen.'

'Kom mee, Ali Khan, ik ben bang.'

We verwijderden ons van het sierlijke smeedijzeren hek. Nino zei:

'Je moet niet mopperen op de tsaar en ook niet op de grootvorst. Ze beschermen ons tegen de Turken.'

'Het is één schaar van de gloeiende tang waarin je land gevangenzit.'

'Mijn land? En het jouwe?'

'Bij ons is het anders. Wij zitten niet in een tang. Wij liggen op het aambeeld, en de grootvorst heeft de hamer vast. Daarom haten we hem.'

'En jullie dwepen met Enver Pasja. Wat een onzin, je zult de intocht van Enver nooit beleven. De grootvorst zal overwinnen.'

'Allah Barif, God alleen weet het,' zei ik vredelievend.

16

De troepen van de grootvorst stonden in Trebizonde, ze veroverden Erzerum en trokken door de Koerdische bergen op naar Bagdad. De troepen van de grootvorst stonden in Teheran, in Tebriz, ja zelfs in de heilige stad Mesjhed. De schaduw van Nicolas Nikolajevitsj viel over half Turkije en over half Perzië. Tegenover een groep Georgische edellieden verklaarde de grootvorst:

'Het bevel van de tsaar gehoorzamend, zal ik niet rusten alvorens het gouden byzantijnse kruis in nieuwe glans zal stralen boven de koepel van de Hagia Sophia.'

Het stond niet best met de landen van de halvemaan. Alleen de kotsji's en ambals op straat hadden het nog over de macht van de Osman en het triomferende zwaard van Enver Pasja. Perzië bestond niet meer, en spoedig zou ook Turkije niet meer bestaan.

Mijn vader was erg zwijgzaam geworden en ging vaak het huis uit. Soms zat hij gebogen over oorlogsberichten en landkaarten, fluisterde de namen van de verloren steden en zat dan urenlang onbeweeglijk, de rozenkrans van barnsteen in zijn hand.

Ik bezocht juweliers, bloemisten en boekhandels. Ik stuurde

Nino edelstenen, bloemen en boeken. Ik zag haar, en uren verdwenen oorlog, grootvorst en de bedreigde halvemaan.

Op een keer zei mijn vader:

'Zorg dat je thuis bent vanavond, Ali Khan. Er komen verschillende mensen en er zal over belangrijke dingen worden gesproken.'

Zijn stem klonk een beetje verlegen, en hij keek mij niet aan.

Ik begreep wat hij bedoelde en zei spottend:

'Heb ik jou niet moeten zweren me nooit met politiek te bemoeien?'

'Bezorgd zijn om je volk betekent toch niet dat je je met politiek bemoeit. Er zijn tijden, Ali Khan, waarin het je plicht is aan het belang van het volk te denken.'

Op die avond had ik met Nino afgesproken naar de opera te gaan. Er was een gastoptreden van Sjaljapin. Al dagen verheugde Nino zich op de voorstelling. Ik pakte de telefoon en belde Iljas Beg.

'Iljas, ik heb vanavond iets te doen. Kun jij met Nino naar de opera gaan? Kaarten heb ik al.'

Een knorrige stem antwoordde:

'Wat denk je wel? Ik ben toch zeker niet meer mijn eigen baas. Ik heb nachtdienst vanavond, samen met Mehmed Haidar.'

Ik belde Seyd Moestafa.

'Ik kan echt niet. Ik heb een afspraak met de grote mullah Hadji Machsud. Hij is voor slechts een paar dagen uit Perzië gekomen.'

Ik belde Nachararjan. Zijn stem klonk erg verlegen:

'Waarom gaat u zelf niet, Ali Khan?'

'We krijgen gasten.'

'Om erover te beraadslagen hoe je alle Armeniërs kunt vermoorden. Nietwaar? In de tijd waarin mijn volk doodbloedt, zou ik eigenlijk niet naar het theater moeten gaan. Maar omdat wij vrienden zijn – bovendien kan Sjaljapin echt uitstekend zingen.'

Eindelijk. In nood leer je je ware vrienden kennen. Ik stelde Nino op de hoogte en bleef thuis.

Om zeven uur kwamen de gasten, precies degenen die ik had verwacht. Onze grote zaal met de rode tapijten en zachte lage sofa's herbergde om halfacht een miljard roebel, of beter gezegd, mensen die over een miljard beschikten. Hun aantal was niet groot, en ik kende hen allemaal al sinds jaren.

Seinal Aga, Iljas Begs vader, kwam als eerste. Hij had een kromme rug, zijn waterige ogen waren geloken. Hij zat op de sofa, zijn stok naast zich, en at langzaam en bedachtzaam een stukje Turkse honing. Na hem kwamen twee broers de zaal binnen: Ali Assadoellah en Mirza Assadoellah. Wijlen hun vader Sjamsi had hen een miljoen of twaalf nagelaten. De zonen erfden het verstand van hun vader en leerden daarenboven lezen en schrijven. Op die manier wisten ze hun miljoenen vele malen te vermenigvuldigen. Mirza Assadoellah hield van geld, wijsheid en rust. Zijn broer was als het vuur van Zarathoestra. Hij brandde en verbrandde niet. Hij bewoog voortdurend. Hij hield van oorlogen, avonturen en gevaren. Er deden in het land veel bloedige verhalen de ronde waarin hij de heldenrol zou hebben vervuld. De sombere Burjat Sadé, die naast hem zat, hield niet van avonturen, des te meer hield hij van de liefde. Als enige onder ons had hij vier vrouwen, die een verbitterde strijd voerden tegen elkaar. Hij schaamde zich daarvoor, maar kon aan zijn natuur niets veranderen. Vroeg iemand hem hoeveel kinderen hij had, dan antwoordde hij melancholiek: 'Vijftien of achttien, weet ik veel, ik arme man?' Vroeg iemand hem hoeveel miljoen hij bezat, dan antwoordde hij hetzelfde.

Joessoef Oghly, die aan het andere eind van de zaal zat, keek hem misprijzend en vervuld van nijd aan. Hij had slechts één, en naar men zei, niet erg mooie vrouw. Die had al op hun trouwdag tegen hem gezegd:

'Als je je zaad aan andere vrouwen verkwist, dan zal ik oren, neus en borsten van die andere vrouwen afsnijden. Wat ik jou zal aandoen, kan ik niet eens uitspreken.'

De vrouw kwam uit een krijgshaftig geslacht. Het was geen loze dreiging. Dus verzamelde de arme man schilderijen.

De man die om halfacht de zaal binnenkwam, was erg klein, erg mager en had sierlijke handen en roodgeverfde nagels. We gingen staan en maakten een buiging, respect betuigend aan zijn ongeluk. Zijn enige zoon Ismail was enkele jaren geleden gestorven. Ter nagedachtenis aan zijn zoon had de man in de Nicolaasstraat een heel pompeus gebouw neergezet. 'Ismail' stond met grote gouden letters op de gevel. Het gebouw schonk hij aan een islamitische welzijnsheidsinstelling. Hij heette Aga Moesa Nagi, en alleen het gewicht van zijn tweehonderd miljoen verschafte hem toegang tot onze kring. Want hij was geen moslim meer. Hij hoorde bij de ketterse sekte van de Bab, van een dwaalleer verkondigende ketter die door sjah Nasir al-Din terecht werd gesteld. Slechts enkelen van ons wisten precies wat de Bab wilde. Daarentegen wisten we allemaal dat Nasir al-Din gloeiende spijkers onder de nagels van de babisten liet steken, hen op brandstapels liet verbranden en met zwepen dood liet ranselen. Een sekte die zulke straffen over zich afriep, moest wel een gevaarlijke leer verkondigen.

Om acht uur waren alle gasten aanwezig. Daar zaten ze, de vorsten van de olie, dronken thee, aten zoetigheden en spraken over hun zaken, die bloeiden, over hun huizen, hun paarden, hun tuinen en hun verliezen aan de groene tafel van het casino. Zo spraken ze tot het negen uur was, de regels van het fatsoen in acht nemend. Toen ruimden de bedienden het theeservies weg, deden de deuren dicht en mijn vader zei:

'Mirza Assadoellah, de zoon van Sjamsi Assadoellah, heeft verschillende ideeën over de toekomst van ons volk. Laten we hem aanhoren.'

Mirza Assadoellah hief zijn mooie, ietwat dromerige gezicht. Hij zei:

'Wanneer de grootvorst de oorlog wint, bestaat er geen enkel islamitisch land meer. De hand van de tsaar zal zwaar zijn. Ons zal hij niet aanraken, want wij hebben geld. Maar hij zal moskeeën en scholen sluiten en de taal verbieden. Een ontelbaar aantal vreemdelingen zal in het land komen, want niemand beschermt nog langer het volk van de profeet. Het zou beter zijn wanneer Enver zou overwinnen, ook al zou hij maar een heel klein beetje overwinnen. Maar kunnen wij er iets aan bijdragen? Nee, zeg ik. Wij hebben geld, maar de tsaar heeft meer geld. Wij hebben mensen, maar de tsaar heeft meer mensen. Wat moeten we doen? Wanneer we een deel van ons geld en een deel van onze mensen aan de tsaar geven, wanneer we een divisie opstellen en uitrusten, zal zijn hand na de oorlog misschien lichter zijn. Of is er een andere weg?'

Hij zweeg.

Zijn broer Ali ging rechtop zitten. Hij zei:

'De hand van de tsaar is zwaar. Maar wie weet, misschien is er na de oorlog wel helemaal geen hand van de tsaar.'

'Ook dan, broeder, zijn er nog altijd te veel Russen in ons land.'

'Hun aantal kan afnemen, broeder.'

'Je kunt ze niet allemaal doodslaan, Ali.'

'Je kunt ze allemaal doodslaan, Mirza.'

Ze zwegen.

Toen zei Seinal Aga – hij sprak erg zacht, als een erg oude en zwakke man en zonder enige expressie:

'Niemand weet wat in het boek geschreven staat. De overwinningen van de grootvorst zijn geen overwinningen, ook al verovert hij Stamboel. De sleutel tot ons geluk ligt niet in Stamboel. Die ligt in het westen. En daar overwinnen de Turken, ook al heten ze Duitsers. Russen bezetten Trebizonde, Turken bezetten Warschau. De Russen? Zijn dat nog wel Russen? Ik heb gehoord dat een boer, Raspoetin zou zijn naam luiden, over de tsaar heerst, de dochter van de tsaar streelt en de tsarina mama noemt. Er zijn grootvorsten die de tsaar ten val willen brengen.

Er zijn mensen die de vrede alleen maar afwachten om te rebelleren. Het zal allemaal heel anders worden na deze oorlog.'

'Ja,' zei een dikke man met een lange snor en fonkelende ogen, 'het zal heel anders worden na de grote oorlog.'

Het was Fath Ali Khan van Choja, een advocaat. We wisten van hem dat hij voortdurend nadacht over het belang van het volk.

'Ja,' herhaalde hij vurig, 'en omdat het heel anders zal zijn, hoeven we om niemands gunst te bedelen. Wie er ook overwint in deze oorlog, hij zal zwak, bedekt met vele wonden, uit de strijd komen, en wij, die niet zijn verzwakt, niet zijn verwond, kunnen dan eisen stellen in plaats van te bedelen. Wij zijn een islamitisch, een sji'itisch land, en we verwachten van het huis Romanov en van het huis Osman hetzelfde: zelfstandigheid in alle dingen die ons aangaan. Hoe zwakker de oorlogsmachten na de oorlog zullen zijn, des te dichter zullen wij bij de vrijheid zijn. Die vrijheid zal voortkomen uit onze onverbruikte kracht, uit ons geld en onze olie. Want vergeet niet dat de wereld ons meer nodig heeft dan wij de wereld.'

De miljarden in de kamer waren zeer tevreden. Afwachten, dat was een mooi woord. Afwachten of de Turk of de Rus overwint. Wij hebben de olie, de overwinnaar zal ons moeten smeken om onze gunst. En tot het zover is? Ziekenhuizen bouwen, kindertehuizen, blindentehuizen, voor de krijgers van ons geloof. Niemand mag ons gebrek aan inzet verwijten.

Ik zat in de hoek, zwijgend en wrokkend. Ali Assadoellah liep door de zaal en kwam bij me zitten:

'Wat vindt u ervan, Ali Khan?'

Zonder mijn antwoord af te wachten boog hij zich voorover en fluisterde:

'Het zou mooi zijn alle Russen in ons land te vermoorden. En niet alleen de Russen. Alle vreemdelingen die anders spreken, anders bidden en anders denken. In feite willen we dat allemaal, maar alleen ik durf het uit te spreken. Wat er daarna komt? Voor mijn part wordt iedereen dan door Fath Ali geregeerd. Hoewel ik meer voor Enver ben. Maar eerst uitroeien.'

Hij sprak het woord 'uitroeien' met teder verlangen uit, alsof het om 'liefhebben' ging. Zijn ogen glansden, zijn gezicht glimlachte kwajongensachtig. Ik zweeg. Nu sprak Aga Moesa Nagi, de babist. Zijn kleine, diepliggende ogen fonkelden.

'Ik ben een oude man,' zei hij, 'en ik ben bedroefd over hetgeen ik zie, en over hetgeen ik hoor. Russen roeien de Turken uit, de Turken de Armeniërs, de Armeniërs willen ons uitroeien, en wij de Russen. Ik weet niet of dat goed is. We hebben vernomen wat Seinal Aga, Mirza, Ali en Fath Ali over het lot van ons volk denken. Ik heb begrepen dat ze zich zorgen maken om de scholen, om de taal, om de ziekenhuizen en om de vrijheid. Maar wat is een school wanneer daar alleen onzin wordt onderwezen, wat is een ziekenhuis wanneer daar het lichaam wordt genezen en de ziel vergeten? Onze ziel wil naar God. En elk volk denkt dat het een andere God heeft. Maar ik geloof dat zich door de stem van alle wezens dezelfde God openbaart. Daarom eerbiedig ik Christus én Confucius, Boeddha én Mohammed. Van één God komen wij, en door de Bab keren wij allen naar hem terug. Dát moet aan het volk worden verkondigd. Er bestaat geen zwart en er bestaat geen wit, want in zwart is wit en in wit is zwart. Daarom is mijn raad: laten we niet iets doen wat iemand op aarde kan schaden, want wij zijn in ieder ander en ieder ander is in ons.'

We zwegen verrast. Dát was dus de ketterse leer van de Bab.

Naast me klonk luid gesnik. Ik keek verbaasd op en zag het met tranen overstroomde en van smart vertrokken gezicht van Ali Assadoellah.

'O Heer,' snikte hij, 'hoe gelijk hebt u. Wat een geluk u te horen spreken. O, Almachtige! Konden alle mensen maar tot zo'n diep inzicht komen!'

Hij droogde zijn tranen, snikte nog een paar keer en voegde er toen heel wat koeler aan toe:

'Ongetwijfeld, zeer vereerde vriend, de hand van God is boven alle handen, maar daarom is het niet minder waar, o bron van wijsheid, dat je niet zomaar kunt vertrouwen op de genadevolle ingeving van de Allerhoogste. Wij zijn slechts mensen en wanneer de ingeving uitblijft, moeten wij zelf wegen vinden om de moeilijkheden uit de weg te ruimen.'

Het was een verstandige zin en het waren verstandige tranen. Ik merkte hoe Mirza zijn broer vol bewondering aankeek.

De gasten stonden op. Smalle handen raakten groetend donkere voorhoofden aan. De ruggen bogen zich en de lippen mompelden:

'Vrede zij met u. Blijf met een glimlach achter, o vriend.'

De bijeenkomst was ten einde. De miljarden stroomden de straat op, groetend, handen drukkend en knikkend. Het was halfelf. De zaal was leeg en somber. Eenzaamheid overviel me.

Ik zei tegen de bediende:

'Ik ga nog even weg. Naar de kazerne. Iljas Beg heeft nachtdienst.'

Ik liep naar de zee, langs het huis van Nino, naar de grote kazerne. In het raam van het wachtgebouw brandde licht. Iljas Beg en Mehmed Haidar zaten te dobbelen. Ik ging naar binnen. Een zwijgend hoofdknikken begroette me. Eindelijk was het spel uit. Iljas Beg gooide de dobbelstenen in de hoek en maakte het knoopje van zijn kraag los.

'Hoe was het?' vroeg hij. 'Heeft Assadoellah weer eens gezworen alle Russen te vermoorden?'

'Zo ongeveer. Is er nieuws over de oorlog?'

'Oorlog,' zei hij verveeld. 'De Duitsers hebben heel Polen bezet. De grootvorst zal in de sneeuw blijven steken of misschien Bagdad bezetten. Misschien zullen de Turken Egypte veroveren. Weet ik veel! Het is heel erg saai op deze aarde.'

Mehmed Haidar wreef over zijn kortgeschoren, puntige hoofd.

'Het is helemaal niet saai,' zei hij, 'we hebben paarden en soldaten en verstaan de kunst met wapens om te gaan. Wat wil een man nog meer? Soms wil ik over de bergen trekken, in een loopgraaf liggen en een vijand tegenover me hebben. De vijand moet goede spieren hebben en zijn huid moet naar zweet ruiken.'

'Meld je dan aan voor het front,' zei ik.

Mehmed Haidars ogen onder zijn lage voorhoofd keken bedroefd en wanhopig.

'Ik ben geen man die op mohammedanen schiet. Ook niet als het soennieten zijn. Maar ik heb een eed gezworen en kan dus ook niet deserteren. Het zou allemaal heel anders moeten worden in ons land.'

Ik keek hem liefdevol aan. Daar zat hij met zijn brede schouders, zijn onnozele gezicht, zijn kracht, en stikte bijna van vechtlust.

'Ik wil naar het front, en ik wil ook niet,' zei hij tobbend.

'Wat moet er met ons land gebeuren?' vroeg ik hem.

Hij zweeg en fronste zijn voorhoofd. Denken was niet zijn sterkste kant. Eindelijk zei hij:

'Ons land? Moskeeën zouden ze moeten bouwen. De aarde water geven. Onze aarde is dorstig. Het is ook helemaal niet goed dat elke vreemdeling die bij ons komt, ons vertelt hoe dom we zijn. Dat moeten we zelf weten, of we dom zijn. En verder, ik denk dat het heel goed zou zijn wanneer we een grote brand zouden stichten en alle olietorens in het land zouden verbranden. Dat zou een prachtig gezicht zijn en dan zouden we weer arm zijn. Niemand had ons dan verder nodig en de vreemdelingen zouden ons met rust laten. En in plaats van boortorens zou ik een mooie moskee bouwen, met blauwe tegels. Buffels zouden er moeten komen en op het olieland zouden we graan gaan verbouwen.'

Hij zweeg, verzonken in het visioen van de toekomst. Iljas Beg lachte vrolijk:

'En dan zouden ze lezen en schrijven moeten verbieden,

kaarslicht invoeren en de domste man in het land tot koning kiezen.'

Mehmed Haidar merkte de spot niet.

'Geen slecht idee,' zei hij, 'in vroeger tijden waren er veel meer domme mensen dan nu. De domme mensen legden irrigatiekanalen aan in plaats van olievelden, en de vreemdelingen werden beroofd in plaats van dat zij ons beroofden. Vroeger waren er veel meer gelukkige mensen.'

Ik wilde de onnozele jongen omhelzen en kussen. Hij sprak alsof hij zelf een kluit was van onze arme, droge, mishandelde aarde.

Een hevige roffel op het raam deed me opspringen. Ik keek naar buiten. Een donker, pokdalig gezicht staarde me aan. De schuin zittende ogen fonkelden.

'Ik ben het, Seyd Moestafa. Laat me binnen.'

Ik liep naar de deur. Seyd Moestafa kwam de kamer binnenvallen. Zijn tulband hing scheef over zijn bezwete voorhoofd. Zijn groene gordel hing los, en zijn grijze lange mantel was stoffig.

Hij liet zich in een stoel vallen en riep hijgend:

'Nachararjan heeft Nino ontvoerd. Een halfuur geleden. Ze zijn op weg naar Mardakyan.'

17

Mehmed Haidar sprong overeind. Zijn ogen werden heel klein. 'Ik zadel meteen de paarden.' Hij rende naar buiten. Mijn gezicht gloeide. Bloed drong naar mijn slapen, ik hoorde mijn oren suizen en het leek wel alsof een onzichtbare hand met een stok op mijn hoofd sloeg. Als in een droom vernam ik de stem van Iljas Beg:

'Beheers je, Ali Khan, beheers je. Verlies je beheersing pas op het moment waarop we hun beiden hebben ingehaald.'

Hij stond voor me. Zijn smalle gezicht was erg bleek. Hij stak een rechte, Kaukasische dolk in mijn gordel.

'Hier,' zei hij en hij drukte een revolver in mijn hand, en weer:

'Blijf rustig, Ali Khan. Bewaar je woede tot je op weg bent naar Mardakyan.'

Automatisch stak ik het wapen in mijn zak. Het pokdalige gezicht boog zich naar me toe. Ik zag hoe de dikke lippen bewogen en hoorde de snel gesproken woorden:

'Ik verliet mijn huis om op bezoek te gaan bij de wijze mullah Hadji Machsud. De tent van zijn wijsheid staat naast het theater. We spraken over het imamaat van de Zeidi. Om elf uur ging ik bij hem weg. Ik liep langs het theater. Het zondige spel was juist afgelopen. Ik zag Nino samen met Nachararjan in de auto stappen. De auto reed niet weg. Ze zaten met elkaar te praten. Nachararjans gezicht beviel me niet. Ik sloop erheen. Ik luisterde. "Nee," zei Nino, "ik hou van hem."

"In dit land zal geen steen op de andere blijven," zei Nachararjan, "ik hou meer van u. Ik bevrijd u uit de klauwen van Azië." "Nee," zei Nino, "breng me naar huis." Hij startte de motor. Ik sprong achter op het bagagerek. De auto reed naar het huis van de familie Kipiani. Ik kon niet horen wat ze onderweg zeiden. Maar ze praatten veel. Bij het huis stopte de auto. Nino huilde. Plotseling omarmde Nachararjan haar en kuste haar gezicht. "U mag niet in de handen van de wilden vallen," riep hij, toen fluisterde hij nog iets, en aan het eind hoorde ik nog maar één zin: "We gaan naar Mardakyan, in Moskou trouwen we en dan gaan we naar Zweden." Ik zag hoe Nino hem van zich af duwde. Toen werd de motor gestart. Ze waren weg. Ik rende zo hard ik kon om…'

Hij maakte zijn zin niet af, of ik heb niet gewacht tot die af was. Mehmed Haidar rukte de deur open. 'De paarden zijn gezadeld,' riep hij. We renden de binnenplaats op. In het licht van de volle maan zag ik de dieren. Ze hinnikten zachtjes en klauwden met hun hoeven.

'Hier,' zei Mehmed Haidar.

Hij bracht me naar mijn paard. Ik zag het en verstarde. Het roodgouden wonder uit Karabach, het paard van Melikov, de regimentscommandant. Op de hele wereld waren er geen twaalf paarden van dit ras. Mehmed Haidar keek somber.

'De commandant zal woedend zijn. Er heeft nog nooit iemand anders op dit paard gezeten. Het beest is snel als de wind. Geef het de sporen. Je haalt ze in.'

Ik sprong in het zadel. Mijn zweep streek langs de schoft van het wonderdier. Een enorme sprong, en ik verliet de binnenplaats van de kazerne. Ik raasde langs de oever van de zee. Vol haat sloeg ik op het paard in. Huizen dansten voorbij en ik zag vurige vonken onder de hoeven van het dier. Een enorme woede maakte zich van mij meester. Ik rukte aan de teugels. Het paard steigerde en raasde verder. Eindelijk – de laatste lemen hutten had ik achter me gelaten. Ik zag de velden die in het maanlicht baadden en de smalle weg naar Mardakyan. De nachtlucht bracht me verkoeling. Rechts en links lagen de eindeloze meloenvelden. De ronde vruchten leken op goudklompen. Het paard liep in gestrekte galop, verend, in een meeslepend gelijkmatig ritme. Ik boog me ver voorover, tot bij de gouden manen van het paard.

Zo was het dus! Ik zag het heel duidelijk voor me... Ik hoorde elk woord dat ze hadden gesproken. De gedachten van de vreemdeling waren plotseling dichtbij en grijpbaar. Enver vecht in Klein-Azië. De troon van de tsaar wankelt. In het leger van de grootvorst Armeense bataljons. Wordt het front uiteengedreven, dan verspreidt het leger van Osman zich over Armenië, Karabach en Bakoe. Nachararjan voorvoelt de gevolgen. Goudstaven, zwaar, Armeens goud verdwijnt naar Zweden. Het is uit met de verbroedering van de volkeren van de Kaukasus. Ik zie hun beiden in de theaterloge.

'Prinses, er is geen brug tussen Oost en West, ook niet de brug van de liefde.'

Nino zwijgt. Ze luistert:

'We moeten elkaar steunen, wij, die worden bedreigd door het zwaard van Osman. Wij, de ambassadeurs van Europa in Azië. Ik houd van u, prinses. Wij horen bij elkaar. In Stockholm is het leven gemakkelijk en eenvoudig. Daar is Europa, in het Westen.'

En toen, alsof de woorden in mijn aanwezigheid waren uitgesproken:

'Er zal geen steen in dit land op de andere blijven.'

En ten slotte:

'Neem zelf uw lot in de hand, Nino. Na de oorlog verhuizen we naar Londen. We zullen worden ontvangen aan het hof. Een

Europeaan moet zijn eigen lot bepalen. Ook ik heb waardering voor Ali Khan, maar hij is een barbaar, eeuwig gevangen in de ban van de woestijn.'

Ik sloeg met mijn zweep op het paard in. Een woeste schreeuw. Zo huilt de woestijnwolf bij het zien van de maan. Lang, hoog, klagend. De hele nacht wordt een schreeuw. Ik buig diep voorover. Mijn keel doet pijn. Waarom schreeuw ik op de door de maan verlichte weg naar Mardakyan? Ik moet mijn woede nog even inhouden. Scherpe wind geselt mijn gezicht. De tranen komen door de wind, nergens anders door. Ik huil niet, ook niet wanneer ik plotseling weet dat er geen brug is tussen Oost en West, ook niet de brug van de liefde. Lokkende, stralende Georgische ogen! Ja, ik stam af van de woestijnwolf, van de grijze wolf van de Turken. Wat voor moois hij niet al had bedacht: 'We trouwen in Moskou en gaan dan naar Zweden.' Een hotel in Stockholm, schoon, warm, met witte lakens. Een villa in Londen. Een villa? Ik leg mijn gezicht tegen de roodgouden huid van het paard. Plotseling bijt ik in de hals van het dier. Mijn mond vult zich met de zilte smaak van bloed. Een villa? In Mardakyan heeft Nachararjan een villa. Midden in de fruitboomgaarden van de oase. Zoals alle rijken van Bakoe. Van wit marmer, gelegen aan zee, met Corinthische zuilen. Hoe snel rijdt een auto en hoe snel een paard uit Karabach? Ik ken de villa. Het bed is van mahoniehout, rood en erg breed. Witte lakens, zoals in het hotel in Stockholm. Hij zal niet de hele nacht filosoferen. Hij zal... natuurlijk zal hij dat. Ik zie het bed en de Georgische ogen, van lust en schrik omfloerst. Mijn tanden boren zich diep in het vlees van het paard. Het dier raast voort. Schiet op! Schiet op! Pot je woede op tot je ze hebt ingehaald, Ali Khan.

De weg is smal. Plotseling moet ik lachen. Wat een geluk dat we in Azië zijn, in het wilde, achterlijke, onbeschaafde Azië. Waar geen autowegen zijn, maar alleen hobbelige zandpaden, als geschapen voor paarden uit Karabach. Hoe snel komt een auto op die wegen vooruit, en hoe snel een paard uit Karabach?

De meloenen aan de rand van de weg kijken me aan alsof ze een gezicht hebben.

'Erg slechte wegen,' zeggen de meloenen, 'niets voor auto's uit Engeland. Alleen voor ruiters op paarden uit Karabach.'

Zal het paard deze rit overleven? Waarschijnlijk niet. Ik zie het gezicht van Melikov, destijds in Sjoesja, toen zijn sabel kletterde en hij sprak: "Alleen wie door de tsaar tot de strijd wordt geroepen, bestijgt dit paard." Ach wat! Laat hem maar huilen over het verlies van zijn paard, de oude man uit Karabach. Nog een zweepslag en nog een. De wind slaat in mijn gezicht alsof hij vuisten heeft. Een bocht. Ruig struikgewas groeit langs de kant van de weg, en eindelijk – in de verte hoor ik het geprutel van de motor. Er valt licht op de weg. De auto! Langzaam kruipt hij vooruit op de hobbelige weg. Een auto uit Europa. Niet gemaakt voor de wegen van Azië. Nog een zweepslag! Ik herken Nachararjan achter het stuur. En Nino! Nino, helemaal in elkaar gekropen in een hoekje. Waarom horen ze de hoefslag van het paard niet? Let hij niet op of er iets te horen is in de nacht? Hij voelt zich veilig in zijn auto uit Europa, op weg naar Mardakyan. Hij moet stoppen, die gelakte kist. Meteen en ogenblikkelijk! Mijn hand haalt de veiligheidspal van de revolver over. Zo, lief werktuig uit België. Doe je werk. Ik schiet. Een smalle streep vuur verlicht heel even de weg. Ik hou het paard in. Goed geschoten, goed geraakt, lief Belgisch werktuig. De linkerband van de auto zakt in elkaar als een plotseling leeglopende ballon. De gelakte kist staat stil! Ik rijd erheen en het bloed klopt in mijn slapen. Ik gooi het wapen weg, ik weet niet meer precies wat ik doe. Twee gezichten kijken me aan. De ogen wijd opengesperd van angst. Een vreemde trillende hand houdt een revolver omklemd. Het was dus toch niet zo veilig, in de auto uit Europa. Ik zie de dikke vingers en een ring met grote briljanten. Vlug, Ali Khan! Nu mag je je beheersing niet verliezen. Ik trek mijn dolk. Hij zal niet schieten, die trillende hand. De dolk suist met een melodieus geluid door de lucht. Waar heb ik het werpen van de dolk geleerd? In Perzië? In Sjoesja? Nergens! In mijn bloed, in mijn aderen zit de kennis over de baan waarin je de dolk moet brengen op zijn vlucht. Geërfd van mijn voorvaderen. Van de eerste Shirvanshir, die naar India trok en Delhi bedwong. Een schreeuw, onverwacht dun en hoog. Een dikke hand spreidt de vingers. Een straal bloed stroomt over de pols. Heerlijk is het bloed van de vijand op de weg naar Mardakyan. De revolver valt op de grond. Een plotseling haastig kruipende beweging van een dikke buik. Een sprong, en de man rent over de weg naar het ruige struikgewas aan de rand. Ik spring van mijn paard. Ik steek de dolk in de schede. Nino zit kaarsrecht op de zachte bank van de wagen. Haar gezicht is hard en onbeweeglijk, alsof het uit steen is gehouwen. Alleen haar lichaam beeft hevig, opgeschrikt door het plotselinge nachtelijke gevecht. In de verte hoor ik hoefgetrappel. Ik spring in de struiken. De scherpe takken pakken me beet alsof het de handen van een onzichtbare vijand zijn. Dor blad ritselt onder mijn voeten. De droge takken snijden mijn handen kapot. Ver weg in de struiken ademt het opgejaagde dier – Nachararjan. Een hotel in Stockholm! Dikke gulzige lippen op Nino's gezicht!

Dan zie ik hem. Hij struikelt en haalt zijn dikke handen open aan het struikgewas. Nu rent hij over het meloenveld naar de zee. Ik heb de revolver op de weg gesmeten. Mijn handen bloeden, opengereten door de stekelige struiken. Dan – de eerste meloen. Ronde tronie, vet en stompzinnig. Ik trap erop en onder mijn hak spat hij krakend open. Ik ren over het veld. De maan kijkt toe met het gezicht van de dood. Koude, gouden lichtbanen over het meloenveld. Je kunt maar beter geen goudstaven naar Zweden brengen, Nachararjan.

Nu. Ik pak zijn schouder beet. Hij draait zich om, staat als een blok, in zijn ogen de haat van de man die is ontmaskerd. Een stomp – zijn vuist komt op mijn kin terecht. En weer een stomp – vlak onder mijn ribbenkast. Goed, Nachararjan, je hebt in

Europa met je vuisten leren vechten. Ik voel me duizelig worden. Heel even stokt mijn adem. Ik ben maar een Aziaat, Nachararjan. Ik heb nooit de kunst geleerd van onder de gordel stompen. Ik kan alleen maar tekeergaan als een wolf in de woestijn. Ik spring. Ik sla mijn armen om zijn lichaam alsof hij een boomstam is. Mijn benen klem ik om zijn dikke buik, mijn handen omklemmen zijn dikke nek. Hij slaat woest op me in. Ik buig en we vallen op de grond. We rollen over het veld. Plotseling lig ik onder. De handen van Nachararjan wurgen me. Zijn mond hangt scheef neer van zijn vertrokken gezicht. Mijn voeten trappen tegen zijn buik. Mijn hakken boren zich in zijn vet. Hij laat los. Heel even zie ik zijn blote hals. Zijn gescheurde kraag is verschoven. Zijn hals is wit. Uit mijn keel komt een doffe kreet. Mijn tanden boren zich in zijn dikke, witte hals. Ja, Nachararjan, zo doen we dat in Azië. Zonder stoot onder de gordel. De greep van de grijze wolf. Ik voel het beven van zijn aderen.

Op mijn heup voel ik iets bewegen. Nachararjans hand tast naar mijn dolk. In de hitte van het gevecht ben ik die vergeten. Staal blikkert voor mijn ogen. Een stekende pijn in een van mijn ribben. Hoe warm is mijn bloed. De stoot is afgeketst op mijn rib. Ik laat zijn hals los en trek de dolk uit zijn gewonde hand. Nu ligt hij onder mij. Zijn gezicht is naar de maan gekeerd. Ik hef de dolk. En dan laat hij een schreeuw – hoog, lang, met zijn hoofd in zijn nek. Zijn gezicht is een en al mond – de opengerukte donkere poort van de doodsangst. Hotel in Stockholm. Varken aan het spit. O meloenveld bij Mardakyan!

Wat aarzel ik nog? Een stem achter me:

'Stoot toe, Ali Khan, stoot toe.'

Het is de stem van Mehmed Haidar.

'Iets boven het hart, van boven naar beneden.'

De stem stokt. Ik weet waar de plek van de dood is. Nog heel even. Ik wil nog één keer de kermende stem van de vijand horen. Dan:

Ik hef de dolk. Mijn spieren zijn gespannen. Boven het hart verenigt mijn dolk zich met het lichaam van de vijand. Hij stuiptrekt, één keer, nog een keer. Ik sta langzaam op. Bloed aan mijn kleding. Mijn bloed? Zijn bloed? Nu is dat van geen betekenis meer.

Mehmed Haidars tanden blikkeren:

'Goed heb je dat gedaan, Ali Khan. Ik zal eeuwig bewondering voor je hebben.'

Mijn rib doet pijn. Hij ondersteunt me. We dringen door het struikgewas en staan weer bij de gelakte kist, op de weg naar Mardakyan. Vier paarden. Twee ruiters. Iljas Beg steekt zijn hand groetend op. Seyd Moestafa heeft zijn groene tulband in zijn nek geschoven. Op zijn zadel houdt hij zijn arm om Nino heen geslagen. Nino zwijgt.

'Wat moet er met die vrouw gebeuren? Wil jij haar doodsteken of moet ik het doen?'

Seyd Moestafa spreekt langzaam en zachtjes. Zijn ogen zijn half gesloten, alsof hij droomt.

'Stoot toe, Ali Khan.' Nu is het Mehmed Haidar. Zijn hand steekt mij de dolk toe.

Ik kijk naar Iljas Beg. Hij knikt. Hij is krijtwit:

'We zullen de lijken dan in zee gooien.'

Ik loop naar Nino toe. Haar ogen zijn enorm groot... In de pauze kwam ze naar ons toe, badend in tranen, met haar schooltas in haar hand. Ooit had ik mij onder haar bank verstopt en gefluisterd: 'Karel de Grote werd in 800 in Aken gekroond.'

Waarom zwijgt Nino? Waarom huilt ze niet, zoals toen, in de grote pauze? Ze kon er immers niets aan doen dat ze niet wist wanneer Karel de Grote werd gekroond. Ik sla mijn arm om de nek van haar paard en kijk haar aan. Onze ogen ontmoeten elkaar. Haar ogen zwijgen. Ze is mooi in het zadel van Seyd, in dat gulle maanlicht, haar ogen gericht op de dolk. Georgisch bloed, het beste van de wereld. Georgische lippen, Nachararjan heeft ze gekust. Goudstaven in Zweden – hij heeft haar gekust.

'Iljas Beg, ik ben gewond. Breng prinses Nino naar huis. De nacht is koud. Dek prinses Nino toe. Ik vermoord je, Iljas Beg, wanneer de prinses niet veilig thuiskomt. Luister goed, Iljas Beg, dat is mijn vaste wil. Mehmed Haidar, Seyd Moestafa, ik voel me erg zwak. Breng me naar huis. Ondersteun me, ik bloed anders dood.'

Ik houd me vast aan de manen van het paard uit Karabach. Mehmed Haidar helpt me in het zadel. Iljas Beg komt dichterbij, voorzichtig pakt hij Nino op en legt haar in de zachte kussens van zijn kozakkenzadel. Ze verzet zich niet… Hij trekt zijn jas uit en legt die zachtjes over haar schouders. Hij is nog steeds erg bleek. Hij werpt me een korte blik toe en knikt. Hij zal Nino veilig naar huis brengen. Hij rijdt vooruit. Wij wachten nog even. Mehmed Haidar en Seyd Moestafa moeten bij mij blijven. Ik steun op hen. Mehmed Haidar springt in zijn zadel:

'Je bent een held, Ali Khan. Je hebt fantastisch gevochten. Je hebt je plicht gedaan.'

Hij ondersteunt me.

Seyd houdt zijn ogen neergeslagen. Hij zegt:

'Haar leven behoort jou toe. Jij kunt het haar afpakken. Je kunt haar ontzien. Het is allebei geoorloofd. Zo luidt de wet.'

Hij glimlacht dromerig. Mehmed Haidar duwt de teugels in mijn hand.

We rijden zwijgend door de nacht. De lichtjes van Bakoe zijn zacht en verlokkend.

18

EEN SMAL STENEN TERRAS aan de rand van de afgrond. Gele rotsen, droog, verweerd, boomloos. Stenen, reusachtige ruwe stenen, slordig opeengestapeld. Dicht bijeen, rechthoekig en eenvoudig, hangen de hutten boven de afgrond. Het platte dak van de ene hut vormt het erf van de hoger gelegen hut. Beneden ruist de bergbeek, in de heldere lucht glimmen de rotsen. Een smal pad kronkelt door het gesteente en verdwijnt in de afgrond. Een aul – een bergdorp in Dagestan. Binnen in de hut is het donker en er liggen dikke matten. Buiten wordt een smal overstekend dak ondersteund door twee houten palen. Een adelaar hangt met uitgestrekte vleugels als versteend in de oneindigheid van de hemel.

Ik lig in de kleine daktuin, het barnsteen van de waterpijp tussen mijn lippen. Ik zuig de koele rook in mijn longen. Mijn slapen worden koud, de blauwe rook wordt uiteengewaaid door de zwakke wind. Een medelijdende hand heeft hasjiesjzaad door de tabak gemengd. Mijn ogen kijken naar de afgrond en zien gezichten. De gezichten draaien rond in de wervelende damp. Er zijn erbij die mij vertrouwd zijn. Dat van de krijger Rustem op het tapijt aan de muur in mijn kamer in Bakoe.

Daar heb ik gelegen, ooit, in dikke zijden dekens gewikkeld. Een van mijn ribben deed pijn. Het verband was zacht en wit. Zacht geschuifel in de kamer ernaast. Zacht gesproken woorden. Ik luisterde. De woorden werden luider. De stem van mijn vader:

'Het spijt me, meneer de commissaris. Ik weet niet waar mijn zoon verblijft. Ik vermoed dat hij naar zijn oom in Perzië is gevlucht. Het spijt me buitengewoon.'

De stem van de commissaris klonk alarmerend:

'Uw zoon wordt beschuldigd van moord. Er is al een arrestatiebevel uitgegaan. Ook in Perzië zullen we hem weten te vinden.'

'Ik mag het hopen. Elke rechtbank zou mijn zoon vrijspreken. Een crime passionel, méér dan gemotiveerd door de omstandigheden. En verder…'

Ik hoorde het geritsel van verse bankbiljetten, of ik meende het te horen. Vervolgens zwijgen. En weer de stem van de commissaris:

'Ja, ja. Die jonge mensen. Zo snel met de dolk. Ik ben maar een ambtenaar. Maar ik heb er begrip voor. De jongeman moet zich niet meer laten zien in de stad. En het arrestatiebevel moet ik doorsluizen naar Perzië.'

De stappen verwijderden zich. Weer diepe stilte. De sierlijke letters op het tapijt leken op een labyrint. Mijn ogen volgden de lijnen van de letters en bleven hangen bij de vele krullen van de N.

Gezichten bogen zich over mij heen. Lippen fluisterden dingen die ik niet begreep. Toen zat ik in bed, rechtop en verbonden, en voor me stonden Iljas Beg en Mehmed Haidar. Allebei glimlachten ze, allebei waren ze gekleed in gevechtstenue.

'We komen afscheid nemen. We zijn overgeplaatst naar het front.'

'Hoezo?'

Iljas frunnikt aan zijn patroontas:

'Ik heb Nino naar huis gebracht. Ze zei de hele tijd niets. Toen ben ik naar de kazerne gereden. Toen het middag werd, was alles al bekend. Melikov, de regimentscommandant, sloot zichzelf op en bedronk zich. Hij wilde zijn paard niet meer zien. 's Avonds liet hij het doodschieten. Toen meldde hij zich voor het front. De kwestie met de krijgsraad kon mijn vader nog regelen. Maar ze hebben ons wel overgeplaatst naar het front. Meteen in de voorste linies.'

'Vergeef me. Ik heb het op mijn geweten dat dit gebeurt met jullie.'

Beiden protesteerden hevig:

'Nee, jij bent een held, jij hebt gehandeld als een man. We zijn erg trots.'

'Hebben jullie Nino gezien?'

Allebei staan ze daar met strakke gezichten.

'Nee, we hebben Nino niet gezien.'

Het klonk erg koel. We omarmden elkaar.

'Maak je geen zorgen om ons. We zullen ons wel weten te redden aan het front.'

Een glimlach, een groet. De deur viel dicht.

Ik lag in de kussens, mijn ogen gericht op het rode patroon van het tapijt. Arme vrienden. Het is mijn schuld. Ik zonk weg in merkwaardige dagdromen. Alles wat om mij heen was verdween. Nino's gezicht zweefde in de nevel, nu eens lachend, dan weer ernstig. Vreemde handen raakten me aan.

Iemand zei in het Perzisch:

'Hij moet hasjiesj nemen. Helpt heel goed tegen het geweten.'

Iemand stopte barnsteen in mijn mond en door de fragmenten van de dagdroom heen drongen woorden door tot mijn oor:

'Hooggeachte khan. Ik ben geschokt. Wat een afschuwelijk ongeluk. Ik ben er een voorstander van dat mijn dochter meteen achter uw zoon aan reist. Ze moeten meteen trouwen.'

'Mijn vorst, Ali Khan kan niet trouwen. Hij is nu blootgesteld aan kanly, de bloedwraak van de familie Nachararjan. Ik heb hem naar Perzië gestuurd. Zijn leven is voortdurend in gevaar. Hij is niet de juiste man voor uw dochter.'

'Safar Khan, ik smeek u. We moeten de kinderen beschermen. Ze moeten weg. Naar India, naar Spanje. Mijn dochter is onteerd. Alleen een huwelijk kan haar redden.'

'Het is niet de schuld van Ali Khan, mijn vorst. Overigens, er zal heus wel een Rus te vinden zijn, of zelfs een Armeniër.'

'Neemt u mij niet kwalijk. Een onschuldig, nachtelijk uitstapje. Heel begrijpelijk in deze hitte. Uw zoon heeft overhaast gehandeld. Een absoluut valse verdenking. Hij moet het goedmaken.'

'Hoe het ook zij, vorst, Ali Khan is kanly, hij kan niet trouwen.'

'Ik ben ook maar een vader, Safar Khan.'

De stemmen verstomden. Het werd heel stil. De korreltjes van de hasjiesj zijn rond en lijken op mieren.

Eindelijk ging het verband eraf. Ik betastte het litteken. Het eerste ereteken op mijn lichaam. Toen stond ik op. Voetje voor voetje liep ik door de kamer. De bedienden keken me verlegen en angstig aan. De deur ging open. Mijn vader kwam binnen. Mijn hart klopte hevig. De bediende verdween.

Een poosje zweeg mijn vader. Hij liep op en neer in de kamer. Toen stond hij stil:

'Elke dag komt de politie, en niet alleen de politie. Alle Nachararjans zijn naar je op zoek. Vijf van hen zijn al naar Perzië vertrokken. Ik moet het huis door twintig mannen laten bewaken. De Melikovs hebben overigens ook de bloedwraak over jou uitgesproken. In verband met het paard. Je vrienden moesten naar het front.'

Ik zweeg en keek naar de grond. Mijn vader legde zijn hand op mijn schouder. Zijn stem klonk zacht:

'Ik ben trots op je, khan, erg trots. Ik zou precies zo hebben gehandeld.'

'Je bent tevreden, vader?'

'Bijna totaal. Er is maar één ding.' Hij omhelsde me en keek me diep in de ogen. 'Zeg me waarom je die vrouw hebt ontzien.'

'Ik weet het niet, vader. Ik was moe.'

'Het zou beter zijn geweest, mijn zoon. Nu is het te laat. Maar ik wil je geen verwijten maken. Wij allemaal, de hele familie, zijn erg trots.'

'En hoe nu verder, vader?'

Hij liep heen en weer en zuchtte zorgelijk:

'Ja, hier kun je niet blijven. Je mag ook niet naar Perzië gaan. De politie en twee machtige families zoeken je. Het is het beste dat je naar Dagestan gaat. In een aul zal niemand je vinden. Daar durft geen Armeniër zich te laten zien, en ook geen politieagent.'

'Voor hoe lang, vader?'

'Voor heel lang. Tot de politie het voorval is vergeten. Tot de vijandige families zich met ons hebben verzoend. Ik kom je opzoeken.'

Die nacht vertrok ik. Naar Machatsjkala en dan de bergen in. Via smalle paden, gedragen door kleine paardjes met lange manen. Naar de verre aul, aan de rand van de woeste kloof.

Nu was ik hier, veilig en beschermd door de Dagestaanse gastvrijheid. Kanly, zeiden de mensen en keken me vol begrip aan. Zachte handen mengden hasjiesj door de tabak. Ik rookte veel. Ik zweeg, geplaagd door visioenen. De vriend van mijn vader, Kasi Mullah, die de schaduw van zijn gastvrijheid over mij had uitgespreid, zorgde voor me. Hij sprak veel, en de splinters van zijn woorden scheurden de koortsige droombeelden van de door de maan verlichte weg kapot.

'Droom niet, Ali Khan, denk niet, Ali Khan. Luister naar mij. Ken je het verhaal van Andalal?'

'Andalal,' mompelde ik toonloos.

'Weet je wat Andalal is? Het was een mooi dorp, zeshonderd jaar geleden. Daar regeerde een goede, verstandige en dappere vorst. Het volk verdroeg zoveel deugden niet. Daarom ging het naar de vorst toe en zei: "We hebben genoeg van jou, verlaat ons." Toen huilde de vorst, stapte op zijn paard, nam afscheid van de zijnen en trok ver weg, naar Perzië. Daar werd hij een groot man. Het oor van de sjah behoorde hem toe. Hij bedwong landen en steden. Maar in zijn hart koesterde hij een wrok tegen Andalal. Daarom zei hij: "In de dalen van Andalal liggen grote hoeveelheden edelstenen en goud. We gaan het land veroveren." Met zijn enorme leger trok de sjah de bergen in. Maar het volk van Andalal zei: "Jullie zijn talrijk, maar jullie zitten beneden. Wij zijn minder talrijk, maar wij zitten boven. En het allerhoogst is Allah, die alleen is, en toch machtiger dan wij." En zo trok het volk ten strijde. Mannen, vrouwen en kinderen. Vooraan streden de zonen van de vorst, die in het land waren gebleven. De Perzen werden verslagen. Als eerste vluchtte de sjah, als laatste de verrader, die hem naar Andalal had gebracht. Tien jaar ging voorbij. De vorst werd oud en kreeg heimwee. Hij verliet zijn paleis in Teheran en ging te paard naar zijn vaderland. De inwoners herkenden de verrader, die een vijandelijk leger het land had binnengeleid. Ze spogen naar hem en deden hun deuren dicht. De hele dag reed de vorst door het dorp en vond geen vriend. Toen ging hij naar de kadi en zei: "Ik ben naar mijn vaderland gekomen om boete te doen voor mijn schuld. Doe met mij wat de wet voorschrijft." "Bind hem vast," zei de kadi en verkondigde: "Volgens de wet der vaderen moet de man levend worden begraven," en het volk riep: "Het geschiede." Maar de kadi was rechtvaardig. "Wat kan ik tot jouw verdediging aanvoeren?" vroeg hij, en de vorst sprak: "Niets. Ik ben schuldig. Het is goed dat hier de wetten van de vaderen worden gerespecteerd. Maar dan ook de wetten die luiden: 'Wie tegen de vader strijdt, worde gedood.' Ik eis mijn recht op. Mijn zonen strijden tegen mij. Die moeten aan mijn graf worden onthoofd." "Zo geschiede," zei de kadi en hij huilde samen met het volk. Want de zonen van de vorst stonden hoog in aanzien en werden gewaardeerd. Maar de wet moest vervuld worden. De verrader werd levend begraven en zijn zonen, de beste krijgers van het land, werden boven zijn graf onthoofd.'

'Wat een flauw verhaal,' bromde ik, 'weet je niets beters? Jouw held was de laatste in dit land en is zeshonderd jaar geleden gestorven, en een verrader was hij ook.'

Kasi Mullah snoof verontwaardigd:

'Weet je niets van imam Sjamil?'

'Ik weet alles van imam Sjamil.'

'Onder imam Sjamil was het volk gelukkig. Vijftig jaar is het geleden. Het volk was gelukkig, er was geen wijn, er was geen tabak. Een dief kreeg zijn rechterhand afgehakt, maar er waren bijna geen dieven. Tot de Russen kwamen. Toen verscheen de profeet aan imam Sjamil. De profeet gaf het bevel tot de gasawat, de Heilige Oorlog, en Sjamil leidde die. Alle volkeren van de bergen hadden een verschrikkelijke eed gezworen aan Sjamil. Ook het volk van de Tsjetsjenen. Maar de Russen waren sterk. Ze bedreigden de Tsjetsjenen. Ze verbrandden hun dorpen en verwoestten hun akkers. Toen gingen de wijzen van het volk naar Dargo, naar de woonplaats van de imam, om hem te smeken hen te bevrijden van hun eed. Ze zagen hem en durfden niet te spreken. Ze gingen naar de hanum, de moeder van de imam. De hanum had een week hart. Ze huilde over het leed van de Tsjetsjenen. "Ik zal tegen de imam zeggen dat hij jullie moet bevrijden van jullie eed." De hanum had veel invloed. De imam was een goede zoon. Ooit had hij gezegd: "Vervloekt is hij die zijn moeder verdriet doet." Toen de hanum met hem sprak, zei hij: "De koran verbiedt verraad. De koran verbiedt het je moeder tegen te spreken. Mijn wijsheid is niet meer toereikend. Ik wil bidden en vasten, opdat Allah mijn gedachten verlichte." Drie dagen en drie nachten vastte de imam. Toen trad hij voor het volk en sprak: "Allah verkondigt mij het gebod: de eerste die met mij over verraad spreekt, is veroordeeld tot honderd stokslagen. De eerste die met mij over verraad sprak, was de hanum, mijn moeder. Ik veroordeel haar tot honderd stokslagen.' De hanum werd gehaald. De krijgers trokken de sluier van haar af, gooiden haar op de stoep van de moskee en hieven hun stokken. Slechts één klap kreeg de moeder van de imam. Toen viel de imam op zijn knieën, huilde en riep: "Onwrikbaar zijn de wetten van de Almachtige. Niemand kan ze opheffen. Ook ik niet. Eén ding laat de koran toe. De kinderen kunnen de straf van de ouders op zich nemen, en zo neem ik de rest van de straf op mij." De imam ontblootte zich, ging voor het hele volk op de stoep van de moskee liggen en riep: "Sla me, en zo waar als ik imam ben, ik onthoofd jullie als ik merk dat de slagen niet met volle kracht worden gegeven." Negenennegentig slagen kreeg de imam. Door bloed overstroomd lag hij daar. Zijn huid was aan flarden, ontzet keek het volk toe. Niemand durfde nog over verraad te spreken. Zo werden de bergen geregeerd. Vijftig jaar geleden. Het volk was gelukkig.'

Ik zweeg. De adelaar aan de hemel was verdwenen. Het schemerde. Op de gebedstoren van de kleine moskee verscheen de mullah. Kasi Mullah spreidde het gebedstapijt uit. We zeiden onze gebeden, naar Mekka gekeerd. De Arabische gebeden klonken als oude krijgsliederen.

'Ga nu weg, Kasi Mullah. Je bent een vriend. Ik moet nu slapen.'

Hij keek mij wantrouwig aan. Zuchtend mengde hij de hasjiesjzaden. Toen ging hij weg, en ik hoorde hem tegen de buurman zeggen:

'Kanly erg ziek!'

En de buurman antwoordde:

'Niemand blijft lang ziek in Dagestan.'

Ik lag aan de rand van de daktuin en keek in de afgrond.

'Nachararjan, wat doen je goudstaven in Zweden?'

Ik sloot mijn ogen.

Waarom zweeg Nino? Waarom zweeg ze?

19

Vrouwen en kinderen trokken in ganzenpas door het dorp. Hun gezichten waren moe en gespannen. Ze kwamen van ver weg. In hun hand hielden ze kleine zakken. De zakken waren gevuld met aarde en mest. Als een kostbare schat drukten ze de aarde tegen hun borst. Ze hadden die verzameld in verre dalen en er schapen, zilveren munten en stoffen voor gegeven. Ze wilden de harde rotsen van hun vaderland met de kostbare aarde bestrooien, opdat het schrale land koren zou voortbrengen als voedsel voor het volk.

Schuin boven de afgrond hingen de velden. Aan een ketting vastgebonden lieten de mensen zich neerzakken op de kleine plateaus. Voorzichtige handen strooiden behoedzaam de aarde op de rotsige bodem. Een muur van ruwe stenen werd opgestapeld aan de kant van de toekomstige velden om de dunne aardlaag te beschermen tegen wind en lawines. Zo ontstonden akkers midden tussen de verweerde grillige rotsen van Dagestan. Drie stappen breed, vier stappen lang. Kostbaar eigendom van dit volk van de bergen. Vroeg in de ochtend trokken de mannen naar de akkers. Lang baden de boeren, voordat ze zich over de goede aarde bogen. Als er veel wind was haalden de vrouwen hun dekens en spreidden die uit over het kostbare land. Ze liefkoosden het zaad met hun smalle, bruine handen en met kleine zeisen maaiden ze de weinige halmen af. Ze wreven de korrels fijn en bakten platte langwerpige broden. In het eerste brood werd een munt gedaan als dank van het volk aan het wonder van het zaad.

Ik liep langs de muur van de kleine akker. Boven op de rotsen scharrelden de schapen rond. Een boer met een brede witte vilthoed kwam aanrijden op een kar met twee wielen. De wielen van de kar piepten als huilende zuigelingen. Tot ver in de omtrek hoorde je het doordringende geluid.

'Broertje,' zei ik, 'ik zal een brief sturen naar Bakoe en vragen of ze je wat olie sturen. Je moet de assen van je wagen smeren.'

De boer grijnsde:

'Ik ben een eenvoudig man, ik verstop me niet. Iedereen mag horen dat mijn kar eraan komt. Daarom smeer ik de assen nooit. Dat doen alleen de Abreken.'

'De Abreken?'

'Ja, de Abreken, de verstotenen.'

'Zijn er nog veel Abreken?'

'Er zijn er genoeg. Het zijn rovers en moordenaars. Sommigen van hen moorden tot heil van het volk. Sommigen om er zelf voordeel van te hebben. Maar elk van hen moet een verschrikkelijke eed zweren.'

'Wat voor eed?'

De boer zette de kar stil en stapte af. Hij leunde tegen de muur van zijn veld. Hij haalde sappige schapenkaas te voorschijn en brak er met zijn lange vingers stukken af. Ik kreeg een stuk. In de taaie kaasmassa zaten donkere schapenharen. Ik at.

'De eed van de Abreken. Ken je die niet? Om middernacht sluipt een Abreek de moskee binnen en zweert:

"Ik zweer bij deze heilige plaats, die ik eer, vanaf vandaag een uitgestotene te zijn. Ik wil mensenbloed vergieten en met niemand erbarmen hebben. Ik zal de mensen achtervolgen. Ik zweer hen van alles te beroven wat hun hart, hun geweten, hun eer dierbaar is. Ik zal de zuigeling aan de moederborst met mijn dolk doden, de laatste hut van de bedelaar in brand steken en overal waar tot nu toe vreugde heerste, zal ik ongeluk brengen. Wanneer ik deze eed niet vervul, wanneer liefde of medelijden mijn hart belagen, dan moge ik nooit het graf van mijn vader zien, moge het water nooit mijn dorst en het brood nooit mijn honger stillen, moge mijn lijk langs de weg blijven liggen en een smerige hond zal er zijn behoefte tegen doen."'

De stem van de boer klonk ernstig en plechtig. Hij hield zijn gezicht in de zon. Hij had groene, diepliggende ogen.

'Ja,' zei hij, 'dat is de eed van de Abreken.'

'Wie legt zo'n eed af?'

'Mensen die veel onrecht hebben ervaren.'

Hij zweeg. Ik ging naar huis. De rechthoekige hutten van de aul leken op dobbelstenen. De zon brandde. Was ik zelf een Abreek, uitgestoten, verjaagd naar de wilde bergen? Moest ook ik de bloedige eed afleggen, net als de rovers van de Dagestaanse bergen? Ik liep het dorp in. De woorden van de onheilspellende eed klonken lokkend in mijn oren. Voor mijn hut zag ik drie gezadelde vreemde paarden staan. Eén ervan met zilveren tuig. Op het terras van het huis zat een zestienjarige dikke jongen met een grote dolk in zijn gordel. Hij zwaaide naar me en lachte. Het was Arslan Aga, een jongen van onze school. Zijn vader had veel olie en de knaap een slechte gezondheid. Daarom ging hij vaak naar de baden in Kislovodsk. Ik kende hem nauwelijks, want hij was veel jonger dan ik. Hier in de eenzaamheid van het bergdorp omhelsde ik hem als een broer.

Hij bloosde van trots en zei:

'Ik kwam met mijn dienaren langs het dorp en besloot u te bezoeken.'

Ik gaf hem een klap op zijn schouder.

'Wees mijn gast, Arslan Aga. Vandaag vieren we feest ter ere van het vaderland.'

Toen riep ik door de deuropening van de hut:

'Kasi Mullah, bereid alles voor voor een feest. Ik heb een gast uit Bakoe.'

Een halfuur later zat Arslan Aga tegenover me, at gebraden schapenvlees en gebak en smolt van welbehagen.

'Ik ben zo blij u te zien, Ali Khan. U leeft als een held, in een ver dorp, en houdt u verborgen voor uw bloedvijanden. U kunt gerust zijn. Ik verraad uw schuilplaats aan niemand.'

Ik kon gerust zijn. Kennelijk wist heel Bakoe waar ik verbleef.

'Hoe bent u te weten gekomen dat ik hier ben?'

'Seyd Moestafa heeft het me verteld. Ik constateerde dat uw dorp op mijn route ligt, en hij verzocht me u te groeten.'

'Waar gaat u heen, Arslan Aga?'

'Naar Kislovodsk, naar de baden. De twee dienaren begeleiden me.'

'Wel, wel.' Ik glimlachte. Hij keek heel onschuldig uit zijn ogen.

'Zeg eens, Arslan Aga, waarom bent u niet direct met de trein gegaan?'

'Ach god, ik wilde genieten van de berglucht. Ik ben in Machatsjkala uitgestapt en nam de kortste weg naar Kislovodsk.'

Hij stopte zijn mond vol gebak en kauwde met veel genot.

'Maar de kortste weg is toch drie dagreizen hier vandaan.'

Arslan Aga deed heel verbaasd:

'O ja? Dan ben ik verkeerd ingelicht. Maar ik ben toch blij, want nu heb ik u tenminste bezocht.'

De lummel had de omweg kennelijk alleen maar gemaakt om thuis te kunnen vertellen dat hij mij had gezien. Ik moest behoorlijk beroemd zijn geworden in Bakoe.

Ik schonk wijn in, en hij dronk met gulzige teugen. Toen werd hij vertrouwelijker:

'Hebt u intussen nog iemand anders vermoord, Ali Khan? Alstublieft, zeg het me, ik zal het heus niet verder vertellen.'

'Ja, nog een tiental mensen.'
'Nee, het is niet waar!'

Hij was verrukt en nam weer een slok wijn. Ik schonk weer in.

'Gaat u met Nino trouwen? In de stad worden daarover weddenschappen afgesloten. De mensen zeggen dat u nog steeds van haar houdt.'

Hij lachte vergenoegd en dronk nog meer.

'Weet u, we waren allemaal zo verbaasd. Dagenlang hebben we over niets anders meer gesproken.'

'Zo, zo. Wat voor nieuws is er uit Bakoe, Arslan Aga?'

'O, uit Bakoe. Niets. Er is een nieuwe krant gekomen. De arbeiders staken. Op school zeggen de leraren dat u altijd al zo driftig was. Vertelt u eens, hoe bent u het eigenlijk te weten gekomen?'

'Beste Arslan, waarde vriend, genoeg gevraagd. Nu ben ik aan de beurt. Hebt u Nino gezien? Of iemand van de Nachararjans? Hoe gaat het met de familie Kipiani?'

De arme kerel verslikte zich bijna in de taart:

'O, ik weet niets, helemaal niets. Ik heb niemand gezien. Ik ging maar heel zelden uit.'

'En waarom dan wel, beste vriend? Bent u ziek?'

'Ja, ja. Ik ben ziek geweest. Erg ziek zelfs. Ik heb difterie gehad. Stelt u zich eens voor – ik kreeg elke dag vijf klysma's.'

'Tegen difterie?'

'Ja.'

'Drink nog wat, Arslan Aga. Dat is erg gezond.'

Hij dronk.

Toen boog ik me naar hem toe en vroeg:

'Beste vriend, wanneer heb je voor het laatst de waarheid gesproken?'

Hij keek me met ogen vol onschuld aan en zei eerlijk:

'Op school, toen ik wist hoeveel drie keer drie is.'

Hij was al erg dronken, de beste kerel. Ik nam hem een verhoor af. De wijn was erg zoet en Arslan Aga nog erg jong. Hij bekende dat hij uit pure nieuwsgierigheid was gekomen, hij bekende dat hij helemaal geen difterie had gehad en alle roddels uit Bakoe kon oplepelen.

'De Nachararjans zullen je vermoorden,' lalde hij, 'maar ze willen op een goede gelegenheid wachten. Ze maken er geen haast mee. Ik ben een paar keer bij de familie Kipiani op bezoek geweest. Nino was een hele tijd ziek. Ze hebben haar toen naar Tiflis gebracht. Nu is ze weer gezond. Ik heb haar gezien op het bal van de Stedenbond. Weet je – ze dronk wijn alsof het water was en lachte de hele avond. Ze danste alleen met Russen. Haar ouders wilden haar naar Moskou sturen, maar ze wil niet. Ze gaat elke dag uit en alle Russen zijn verliefd op haar. Iljas Beg heeft een onderscheiding gekregen en Mehmed Haidar heeft een verwonding opgelopen. Nachararjans villa is afgebrand, en ik heb gehoord dat jouw vrienden die hebben aangestoken. Ja, en nog wat. Nino heeft een hond aangeschaft en die krijgt elke dag een genadeloos pak slaag. Niemand weet hoe ze de hond heeft genoemd – sommigen zeggen Ali Khan, anderen Nachararjan. Ik denk dat ze hem Seyd Moestafa noemt. Jouw vader heb ik ook gezien. Hij zei dat hij me een pak rammel zou geven wanneer ik doorga met roddelen. De familie Kipiani heeft een huis gekocht in Tiflis. Misschien verhuizen ze daar wel helemaal naar toe.'

Ik keek hem ontroerd aan.

'Arslan Aga, wat moet er van jou terechtkomen?'

Hij wierp een dronken blik in mijn richting en antwoordde:

'Koning.'

'Wat?'

'Ik wil koning worden in een mooi land met veel cavalerie.'

'En verder?'

'Sterven.'

'Hoezo?'

'Bij de verovering van mijn koninkrijk.'

Ik lachte en hij was diep gekrenkt.

'Ze hebben me in een hok opgesloten, de schurken, drie dagen lang.'

'Op school?'

'Ja, en raad eens waarom. Omdat ik weer eens iets in de krant had geschreven. Over het mishandelen van de kinderen op de middelbare scholen. Jonge, jonge, wat was dat een spektakel.'

'Arslan toch, een fatsoenlijk mens schrijft toch niet voor kranten.'

'Jawel, en als ik weer terug ben, zal ik ook over jou schrijven. Maar zonder je naam te noemen. Ik ben discreet en je vriend. Ongeveer zo: "De vlucht voor de bloedvijanden of een betreurenswaardige gewoonte van ons volk."'

Hij dronk de fles leeg, liet zich op de mat vallen en sliep meteen in. Zijn dienaar kwam en keek mij misprijzend aan, alsof hij wilde zeggen: u zou zich moeten schamen, Ali Khan, die lieve jongen zo dronken te voeren.

Ik liep naar buiten. Wat een kleine smerige rat was die Arslan Aga. Waarschijnlijk was de helft gelogen. Waarom zou Nino een hond slaan? God weet hoe ze dat rotbeest heeft genoemd!

Ik liep de dorpsstraat door en ging ergens aan de kant van de weg zitten. De rotsen torenden ten hemel als schaduwen van de maan en zagen er grimmig uit. Herinnerden ze zich wat er was geweest of wat er was gedroomd? De sterren aan de donkere lucht leken op de lichtjes van Bakoe. Duizenden lichtstralen kwamen uit de oneindigheid en ontmoetten elkaar in mijn pupillen. Zo zat ik daar wel langer dan een uur en keek omhoog naar de lucht.

Ze danst dus met de Russen, dacht ik, en ik wilde plotseling terugkeren naar de stad om de angstaanjagende nachtelijke dwaaltocht te voltooien. Een hagedis kroop met een droog geluid langs me. Ik pakte hem. Het hart van het geschrokken dier bonsde in mijn hand. Ik aaide over de koude huid. Zijn kleine oogjes waren star van angst of wijsheid. Ik hield hem voor mijn gezicht. Hij had iets van een levend geworden steen, oeroud, verweerd, met een zachte huid.

'Nino,' zei ik tegen het dier en ik dacht aan de hond. 'Nino, zal ik je ook een pak slaag geven? Maar hoe moet je een hagedis een pak slaag geven?'

Plotseling deed het beest zijn bek open. Een klein spits tongetje kwam naar buiten en verdween meteen weer. Ik lachte. Dat tongetje was ontroerend en heel rap. Ik deed mijn hand open en de hagedis verdween tussen de donkere stenen.

Ik kwam overeind en liep terug. Arslan lag nog steeds op de grond en sliep. Zijn hoofd rustte op de knieën van de bezorgde dienaar.

Ik ging het dak op en rookte hasjiesj tot het uur van het gebed was aangebroken.

20

Ik weet zelf niet hoe het kwam. Op een dag werd ik wakker en zag Nino voor me.

'Je bent een langslaper geworden, Ali Khan,' zei ze en ging aan de rand van mijn mat zitten, 'bovendien snurk je en dat hoort niet.'

Ik ging rechtop zitten en was niet eens verbaasd.

'Dat snurken komt door de hasjiesj,' zei ik boos.

Nino knikte.

'Dan hou je toch gewoon op met hasjiesj roken.'

'Waarom sla je de hond, boosaardig mens?'

'De hond? O, natuurlijk! Ik pak hem met mijn linkerhand bij zijn staart en sla hem dan met mijn rechterhand op zijn rug tot hij begint te janken.'

'En hoe noem je hem dan?'

'Ik noem hem Kilimanjaro,' zei Nino zacht.

Ik wreef mijn ogen uit en plotseling zag ik alles weer helder voor me: Nachararjan, het paard uit Karabach, de weg, badend in het maanlicht, en Nino in het zadel van de seyd.

'Nino,' schreeuwde ik en sprong overeind, 'waar kom jij vandaan?'

'Arslan Aga heeft in de stad verteld dat jij me wilt vermoorden. Toen ben ik meteen hiernaartoe gekomen.'

Ze bracht haar gezicht dicht bij het mijne. Haar ogen stonden vol tranen.

'Ik heb zo naar je verlangd, Ali Khan.'

Mijn hand graaide in Nino's haar. Ik kuste haar, ze opende haar lippen. De vochtige warmte van haar mond bracht me in een roes. Ik legde haar op de mat en met één greep trok ik het bonte omhulsel af dat Nino bedekte. Haar huid was zacht en rook heerlijk. Ik streelde haar teder. Ze ademde zwaar. Ze keek mij recht in de ogen en haar kleine borsten beefden in mijn handen. Ik pakte haar beet en in mijn stevige omarming kreunde ze. Haar ribben waren zichtbaar onder haar huid en waren dun en teer. Ik legde mijn gezicht op haar borst.

'Nino,' zei ik, en alsof er in dat woord een geheime, ongrijpbare kracht lag, verdween plotseling al het zichtbare en aanwezige. Er waren alleen nog maar twee grote Georgische ogen, die alles weerspiegelden: angst, vreugde, nieuwsgierigheid en de plotselinge, snijdende pijn.

Ze huilde niet. Maar plotseling pakte ze de deken en kroop weg onder het warme dons. Ze verborg haar gezicht tegen mijn borst en elke beweging van haar tengere lichaam was als een roep van de aarde die dorst naar de genade brengende regen. Behoedzaam trok ik de deken van haar af. De tijd stond stil…

We zwegen, afgemat en gelukkig.

Plotseling zei Nino:

'Zo, ik ga weer naar huis, want ik zie dat je me helemaal niet vermoordt.'

'Ben je alleen gekomen?'

'Nee, Seyd Moestafa heeft me hiernaartoe gebracht. Hij zei dat hij me hiernaartoe zou brengen en dat hij me dood zou slaan als ik je teleur zou stellen. Hij zit buiten met zijn revolver. Als ik je teleurgesteld heb, roep hem dan maar.'

Ik riep hem niet. Ik kuste haar.

'Alleen hiervoor ben je gekomen?'
'Nee,' zei ze eerlijk.
'Vertel, Nino.'
'Wat?'
'Waarom zweeg je, destijds, in het zadel van de seyd?'
'Uit trots.'
Ik pakte haar hand en speelde met haar roze vingers:
'En Nachararjan?'
Nino wreef haar neus tegen mijn borst.
'Nachararjan,' zei ze, en rekte de naam uit. 'Je moet niet denken dat hij mij tegen mijn wil heeft ontvoerd. Ik wist wat ik deed en beschouwde het als juist. Maar het was verkeerd. Ik was de schuldige en ik verdien de dood. Ook daarom zweeg ik, en ook daarom ben ik hiernaartoe gekomen. Zo, nu weet je alles.'

Ik kuste haar warme handpalm. Ze sprak de waarheid, hoewel de ander dood was en de waarheid gevaar inhield voor haar.

Ze stond op, keek rond in de kamer en zei somber:
'Nu ga ik naar huis. Je hoeft niet met me te trouwen. Ik vertrek naar Moskou.'

Ik liep naar de deur en deed die op een kier open. De pokdalige zat buiten, met zijn benen gekruist en een revolver in zijn hand. Zijn groene gordel was strak om zijn buik gespannen.

'Seyd,' zei ik, 'ga een mullah halen en nog een getuige. Over een uur ga ik trouwen.'

'Ik ga geen mullah halen,' zei Seyd, 'ik haal alleen twee getuigen. Ik doe die huwelijkssluiting zelf. Daartoe ben ik bevoegd.'

Ik deed de deur dicht. Nino zat in het bed en haar zwarte haar viel over haar schouders. Ze lachte:
'Ali Khan, bedenk wel wat je doet. Je trouwt met een gevallen meisje.'

Ik ging bij haar liggen en onze lichamen versmolten innig met elkaar.

'Wil je echt met me trouwen?' vroeg Nino.

'Als je me wilt hebben. Ik ben immers een kanly. Vijanden zijn naar me op zoek.'

'Weet ik. Maar tot nu toe zijn ze niet gekomen. We blijven gewoon hier.'

'Nino, wil je echt hier blijven? In dit bergnest, zonder huis, zonder bedienden?'

'Ja,' zei ze, 'ik wil hier blijven omdat jij hier móet blijven. Ik zal de huishouding doen, brood bakken en een goede vrouw zijn.'

'Zul je je niet gaan vervelen?'

'Nee,' zei ze, 'we zullen immers onder één deken liggen.'

Er werd op de deur geklopt. Ik kleedde me aan. Nino trok snel mijn ochtendjas aan. Seyd Moestafa, met een vers gebonden groene tulband op zijn hoofd, kwam binnen. Achter hem twee getuigen. Hij ging op de grond zitten. Uit zijn gordel haalde hij een messing doosje met inkt en pennen. 'Alleen tot Gods roem' stond er op het doosje. Hij vouwde een vel papier open en legde dat op zijn linkerhandpalm. Hij doopte een pen van bamboe in de inkt. In een sierlijk handschrift schreef hij: 'In de naam van God, de barmhartige Erbarmer.'

Toen richtte hij zich tot mij:

'Hoe heet u, mijnheer?'

'Ali Khan, zoon van Safar Khan uit het huis Shirvanshir.'

'Geloof?'

'Mohammedaan, sji'itische richting, in de uitleg van de imam Dja'far.'

'Wat is uw wens?'

'Mijn wil te kennen geven deze vrouw tot mij te nemen.'

'Hoe heet u, mevrouw?'

'Prinses Nino Kipiani.'

'Geloof ?'

'Grieks-orthodox.'

'Wat is uw wens ?'

'De vrouw van deze man te zijn.'

'Bent u van plan uw geloof te behouden of de religie van uw man aan te nemen?'

Nino aarzelde even, toen richtte ze haar hoofd op en zei trots en gedecideerd:

'Ik ben van plan mijn geloof te behouden.'

De seyd schreef. Het vel papier gleed over zijn handpalm en raakte bedekt met de mooi gekrulde Arabische letters. Het huwelijkscontract was klaar.

'Ondertekenen,' zei de seyd.

Ik zette er mijn naam onder.

'Welke naam moet ik nu schrijven?' vroeg Nino.

'Uw nieuwe naam.'

Ze schreef met vaste hand: 'Nino Hanum Shirvanshir.'

Toen waren de getuigen aan de beurt, Seyd Moestafa haalde zijn naamzegel te voorschijn en drukte het op het papier. In heel mooi Koefisch schrift stond daar geschreven: 'Hafiz Seyd Moestafa Misjedi, slaaf van de Heer der wereld.' Hij overhandigde mij het document.

Toen omhelsde hij me en zei in het Perzisch:

'Ik ben geen goed mens, Ali Khan. Maar Arslan Aga heeft me verteld dat je zonder Nino in de bergen verloedert en aan de drank raakt. Dat is een zonde. Nino vroeg me haar hier naartoe te brengen. Als wat ze vertelde waar is, hou dan van haar. Als het niet waar is, dan maken we haar morgen dood.'

'Het is niet meer waar, Seyd Moestafa, maar we maken haar toch niet dood.'

Hij trok een verbluft gezicht, keek de kamer rond en lachte.

Een uur later werd de hasjiesjpijp plechtig in de afgrond gegooid.

Dat was de hele bruiloft.

Onverwachts begon het leven weer mooi te worden. Zelfs erg mooi. Het dorp glimlachte als ik over straat liep, en ik glimlachte terug, want ik was gelukkig. Vroeg in de ochtend zag ik Nino op blote voeten en met een lege stenen kruik snel naar de beek lopen. Wanneer ze terugkwam, zette ze haar blote voeten voorzichtig op de scherpe stenen. De kruik met water torste ze op haar rechterschouder. Haar smalle hand hield hem stevig omklemd. Slechts één keer, helemaal in het begin, struikelde ze en liet de kruik vallen. Ze vergoot bittere tranen wegens de schande. Buurvrouwen troostten haar. Elke dag droeg Nino het water. Samen met alle vrouwen van het dorp. In ganzenpas liepen de vrouwen de berg op, en ik zag van verre Nino's blote benen en ernstig naar voren gerichte blik. Mij keek ze niet aan, en ook ik keek langs haar heen. Ze nam meteen de wet van de bergen in acht. Nimmer, onder geen enkele omstandigheid, je liefde tonen waar anderen bij zijn. Ze kwam de donkere hut binnen, deed de deur dicht en zette de kruik op de grond. Ze reikte me het water aan. Uit de hoek haalde ze brood, kaas en honing. We aten met onze handen, zoals alle mensen in de aul, we aten op de grond en Nino leerde al snel de moeilijke kunst van het zitten met gekruiste benen. Na het eten likte Nino haar vingers af en liet daarbij haar glanzend witte tanden zien.

'Volgens de gebruiken hier,' zei ze, 'moet ik nu je voeten wassen. Maar omdat we alleen zijn en ik naar de beek ben gelopen, wil ik dat jij mijn voeten wast.'

Ik stopte de kleine grappige speelgoedjes die zij voeten noemt in het water en zij trappelde zo hevig dat de druppels in mijn gezicht spatten. Daarna gingen we naar de daktuin. Ik zat op de kussens en Nino aan mijn voeten. Soms neuriede ze een lied, soms zweeg ze met haar madonnagezicht naar mij toegekeerd. Ik voelde me heel goed. Beter dan ooit. Het liefst had ik mijn hele leven hier boven in de daktuin doorgebracht. Alleen met Nino, die van die kleine voetjes had en een knalrode Dagestaanse pofbroek droeg. Niets aan haar verried dat ze gewend was op een heel andere manier te leven, te denken en te handelen dan alle andere vrouwen in de aul.

Niemand in het dorp had bedienden, en Nino weigerde bedienden aan te stellen. Ze maakte het eten klaar, babbelde met de buurvrouwen en briefde de roddelverhaaltjes van het dorp aan mij door. Ik reed paard, ging op jacht, gaf haar het wild dat ik had geschoten en at de merkwaardige gerechten die aan haar fantasie waren ontsproten en door haar smaak meteen werden verworpen.

Eén keer ging ik naar Chunsach. Ik kwam terug, beladen met wat de cultuur had voortgebracht: een petroleumlamp, een luit, een grammofoon en een zijden sjaal... Haar ogen begonnen te stralen toen ze de grammofoon zag. Helaas had ik in heel Chunsach maar twee platen kunnen vinden. Een bergdans en een aria uit *Aïda*. We draaiden die om de beurt tot ze niet meer van elkaar te onderscheiden waren. 's Nachts kroop ze als een klein diertje onder de deken.

'Ben je gelukkig, Ali Khan?'

'Heel erg. En jij? Wil je niet naar Bakoe?'

'Nee,' zei ze ernstig, 'ik wil je laten zien dat ik hetzelfde kan wat alle vrouwen van Azië kunnen: hun man dienen.'

Uit Bakoe druppelde af en toe nieuws binnen. Nino's ouders smeekten ons naar een beter land te verhuizen, en ze dreigden dat ze ons anders zouden vervloeken. Nino's vader kwam een keer op bezoek. Hij werd razend toen hij de hut van zijn dochter zag:

'Lieve god, vertrek ogenblikkelijk, Nino wordt nog ziek in deze wildernis.'

'Ik ben nog nooit zo gezond geweest als nu, vader,' zei Nino, 'we kunnen niet weg. Ik wil toch zeker geen weduwe worden.'

'Maar er bestaat nog een neutraal buitenland, waar niemand binnenkomt die Nachararjan heet. Spanje bijvoorbeeld.'

'Ach vader, hoe zou je in deze tijd al in Spanje moeten komen?'

'Via Zweden.'

'Ik reis niet via Zweden,' zei Nino kwaad. De vorst vertrok weer en stuurde elke maand schone lakens, cake en boeken. Nino hield de boeken en gaf de rest weg. Ook mijn vader kwam

op bezoek. Nino begroette hem met een verlegen glimlachje. Zo had ze op school zitten glimlachen achter een vergelijking met een heleboel onbekenden. Deze vergelijking werd al snel opgelost:
'Jij kookt?'
'Ja.'
'Jij haalt het water?'
'Ja.'
'Ik ben moe van de reis, kun je mijn voeten wassen?'
Ze haalde de kom en waste zijn voeten.
'Dank je wel,' zei hij en pakte zijn tas. Hij haalde er een lange ketting van roze parels uit en deed die om Nino's hals. Toen at hij en constateerde:
'Je hebt een goede vrouw, Ali Khan, maar een slechte kokkin. Ik zal je een kok uit Bakoe sturen.'
'Nee, liever niet,' riep Nino, 'ik wil mijn man dienen.'
Hij glimlachte en stuurde haar uit de stad twee oorringen met grote briljanten.

Het ging vredig toe in ons dorp. Alleen één keer kwam Kasi Mullah aangerend met het belangrijke bericht dat ze aan de rand van het dorp een vreemdeling hadden opgepakt. Kennelijk een Armeen. Bewapend. Het hele dorp liep te hoop. Ik was gast van de aul. Mijn dood zou een eeuwige schandvlek zijn geweest op het blazoen van eer van elke boer. Ik liep het huis uit om de man te bekijken. Het was een Armeen. Maar niemand wist of hij van de familie Nachararjan was. De dorpswijzen kwamen, beraadslaagden en velden een oordeel: de man moest een pak slaag krijgen en uit het dorp worden gezet. Was hij van de Nachararjanclan, dan zou hij de anderen waarschuwen. Was hij dat niet, dan zou God de goede bedoelingen van de boeren inzien en het hun vergeven.

's Avonds, als de petroleumlamp uitdoofde, lag Nino naast me in het donker te staren. Ze vroeg zich van alles af: of het echt wel nodig was zoveel knoflook bij de lamsbout te doen, of de dichter Rustaveli een verhouding had gehad met koningin Tamar? Wat ze moest doen als ze in het dorp kiespijn kreeg? En waarom de buurvrouw haar man gisteren zo vreselijk had geslagen met de bezem?

'Het leven bergt zoveel geheimen,' zei ze zorgelijk en viel in slaap. Midden in de nacht werd ze wakker, stootte zich aan mijn elleboog en mompelde heel trots en van zichzelf overtuigd: 'Ik ben Nino', en sliep weer verder, en ik trok de deken over haar tengere schouders.

Nino, dacht ik, eigenlijk had je iets beters verdiend dan in een dorp in Dagestan te leven.

Ergens op een andere planeet woedde de oorlog. We wisten er niets van. De bergen waren vervuld van sprookjes uit de tijden van Sjamil. Nieuws over de oorlog bereikte ons niet. Soms stuurden vrienden ons kranten. Ik keurde ze geen blik waardig.

'Weet je nog dat het oorlog is?' vroeg Nino een keer.

Ik lachte:

'Heus, Nino, ik was het bijna vergeten.'

Nee, er kon geen beter leven bestaan, ook al was het maar een spel tussen verleden en toekomst. Een toevallig geschenk van God aan Ali Khan Shirvanshir.

Toen kwam de brief. Aan huis bezorgd door een ruiter op een met schuim bedekt paard. Niet van mijn vader en ook niet van de seyd. 'Arslan Aga aan Ali Khan,' stond er op de brief.

'Wat wil hij,' vroeg Nino verbaasd.

De ruiter zei:

'Er is veel post voor u onderweg. Arslan Aga heeft me veel geld gegeven om ervoor te zorgen dat u als eerste van hem bericht ontvangt.'

Het is voorbij met het leven in de aul, dacht ik en ik maakte de brief open. Ik las:

In de naam van God. Ik groet je, Ali Khan. Hoe gaat het met je, met je paarden, je wijn, je schapen en de mensen met wie je leeft? Ook met mij gaat het goed, ook met mijn paarden, mijn wijn en mijn mensen. Weet: grote dingen hebben zich afgespeeld in onze stad. De tuchthuisboeven zijn uit de gevangenis ontsnapt en lopen nu te wandelen in de straten. 'Waar blijft de politie dan?' hoor ik je vragen. Maar kijk – de politie zit nu op de plaats waar vroeger de boeven zaten. In de gevangenis bij de zee. En de soldaten? Er zijn geen soldaten. Ik zie, beste vriend, dat je je hoofd schudt en dat je je afvraagt waarom de gouverneur dat allemaal toelaat. Maar dan kan ik je vertellen dat onze wijze gouverneur gisteren is weggelopen. Hij had er genoeg van over zulke slechte mensen te regeren. Hij liet een paar broeken achter en een oude kokarde. Nu moet je lachen, Ali Khan, en je denkt dat ik lieg. Wees niet verbaasd, beste vriend, ik lieg niet. Ik zie je de vraag stellen: 'Ja, maar waarom stuurt de tsaar dan geen nieuwe politie en geen nieuwe gouverneur?' En ik kan je vertellen: er is geen tsaar meer. Er is helemaal niets meer. Ik weet nog niet hoe het allemaal heet, maar we hebben gisteren de directeur van de school afgetuigd en niemand stak daar een stokje voor. Ik ben je vriend, Ali Khan, daarom wil ik dat jij het eerst van mij hoort, hoewel veel mensen in deze stad vandaag een brief aan je schrijven. Ik kan je vertellen dat alle Nachararjans naar huis zijn gegaan en dat er geen politie meer is. Vrede zij met je, Ali Khan. Ik ben je vriend en dienaar

Arslan Aga.

Ik keek op. Nino was plotseling heel bleek geworden.

'Ali Khan,' zei ze, en haar stem beefde, 'de weg is vrij, we gaan weg, we gaan weg, we gaan weg!'

Overvallen door een merkwaardige extase riep ze alleen maar dat. Ze viel me om mijn nek en snikte. Haar blote voeten trappelden ongeduldig in het zand van de binnenplaats.

'Ja, Nino, natuurlijk gaan we weg.'

Ik was blij en verdrietig tegelijk. De bergen glansden in de gele pracht van hun kale rotsen. De hutten leken op bijenkorven en de kleine gebedstoren vormde zwijgend een vermanend teken.

Het was uit met het leven in de aul.

21

Er stond zowel geluk als angst te lezen op de gezichten van de mensen. Dwars over de straten hingen scharlakenrode spandoeken met zinloze opschriften. Marktvrouwen stonden op de hoeken en eisten vrijheid voor de indianen in Amerika en de bosjesmensen in Afrika. Grote groepen frontsoldaten kwamen terug. De grootvorst was verdwenen en horden haveloze soldaten lummelden rond in de stad. 's Nachts werd er geschoten en overdag plunderde de menigte de winkels.

Nino boog zich over de atlas.

'Ik zoek een vreedzaam land,' zei ze, en haar vinger gleed over de gekleurde grenslijnen.

'Misschien Moskou. Of Petersburg,' zei ik spottend. Ze haalde haar schouders op. Haar vingers ontdekten Noorwegen.

'Absoluut een vreedzaam land,' zei ik, 'maar hoe moet je daar komen?'

'Je kunt er niet komen,' zuchtte Nino.

En toen: 'Amerika?'

'Onderzeeboten,' zei ik vrolijk.

'India, Spanje, China, Japan?'

'Óf het is er oorlog, óf je kunt er niet komen.'

'Ali Khan, we zitten in de val.'

'Nu zie je het in, Nino. Vluchten is zinloos. We moeten erover nadenken hoe we onze stad tot redelijkheid brengen, in elk geval tot de Turken komen.'

'Waarom heb ik toch een held als man!' zei Nino verwijtend. 'Ik heb een hekel aan spandoeken, oproepen en toespraken. Als dat zo doorgaat, vlucht ik naar je oom in Perzië.'

'Het gaat zo niet door,' zei ik en verliet het huis.

In de zaal van de islamitische liefdadigheidsorganisatie vond een bijeenkomst plaats. De heren uit de betere kringen, degenen die zich in het huis van mijn vader ooit zorgen hadden gemaakt om de toekomst van ons volk, waren afwezig. Jonge mensen met goede spieren vulden de ruimte. Op de drempel ontmoette ik Iljas Beg. Hij en Mehmed Haidar waren teruggekeerd van het front. De troonsafstand van de tsaar had hen ontslagen van hun eed, en ze waren weer terug in de stad, gebruind, trots en vol energie. De oorlog had hun goed gedaan. Ze leken op mensen die een blik in een andere wereld hebben geworpen en dat beeld van die andere wereld voor altijd meedragen in hun hart.

'Ali Khan,' zei Iljas Beg, 'we moeten iets doen. De vijand staat voor de poorten van de stad.'

'Ja, we moeten ons verdedigen.'

'Nee, we moeten aanvallen.'

Hij liep naar het podium. Hij sprak luid en op commandotoon:

'Mohammedanen! Ik wil nog één keer een beeld schetsen van de situatie van onze stad. Sinds het begin van de revolutie valt het front langzaam uiteen. Russische deserteurs van alle mogelijke partijen, bewapend en roofzuchtig, omringen Bakoe. In de stad is maar één militaire eenheid. Dat zijn wij, de vrijwilligers van de "Wilde Divisie". Wat sterkte en munitie aangaat leggen wij het af tegen de Russen. De tweede gevechtseenheid in onze stad is de Bond van Militairen van de Armeense nationalistische partij "Dasjnaktutun". De leiders van die partij, Stepa Lalai en Andronik, hebben contact met ons opgenomen. Zij vormen van de Armeense bewoners van de stad een leger dat naar Karabach en Armenië zal worden gebracht om die landen te beschermen. Wij hebben ingestemd met de vorming van dat leger en ook met het vertrek ervan naar Armenië. Als tegenprestatie stellen de Armeniërs samen met ons de Russen een ultimatum. We eisen dat Russische soldaten en vluchtelingen niet meer via onze stad worden geleid. Gaan de Russen daar niet op in, dan zijn wij, samen met de Armeniërs, in staat om onze eisen op militaire manier vervuld te krijgen. Mohammedanen, treedt toe tot de "Wilde Divisie", grijp naar de wapens. De vijand staat voor de deur.'

Ik luisterde. Het rook naar strijd en bloed. Al een aantal dagen oefende ik op het plein van de kazerne in het hanteren van een machinegeweer. Nu moest dus die nieuwe vaardigheid op nuttige wijze worden toegepast. Mehmed Haidar stond naast me en speelde met zijn patroongordel. Ik boog me naar hem toe.

'Kom na de vergadering met Iljas bij mij. Ook Seyd Moestafa zal er zijn. We moeten over de situatie spreken.'

Hij knikte. Ik ging naar huis. Nino zorgde als een echte huisvrouw voor thee. De vrienden arriveerden spoedig. Ze waren bewapend, zelfs achter de groene gordel van de seyd stak een dolk. We waren ongewoon rustig. De sfeer in de stad aan de vooravond van de strijd was beklemmend en vreemd. Er liepen nog mensen door de straten die zaken deden of een wandeling maakten. Maar hun gedrag had iets onwerkelijks, iets spookachtigs, alsof ze al een voorgevoel hadden van de spoedige zinloosheid van hun dagelijks handelen.

'Hebben jullie genoeg wapens?' vroeg Iljas Beg.

'Vijf geweren, acht revolvers, een machinegeweer en munitie. Bovendien is er een kelder voor de vrouwen en kinderen.'

Nino keek plotseling op.

'Ik ga die kelder niet in,' zei ze vastbesloten, 'ook ik zal mijn huis verdedigen.'

Ze sprak fel en verbeten.

'Nino,' antwoordde Mehmed Haidar rustig, 'wij zullen schieten en u zult de wonden verbinden.'

Toen sloeg Nino haar ogen neer. Haar stem klonk gesmoord:

'Mijn god, onze straten zullen slagvelden worden. Het theater wordt het hoofdkwartier van de generale staf. Het zal straks moeilijker zijn om de Nicolaasstraat over te steken dan vroeger om naar China te reizen. Wil je bij het lyceum van de Heilige Tamar komen, dan moet je eerst je wereldbeeld veranderen of een leger verslaan. Ik zie jullie bewapend op je buik door de gouverneurstuin kruipen, en bij de fontein, waar ik vroeger Ali ontmoette, zal een machinegeweer staan opgesteld. We wonen in een merkwaardige stad.'

'Het zal niet tot gevechten komen,' zei Iljas Beg. 'De Russen zullen ons ultimatum inwilligen.'

Mehmed Haidar lachte schamper:

'Ik vergat nog te vertellen dat ik op weg hierheen Assadoellah tegenkwam. Hij zei dat de Russen er niet op in gingen. Ze eisen dat wij alle wapens inleveren, vertelde hij. Ik lever mijn wapen niet in.'

'Dat betekent strijd,' zei Iljas, 'voor ons en voor onze Armeense bondgenoten.' Nino zweeg. Ze had haar gezicht naar het raam gewend. Seyd Moestafa duwde zijn tulband recht.

'Allah, Allah,' zei hij, 'ik ben niet aan het front geweest. Ik ben niet zo slim als Ali Khan. Maar ik ken de wet. Het is erg wanneer mohammedanen bij hun strijd zijn aangewezen op de trouw van ongelovigen. Het is in het algemeen erg om op anderen aangewezen te zijn. Zo luidt de wet, en zo is het leven. Wie voert de Armeense troepen aan? Stepa Lalai! Jullie kennen hem. In 1905 hebben mohammedanen zijn ouders vermoord. Ik geloof niet dat hij het is vergeten. Ik geloof er helemaal niet in dat de Armeniërs voor ons tegen de Russen zullen vechten. Wie zijn die Russen eigenlijk? Een haveloos stelletje anarchisten en rovers. Hun aanvoerder heet Stepan Sjaumjan en dat is een Armeen. Een Armeense anarchist en een Armeense nationalist zullen het veel sneller eens worden dan een mohammedaanse nationalist en een Armeense nationalist. Dat is het geheim van het bloed. Er zal een conflict ontstaan, zo waar als de koran is.'

'Seyd,' zei Nino, 'behalve bloed is er ook nog het verstand. Als de Russen overwinnen zal het noch met Lalai noch met Andronik goed gaan.'

Mehmed Haidar begon plotseling te lachen.

'Neem me niet kwalijk, vrienden,' zei hij toen, 'ik moest er alleen maar aan denken hoe het de Armeniërs zal vergaan in het geval dat wij winnen. Als de Turken Armenië binnenvallen, gaan wij toch zeker hun land niet verdedigen.'

Iljas Beg werd erg kwaad:

'Zoiets mag je niet zeggen en niet denken. De Armeense kwestie wordt heel simpel opgelost: de bataljons die Lalai opstelt, emigreren naar Armenië. De gezinnen trekken met de soldaten mee. Over een jaar is er geen Armeen meer in Bakoe. Dan hebben zij een land voor zichzelf en wij hebben een land voor onszelf. We worden gewoon twee buurvolken.'

'Iljas Beg,' zei ik, 'Seyd heeft geen ongelijk. Je vergeet het geheim van het bloed. Stepa Lalai, wiens ouders door mohammedanen zijn vermoord, zou een schurk zijn als hij de plicht van het bloed zou vergeten.'

'Of een politicus, Ali Khan, een mens die de dwang van het bloed beteugelt om het bloed van zijn volk te ontzien. Als hij verstandig is, blijft hij ons steunen. In zijn eigen belang en in het belang van zijn volk.'

We zaten te bekvechten tot het avond werd.

Toen zei Nino:

'Wat jullie ook zijn, politici of mensen, ik zou willen dat jullie hier over een week weer zijn. Ongeschonden. Want als er gevochten gaat worden in de stad…'

Ze sprak niet verder.

's Nachts lag ze naast me en sliep niet. Haar mond was een beetje geopend en haar lippen vochtig. Ze staarde naar het raam en zweeg. Ik legde mijn arm om haar heen. Ze draaide haar gezicht naar mij toe en zei zachtjes: 'Ga jij ook vechten, Ali Khan?'

'Natuurlijk, Nino.'

'Ja,' zei ze, 'natuurlijk.'

Plotseling pakte ze mijn gezicht en trok het tegen haar borst. Ze kuste me woordeloos, met wijd geopende ogen. Een geweldige hartstocht overviel haar. Ze drukte zich tegen me aan, zwijgend en onverzadigbaar, vervuld van lust, doodsangst en overgave. Haar gezicht leek te zijn opgegaan in een andere wereld, een wereld waartoe alleen zij toegang had.

Opeens liet ze zich op haar rug vallen, trok mijn hoofd dicht voor haar ogen en zei nauwelijks hoorbaar:

'Ik zal het kind Ali noemen.'

Toen zweeg ze weer, haar omfloerste blik op het raam gericht.

De oude gebedstoren verrees slank en sierlijk in het vale maanlicht. De schaduwen van de vestingmuren waren donker en dreigend. In de verte hoorde je het gekletter van ijzer. Iemand sleep een dolk, het klonk als een gelofte. Toen ging de telefoon. Ik stond op en liep struikelend door het donker. In de hoorn klonk de stem van Iljas Beg:

'De Armeniërs hebben een verbond gesloten met de Russen. Ze eisen de ontwapening van alle mohammedanen. Vóór morgen drie uur. We gaan er natuurlijk niet op in. Jij bedient het machinegeweer bij de muur, links van de poort van Zizianasjvili. Ik stuur nog dertig man. Bereid alles voor voor de verdediging van de poort.'

Ik hing op. Nino zat in bed en staarde me aan. Ik pakte mijn dolk en gleed met mijn vinger over de snede.

'Wat is er, Ali?'

'Er staat een vijand voor de muren, Nino.'

Ik kleedde me aan en riep de bedienden. Ze kwamen, groot, sterk en onhandig. Ik gaf elk een geweer. Toen ging ik naar mijn vader. Hij stond voor de spiegel en de bediende borstelde zijn Tsjerkesjas.

'Waar is je plaats, Ali Khan?'

'Bij de poort van Zizianasjvili.'

'Heel goed. Ik ben in de zaal van de liefdadigheidsorganisatie, bij de staf.' Zijn sabel kletterde, hij trok aan zijn snor. 'Wees dapper, Ali. De vijanden mogen de muur niet over. Als ze het plein voor de poort bezetten, schiet ze dan overhoop met je machinegeweer. Assadoellah zal de boeren uit de dorpen halen en de vijand via de Nicolaasstraat in de rug aanvallen.' Hij stak zijn revolver bij zich en knipperde vermoeid met zijn ogen. 'Om acht uur vertrekt de laatste stoomboot naar Perzië. Nino moet absoluut mee. Als de Russen overwinnen, zullen ze alle vrouwen schenden.'

Ik liep naar mijn kamer. Nino zat te telefoneren.

'Nee, mama,' hoorde ik, 'ik blijf hier. Er dreigt heus geen gevaar. Dank je, papa, maak je maar geen zorgen, we hebben genoeg voedsel in voorraad. Ja heel aardig. Maar laat me nu eindelijk met rust. Ik kom niet, nee en nog eens nee.'

Het klonk als een schreeuw. Ze hing op.

'Je hebt gelijk, Nino,' zei ik, 'bij je ouders is het op den duur ook niet veilig. Om acht uur gaat de stoomboot naar Perzië. Pak je spullen.'

Haar gezicht werd vuurrood.

'Je stuurt me weg, Ali Khan?'

Ik had Nino nooit zo rood zien worden.

'In Teheran ben je veilig, Nino. Als de vijanden overwinnen, zullen ze alle vrouwen schenden.'

Ze richtte haar hoofd op en zei koppig:

'Mij zullen ze niet schenden, mij niet. Maak je maar geen zorgen, Ali.'

'Ga naar Perzië, Nino, nu het nog kan.'

'Hou daarmee op,' zei ze streng. 'Ali, ik ben heel erg bang. Voor de vijand, voor de strijd, voor alle vreselijke dingen die ons te wachten staan. En toch blijf ik hier. Helpen kan ik je niet. Maar ik hoor bij je. Ik moet hier blijven, en daarmee uit.'

En daarbij bleef het. Ik kuste haar ogen en was erg trots. Ze was een goede vrouw, hoewel ze me tegensprak. Ik verliet het huis.

De ochtend schemerde. Er hing stof in de lucht. Ik klom op de muur. Mijn dienaren lagen met geweren achter de stenen tinnen. De dertig man van Iljas Beg hielden waakzaam het verlaten Doemaplein in de gaten. Met hun bruine besnorde gezichten lagen ze daar, lomp, zwijgend en verbeten. Het machinegeweer met de kleine trechtervormige monding leek op een Russische neus, omhooggestulpt en breed. Het was overal heel stil. Af en toe liepen er verbindingsmannen langs de muur. Ze gaven korte berichten door. Ergens waren nog geestelijken en oude mannen aan het onderhandelen en probeerden op het allerlaatste moment het wonder van de verzoening te voltrekken.

De zon ging op. De gloed kwam uit de hemel gestroomd en verzamelde zich in de stenen. Ik keek om naar mijn huis. Op het dak zat Nino met haar gezicht naar de zon gekeerd. Rond het middaguur kwam ze naar de muur. Ze bracht eten en drinken en keek nieuwsgierig naar het machinegeweer. Ze zweeg en bleef in de schaduw zitten tot ik haar naar huis stuurde.

Het was één uur. Van de gebedstoren zong Seyd Moestafa klagend en plechtig zijn gebed. Daarna kwam hij naar ons toe, een geweer onbeholpen achter zich aan slepend. In zijn gordel stak de koran. Ik keek naar het Doemaplein aan de andere kant van de muur. Ik zag stof en een paar angstig gebukte figuren die snel over het plein liepen. Een gesluierde vrouw holde scheldend en struikelend achter haar kinderen aan die op het plein speelden.

Eén, twee, drie. De slag van de raadhuistoren doorbrak dreunend de stilte. En op hetzelfde moment, alsof de klokslagen op een geheimzinnige manier de deur hadden geopend naar een andere wereld, klonken aan de rand van de stad de eerste schoten...

22

ER WAS GEEN MAAN die nacht. De zeilboot gleed over de trage golven van de Kaspische Zee. Geregeld sloegen er wat druppels water overboord die bitter en zout smaakten. Het zwarte zeil leek in het donker op de gespreide vleugels van een grote vogel.

Ik lag op de doorweekte vloer van de boot, gehuld in schapenhuiden. De schipper, een Tekien met een breed, gladgeschoren gezicht, keek onverschillig naar de sterren. Ik tilde mijn hoofd op en mijn hand gleed over de schapenhuid.

'Seyd Moestafa…?' vroeg ik.

De pokdalige boog zich over mij heen. De rozenkrans van rode stenen gleed door zijn vingers… Het was alsof de verzorgde hand van de seyd met bloeddruppels speelde.

'Blijf rustig liggen, Ali Khan, ik ben het,' zei hij. Ik zag tranen in zijn ogen en kwam overeind.

'Mehmed Haidar is dood,' zei ik, 'ik heb zijn lijk gezien in de Nicolaasstraat. Zijn oren en neus waren afgesneden.'

Seyd bracht zijn gezicht naar me toe.

'De Russen kwamen van Bailov en omsingelden de strandpromenade. Jij hebt de mensen van het Doemaplein verjaagd.'

'Ja,' herinnerde ik me, 'en toen kwam Assadoellah en gaf het bevel tot de aanval. We gingen er met bajonetten en dolken op af. Jij zong het gebed "Ya sin".'

'En jij – jij dronk het bloed van de vijanden. Weet je wie er op de Asjoemhoek stond? De hele clan Nachararjan. Die zijn er geweest.'

'Die zijn er geweest,' herhaalde ik, 'ik had acht machinegeweren op het dak van het Asjoemhuis gezet. We hadden de hele omgeving onder controle...'

Seyd Moestafa wreef over zijn voorhoofd. Het leek wel alsof zijn gezicht met as was bestrooid.

'De hele dag lang ratelde het daarboven. Iemand zei dat je dood was. Nino hoorde het ook, maar ze zweeg. Ze wilde niet naar de kelder gaan. Ze zat in haar kamer en zweeg. Ze zweeg, en de machinegeweren ratelden. Plotseling sloeg ze haar handen voor haar gezicht en schreeuwde: "Ik wil niet meer, ik wil niet meer", en de machinegeweren ratelden. Tot acht uur 's avonds. Toen was de munitie op. Maar dat wist de vijand niet. Die dacht dat het een list was. Aga Moesa Nagi is ook dood. Lalai heeft hem gewurgd...'

Ik zei nog steeds niets. De Tekien uit de woestijn met het rode zand staarde naar de sterren. Zijn kleurige zijden kaftan wapperde in de zwakke wind.

Seyd zei: 'Ik hoorde dat je in een handgemeen was verwikkeld bij de poort van Zizianasjvili. Maar ik heb het niet gezien. Ik was aan de andere kant van de muur.'

'Ik was verwikkeld in een handgemeen. Er was daar een zwarte leren jekker. Die doorboorde ik met mijn dolk en toen werd die rood. Aisje, mijn nichtje, is ook dood.'

De zee was glad. In de boot rook het naar teer. De boot had geen naam, net als de kusten van de woestijn met het rode zand. Seyd sprak zachtjes: 'Wij uit de moskeeën, wij deden lijkwaden aan. Toen pakten we dolken en stortten ons op de vijand. Bijna iedereen is dood. Mij liet God niet sterven. Ook Iljas leeft. Hij heeft zich op het platteland verstopt. Als je had gezien hoe jullie huis werd geplunderd! Geen tapijt, geen meubelstuk, geen stuk vaatwerk is overgebleven. Alleen de kale muren.'

Ik sloot mijn ogen. Alles en alles in mij deed pijn. Ik zag karren met lijken en Nino met een bundel spullen, 's nachts op de van olie doordrenkte oever van Bibi-Eibat. De boot met de man uit de woestijn legde aan. Op het eiland Nargin lichtte de vuurtoren op. De nachtelijke stad verdween in het donker. De zwarte boortorens leken op dreigende wachters...

Nu lag ik in schapenhuid gehuld, een doffe pijn reet mijn borst open. Ik kwam overeind. Onder een klein afdakje lag Nino. Haar gezicht was smal en heel bleek. Ik pakte haar koude hand en kuste haar zacht bevende vingers.

Achter ons, naast de schipper, zat mijn vader. Ik hoorde flarden van zinnen:

'...en u meent dus echt dat ze in de Tsjardsjoeï-oase de kleur van je ogen willekeurig kunnen veranderen?'

'Ja, khan. Op de hele wereld is er maar één plek waar de mensen dat kunnen – in de Tsjardsjoeï-oase. Een heilige man heeft geprofeteerd...'

'Nino,' zei ik, 'mijn vader converseert over het wonder van de Tsjardsjoeï-oase. Zo moet je zijn om deze wereld te verdragen.'

'Ik kan het niet,' zei Nino, 'ik kan het niet. Ali Khan, het stof op straat was rood van het bloed.'

Ze verborg haar gezicht in haar handen en huilde geluidloos. Haar schouders beefden... Ik zat naast haar en dacht aan de plek voor de grote muur, aan het lijk van Mehmed Haidar, dat in de Nicolaasstraat lag, en aan de zwarte leren jekker, die plotseling rood werd.

Het deed pijn om te leven.

Ver weg hoorde ik de stem van mijn vader:

'Klopt het dat er op het eiland Tsjeleken slangen zijn?'

'Ja, khan, verschrikkelijk lange, giftige slangen. Maar geen menselijk oog heeft ze ooit gezien. Alleen een heilige uit de

Merv-oase heeft een keer verteld...'

Ik hield het niet meer uit. Ik ging naar het roer en zei:

'Vader, Azië is dood, onze vrienden zijn gevallen en wij zijn verdreven. Gods toorn is over ons en jij hebt het over slangen op het eiland Tsjeleken.'

Vaders gezicht bleef rustig. Hij leunde tegen de kleine mast en keek me lang aan.

'Azië is niet dood. Alleen de grenzen ervan zijn verschoven. Voor altijd. Bakoe is nu Europa. En dat is geen toeval. Er zijn geen Aziaten meer in Bakoe.'

'Vader, ik heb drie dagen lang met machinegeweer, bajonet en dolk ons Azië verdedigd.'

'Je bent een dapper man, Ali Khan. Maar wat is moed? Ook Europeanen zijn moedig. Jij en alle anderen die samen met jou hebben gevochten, jullie zijn immers geen Aziaten meer. Ik haat Europa niet. Europa laat me koud. Jij haat het omdat je zelf een stuk Europa in je meedraagt. Jij hebt op een Russische school gezeten, jij kent Latijn, jij hebt een Europese vrouw. Ben jij nog een Aziaat? Als jij had overwonnen, dan had jij zelf, zonder het te willen, Europa binnengehaald in Bakoe. Het maakt immers niets uit of wij of de Russen de nieuwe autosnelwegen aanleggen en de fabrieken bouwen. Het ging zo niet langer. Iemand is nog lang geen goede Aziaat door op een bloeddorstige manier talloze vijanden te vermoorden.'

'Wanneer ben je dat dan wel?'

'Jij bent een halve Europeaan, Ali Khan, daarom vraag je dat. Het heeft geen zin het je uit te leggen, want alleen wat zichtbaar is heeft invloed op jou. Jouw gezicht is op de aarde gericht. Daarom doet de nederlaag je pijn, en daarom laat je je pijn zien.'

Mijn vader zweeg. Zijn blik leek omfloerst. Zoals alle oude mensen in Bakoe en in Perzië kende hij naast de wereld van de werkelijkheid nog een andere wereld, een wereld daarachter, een droomwereld waarin hij zich kon terugtrekken en waarin hij ongrijpbaar was. Ik had een vaag vermoeden van die wereld, waar een stilte heerste als in het hiernamaals en waar het mogelijk was vrienden te begraven en tegelijkertijd met een schipper een gesprek te voeren over de wonderen van de Tsjardsjoeïoase. Ik had op de deur van die wereld geklopt, maar ik werd niet binnengelaten. Ik zat te zeer gevangen in de smartelijke werkelijkheid.

Ikzelf was geen Aziaat meer. Niemand verweet me dat, maar iedereen scheen het te weten. Ik was een vreemdeling geworden en verlangde ernaar me weer thuis te voelen in de droomwereld van Azië.

Ik stond in de boot en keek in de zwarte spiegel van het water. Mehmed Haidar dood, Aisje dood, ons huis verwoest.

Ik voer in een kleine zeilboot naar het land van de sjah, naar de grote rust van Perzië.

Nino stond plotseling naast me.

'Perzië,' zei ze en sloeg haar ogen neer, 'wat gaan we daar doen?'

'Uitrusten.'

'Ja, uitrusten. Ik wil slapen, Ali Khan, een maand of een jaar. Slapen in een lommerrijke tuin. En er mag niet worden geschoten.'

'Je bent op weg naar het juiste land. Perzië slaapt al duizend jaar en er wordt daar maar heel zelden geschoten.'

We gingen naar de kajuit. Nino viel meteen in slaap. Ik lag nog lang wakker en keek naar het silhouet van de seyd en de bloedsporen op zijn vingers. Hij bad. Ook hij kende de verborgen wereld die aan de andere kant van de zichtbare wereld begint.

Achter de opgaande zon lag Perzië. De adem van dat land drong tot ons door wanneer we, op de vloer van de boot zittend, gedroogde vis aten en water dronken. De wilde man uit het volk van de Tekienen sprak met mijn vader en keek mij zo onverschillig aan dat het leek alsof of ik een ding was.

Op de avond van de vierde dag verscheen een gele streep aan de horizon. Die leek op een wolk en was Perzië. De streep werd breder. Ik zag hutten van leem en een bescheiden haventje. Enzeli – de haven van de sjah. We meerden aan bij een verrotte houten pier. Een man met een pandjesjas en een hoge muts van lamsvel kwam aanlopen. Op zijn voorhoofd prijkte de zilveren leeuw met opgeheven poot en de opgaande zon. Twee mannen van de havenpolitie, op blote voeten en haveloos gekleed, slenterden achter hem aan.

De man keek met grote ronde ogen en zei:

'Zoals een kind de eerste stralen van de zon op de dag van zijn geboorte begroet, zo begroet ik u, edele gasten. Hebben jullie papieren?'

'Wij zijn de familie Shirvanshir,' antwoordde mijn vader.

'Heeft de grote leeuw van het keizerrijk, Assad es Saltaneh, voor wie de diamanten poort van de keizer openstaat, het geluk hetzelfde bloed als jullie in zijn aderen te hebben?'

'Hij is mijn broer.'

We gingen van boord. De man vergezelde ons.

Bij het pakhuis zei hij:

'Assad es Saltaneh vermoedde dat jullie zouden komen. Sterker dan een leeuw, sneller dan een hert, mooier dan een adelaar, veiliger dan een burcht op een rots is de machine die hij heeft gestuurd.'

We sloegen de hoek om: een oude, aftandse Ford, met geplakte banden, stond aan de kant van de weg te puffen. We stapten in. De motor trilde. De chauffeur had ogen als de kapitein van een oceaanstomer. Het duurde maar een halfuur voordat de wagen zich in beweging zette. We reden via Resht naar Teheran.

23

Enzeli, Resht, straten en dorpen omringd door de adem van de woestijn. Af en toe spookt aan de horizon het abi-jazid, het water van de duivel, de Perzische fata morgana. De grote weg naar Resht loopt langs een rivierbedding. De rivier zelf is opgedroogd, de bodem vertoont scheuren. Er is geen water in de rivieren van Perzië, alleen hier en daar zie je een plek waar water is blijven staan, of plassen. Rotsen rijzen op langs de droge oever en werpen enorme schaduwen. Ze lijken op giganten uit de oertijd, met dikke buiken, bevredigd en slaperig. In de verte hoor je de belletjes van de karavanen. De wagen gaat langzamer rijden. Op de steile berghelling schrijden kamelen. Voorop, met de staf in zijn hand, de karavaanleider. Mensen in zwarte kleren volgen hem. Vol ingehouden kracht schrijden de kamelen voort. Langzaam rinkelen de kleine bellen aan hun hals. Aan weerszijden van hun rug hangen langwerpige donkere zakken. Stoffen uit Isfahan? Wol uit Gijan? De auto komt tot stilstand. Lijken hangen aan de ruggen van de kamelen. Honderd, tweehonderd lijken, gehuld in zwarte doeken. De kamelen schrijden langs ons en hun koppen lijken op aren in de wind. Door woestijnen en bergen, door de witte gloed van de zoutsteppe, door groene oasen, langs grote meren draagt de karavaan zijn last. Ver weg in het westen, bij de Turkse grens, zullen de kamelen neerknielen. Ambtenaren met een rode fez op hun hoofd zullen de lijken betasten, dan trekt de karavaan weer verder, naar de koepels van de heilige stad Kerbela. Bij de tombe van de martelaar Hoessein stopt de karavaan. Behoedzame handen dragen de lijken naar het graf om ze te laten rusten in het zand van Kerbela tot de trompetten van de aartsengel hen uit hun slaap zullen wekken.

Wij buigen. Wij bedekken onze ogen met onze handen.

'Bid ook voor ons aan het graf van de heilige,' roepen we, en de leider antwoordt:

'Wij kunnen zelf een gebed goed gebruiken.'

En verder trekt de karavaan, als een stille schaduw, als het abijazid, de fata morgana van de grote woestijn.

We rijden door de straten van Resht. Hout en leem belemmeren het zicht op de horizon. Hier krijg je een vermoeden van de duizenden jaren die voorbij zijn gegaan. Met één blik overzie je de huizen van leem en de nauwe stegen. Dat de stegen zo nauw zijn, verraadt de angst voor de ruimte. Alles heeft dezelfde kleur. As of gloeiende kolen. Alles is heel klein, misschien uit nederigheid tegenover het lot. Een enkele keer slechts zie je een moskee.

Mensen met ronde, op pompoenen lijkende mutsen en kaalgeschoren hoofden. Hun gezichten lijken op maskers.

Overal stof en vuil. Niet dat een Pers van stof houdt of van vuil. Maar hij laat de dingen zoals ze zijn, omdat hij weet dat uiteindelijk alles in stof verandert. We rusten wat uit in een klein theehuis. Het vertrek ruikt naar hasjiesj. Er wordt naar Nino geloerd. In lompen gehuld, met een warrige haardos, zijn mond open en kwijlend, staat in de hoek een derwisj. In zijn hand houdt hij een geciseleerde koperen schaal. Hij kijkt iedereen aan en ziet niemand, alsof hij naar de Onzichtbare luistert en van hem een teken verwacht. Een ondraaglijk zwijgen gaat van hem uit. Plotseling begint hij te springen, met zijn mond nog steeds open, hij roept:

'Ik zie de zon opgaan in het westen.'

De aanwezigen huiveren.

Een bode van de gouverneur verschijnt in de deuropening:

'Zijne Excellentie heeft een wacht gestuurd in verband met de naakte vrouw.'

Hij bedoelt Nino, die geen sluier draagt. Nino's gezicht blijft onbewogen. Ze verstaat geen Perzisch. We brengen de nacht door in het huis van de gouverneur. De volgende ochtend zadelen de wachtmannen hun paarden. Ze begeleiden ons naar Teheran. Wegens de naaktheid van Nino, die haar gezicht niet verbergt, en wegens de rovers, die overal het land onveilig maken.

Langzaam ploegt de auto door de woestijn. Kazvin. Oeroude ruïnes. Sjah Sjapur verzamelde hier de legers. De zachtmoedige Safawiden, kunstenaars, mecenassen en apostelen tegelijk, hielden hier hof.

Nog 80, nog 70, nog 60 kilometer. De weg kronkelt als een slang. De stadspoort van Teheran is versierd met keramische tegels in alle kleuren. De kleuren zijn teer en zacht. De vier torens van de poort steken af tegen de sneeuw van de Demavend in de verte. De Arabische boog met het witte opschrift kijkt me aan als het zwarte oog van een demon. Bedelaars met afzichtelijke zweren, derwisjen, zwervers in kleurige lompen liggen in het stof onder de grote poort. Ze steken hun handen met smalle, edele vingers naar ons uit. Ze zingen over de pracht van de keizerstad Teheran, en in hun stemmen klinkt weemoed en droefenis door. Ook zij zijn ooit vol verwachting naar de stad van de vele koepels gekomen. Nu liggen ze in het stof, zelf stof en puin, en zingen weemoedige liederen over deze stad, die hen heeft verstoten.

De kleine auto laveert door de wirwar van stegen, over het Kanonnenplein, langs de Diamantpoort van het keizerlijk paleis en rijdt, weer buiten de muren, over de brede weg naar de voorstad Sjimran.

De poorten van het paleis in Sjimran staan wijd open. Rozengeur slaat ons tegemoet. De blauwe tegels op de muren zijn koel en vriendelijk. We lopen snel door de tuin, langs de fontein. De donkere kamer, waar voor de ramen de gordijnen zijn dichtgetrokken, is als een koele bron. Nino en ik laten ons op de zachte kussens vallen en verzinken terstond in een eindeloze slaap.

We sliepen, werden wakker, sluimerden, droomden en gingen weer door met slapen. Het was heerlijk in de koele kamer met de gesloten gordijnen. Talloze kussens en matten lagen op de lage divans en de vloer. In onze droom hoorden we de nachtegaal zingen. Het was een wonderlijk gevoel in dat grote, rustige huis te liggen sluimeren, ver van alle gevaren, ver van de verweerde muur van Bakoe. Uren gingen voorbij. Af en toe zuchtte Nino, kwam slaapdronken overeind en legde haar hoofd op mijn buik. Ik drukte mijn gezicht diep in de zachte kussens en snoof de zoete geur van de Perzische harem op. Een oneindige traagheid overviel me. Ik bleef urenlang liggen en leed eronder dat mijn neus jeukte en ik te lui was om mijn hand uit te strekken en eraan te krabben. Uiteindelijk hield mijn neus vanzelf op met jeuken, en ik viel weer in slaap.

Plotseling werd Nino wakker, ging overeind zitten en zei:

'Ik heb verschrikkelijke honger, Ali Khan.'

We gingen naar de tuin. De zon was bezig onder te gaan. Rozenstruiken omringden de fontein. Cipressen rezen op in de lucht. Een pauw met wijd uitstaande staart stond roerloos naar de ondergaande zon te kijken. In de verte zagen we de witte spits van de Demavend. Ik klapte in mijn handen. Een eunuch met een pafferig gezicht kwam aanrennen. Achter hem aan strompelde een oude vrouw die beladen was met tapijten en kussens. We gingen zitten in de schaduw van de cipres. De eunuch bracht water en een waterschaal en stalde lekkernijen van de Perzische keuken uit op het uitgerolde tapijt.

'Liever met je vingers eten dan naar een mitrailleur moeten luisteren,' zei Nino, en stak haar linkerhand in de dampende rijst. De eunuch trok een ontzet gezicht en wendde zijn blik af. Ik vertelde Nino hoe je in Perzië rijst moet eten: met drie vingers van je rechterhand. Voor het eerst sinds we Bakoe hadden verlaten lachte ze, en ik voelde me ineens heel rustig. Het was mooi in het stille land van de sjah, in het paleis van Sjimran, in het land van de vrome dichters en wijzen.

Plotseling vroeg Nino: 'Waar blijft je oom, Assad es Saltaneh en zijn hele harem?'

'Hij is vermoedelijk in het stadspaleis. Zijn vier vrouwen zullen wel bij hem zijn. En de harem? De harem is deze tuin en de kamers die op de tuin uitkomen.'

Nino lachte: 'Dan zit ik dus toch opgesloten in een harem. Ik had het al aan zien komen.'

Een andere eunuch, een dorre grijsaard, kwam vragen of hij iets voor ons mocht zingen… We hadden er geen behoefte aan. Drie meisjes rolden het tapijt op, de oude vrouw van daarnet haalde de voedselresten weg, en een jonge knaap voerde de pauw.

'Wie zijn al die mensen, Ali Khan?'

'Bedienden.'

'Lieve god, hoeveel bedienden zijn hier wel niet?'

Ik wist het niet en vroeg het aan de eunuch. Hij dacht lang na, met geluidloos bewegende lippen. Het bleek dat er achtentwintig mensen waren die voor de harem zorgden.

'Hoeveel vrouwen wonen hier dan?'

'Zoveel als u beveelt, khan. Op het moment alleen de vrouw die naast je zit. Maar we hebben genoeg plaats. Assad es Saltaneh is met zijn vrouwen in de stad. Dit is zijn harem.'

Hij hurkte neer en ging waardig verder:

'Mijn naam is Jahja Kuli. Ik ben de hoeder van jouw eer,

khan. Ik kan lezen, schrijven en rekenen... Ik weet alles van administratie en van vrouwelijkheid. Je kunt op mij vertrouwen. Zoals ik zie, is deze vrouw een wilde, maar ik zal haar geleidelijk aan wel goede manieren leren. Zeg het me wanneer ze zich niet lekker voelt, dan kan ik het opschrijven. Ik moet het weten om te kunnen beoordelen hoe goed of slecht haar humeur is. Want humeurig zal ze zeker zijn. Ik zal haar eigenhandig wassen en scheren. Ik zie dat ze zelfs in haar oksels haar heeft. Dat is te betreuren, maar in veel landen wordt de opvoeding van de vrouw nu eenmaal verwaarloosd. Morgen zal ik haar nagels rood verven, en voor het slapengaan kijk ik in haar mond.'

'Lieve help, waarom dat?'

'Vrouwen met slechte tanden ruiken naar uit hun mond. Ik moet haar tanden en kiezen zien en haar adem ruiken.'

'Waar heeft die man het toch over?' vroeg Nino.

'Hij beveelt zich zelf aan als tandarts. Het lijkt me een rare snuiter te zijn.'

Het klonk een beetje alsof ik me er ongemakkelijk bij voelde. Tegen de eunuch zei ik:

'Ik zie, Jahja Kuli, dat je een ervaren man bent, die veel af weet van dingen die met cultuur te maken hebben... Maar zie je, mijn vrouw is zwanger, en ze moet ontzien worden. Daarom stellen we de opvoeding uit tot ze het kind heeft gekregen.'

Ik zei het en voelde mijn wangen rood worden. Nino was werkelijk zwanger, en toch had ik gelogen.

'Je bent wijs, Ali Khan,' zei de eunuch, 'zwangere vrouwen zijn erg traag van begrip. Er bestaat overigens een middel dat ervoor zorgt dat het een jongen wordt. Maar...' – hij keek onderzoekend naar Nino's slanke figuur – '...ik geloof dat het nog wel een paar maanden zal duren.'

Buiten, op de veranda, schuifelden talrijke pantoffels. Eunuchen en vrouwen maakten geheimzinnige gebaren. Jahja Kuli ging naar hen toe en keerde met een ernstig gezicht terug.

'Khan, zijne eerwaardige hoogheid de hooggeleerde Hafiz

Seyd Moestafa Mesjedi wil je begroeten. Ik zou het nooit wagen, khan, jou te storen midden in de vreugden van de harem. Maar de seyd is een geleerd man uit het geslacht van de profeet. Hij verwacht je in de herenvertrekken.'

Bij het woord 'Seyd' keek Nino op.

'Seyd Moestafa?' vroeg ze, 'laat hem maar komen. Dan drinken we samen thee.'

Het aanzien van het huis Shirvanshir bleef alleen intact omdat de eunuch geen Russisch verstond. Het was ondenkbaar dat de vrouw van een khan een vreemde man zou ontvangen in de harem. Ik zei verlegen en een beetje beschaamd:

'De seyd mag hier toch niet komen. Hier is de harem.'

'O, vreemde gewoonten toch. Maar goed, dan ontvangen we hem buiten de harem.'

'Ik ben bang... hoe moet ik het zeggen... het is in Perzië allemaal een beetje anders. Ik bedoel... de seyd is immers een man.'

Nino's ogen werden groot van verbazing:

'Je bedoelt dat ik me niet mag vertonen aan de seyd, de seyd die mij naar jou toe heeft gebracht in Dagestan?'

'Ik ben bang, Nino, dat het voorlopig onmogelijk is.'

'Goed,' zei ze, plotseling heel koel, 'ga dan maar.'

Ik ging weg en was somber. Ik zat in de grote bibliotheek en dronk thee met de seyd. Hij vertelde over zijn voornemen naar zijn beroemde oom in Meshed te gaan totdat Bakoe zou zijn bevrijd uit de handen van de ongelovigen. Ik gaf hem gelijk. De seyd was een hoffelijk man. Hij vroeg niet naar Nino, hij noemde zelfs niet één keer haar naam. Plotseling ging de deur open:

'Goedenavond, Seyd.'

Nino's stem klonk rustig, maar gespannen. Moestafa sprong overeind. Zijn pokdalige gezicht drukte bijna schrik uit. Nino ging op de matten zitten:

'Nog wat thee, Seyd?'

Buiten sloften talrijke pantoffels wanhopig heen en weer. De eer van het huis Shirvanshir stortte onherroepelijk in, en het duurde ettelijke minuten tot de seyd zijn ontzetting te boven was.

Nino glimlachte vergenoegd. 'Ik ben niet bang geweest voor de machinegeweren, ik zal ook niet bang zijn voor jouw eunuchen.'

En zo bleven we tot de late avond samen. Want de seyd was een tactvol man.

Voor het slapengaan kwam de eunuch onderdanig naar mij toe.

'Heer, straf mij. Ik mocht haar niet uit het oog laten. Maar wie kon vermoeden dat ze zo wild is, zo wild. Het is mijn schuld.'

Zijn dikke gezicht was vol wroeging.

24

Vreemd! Toen op de met olie doordrenkte oevers van Bibi-Eibat de laatste schoten klonken, dacht ik dat ik nooit weer gelukkig kon zijn. Vier weken in de geurende tuinen van Sjimran, en ik had innerlijk rust. Ik was als iemand die zijn vaderland heeft teruggevonden. Ik leefde als een plant die de koele lucht inademt van Sjimran.

Slechts zelden ging ik naar de stad. Ik bracht een bezoek aan familie en vrienden en slenterde, vergezeld door bedienden, door de donkere labyrinten van de bazaar van Teheran.

Nauwe doorgangen, kramen die op tenten leken, bedekt met een enorm afdak van leem. Ik graaide tussen rozen, noten, tapijten, sjaals, zijden kledingstukken en juwelen. Ik ontdekte kruiken met gouden motieven, oeroud filigraanwerk, kussens van marokijnleer en zeldzame parfums. Zware zilveren tomans glijden in de zakken van de Perzische koopman. Mijn bedienden torsen alle heerlijkheden van de Oriënt. Alles voor Nino. Haar kleine gezichtje mag niet zo geschrokken naar de rozentuin kijken.

De bedienden gaan gebukt onder de vracht. Ik loop door. In een hoek zijn korans te koop in marokijnleer met geschilderde miniaturen: een meisje onder een cipres en daarnaast een prins met amandelvormige ogen; een koning op de jacht, een lans en een vluchtend ree. Weer rinkelen de zilveren tomans. Iets verderop zitten twee kooplui aan een lage tafel. Uit een grote zak haalt de één een zilveren toman te voorschijn en geeft hem aan de ander. Die bekijkt hem heel aandachtig, bijt erin, weegt hem op een kleine weegschaal en stopt hem in een grote zak. Honderd, duizend, misschien tienduizend keer grijpt de koopman in zijn zak, voordat hij zijn schuld heeft afbetaald. Zijn gebaren zijn waardig. Tidsjaret! Handel! De profeet zelf was een koopman.

Grillig als de paden in een dwaaltuin strekt de bazaar zich uit. Naast de twee kooplieden zit een wijze man in de kraam en bladert in een boek. Het gezicht van de grijsaard lijkt op een met mos overwoekerd inschrift op een stuk steen, zijn sierlijke, lange vingers verraden dat ze worden ontzien en verzorgd. Uit de vergeelde en verschimmelde bladzijden van het boek stijgt de geur op van de sjiraroos, het geluid van de Perzische nachtegaal, jubelend gezang, het visioen van amandelvormige ogen en lange wimpers. Voorzichtig bladert de verzorgde hand in het oude boek.

Gefluister, rumoer, geschreeuw. Ik ding af op de prijs van een tapijt met tere kleuren uit Kerman. Nino houdt van de zachte lijnen van de met de hand geknoopte tuin. Iemand verkoopt rozenwater en rozenolie. Duizenden rozen zijn verenigd in één druppel rozenolie, zoals duizenden mensen zijn verenigd in het nauwe labyrint van de bazaar van Teheran. Ik zie Nino gebogen staan over een schaaltje rozenolie.

Mijn bedienden staan uitgeput te wachten.

'Breng dat allemaal meteen naar Sjimran. Ik kom later.'

De bedienden verdwijnen in het gewoel. Nog een paar stappen, en ik ga gebukt door de lage deur van een Perzisch theehuis. Dat zit vol mensen. In het midden een man met een rode baard. Met zijn ogen half gesloten reciteert hij een liefdesgedicht van Hafiz. De luisteraars zuchten diep verrukt. Dan leest de man voor uit de krant:

'In Amerika is een machine uitgevonden die het gesproken woord in de hele wereld hoorbaar maakt. – Zijne Keizerlijke Majesteit de koning der koningen, wiens glans de zon overtreft, wiens hand tot Mars reikt, wiens troon de wereld beheerst, sultan Achmed Sjah, heeft in zijn paleis Baghe-Shah de resident ontvangen van de momenteel in Engeland regerende monarch. – In Spanje is een kind met drie hoofden en vier voeten ter wereld gekomen. De bevolking duidt dit als een euvel teken.'

De toehoorders klakken verbaasd met hun tong. De man met de rode baard vouwt de krant dicht. Weer wordt een lied aangeheven. Deze keer over ridder Rustem en zijn zoon Sorab. Ik luister nauwelijks. Ik staar in de gouden, dampende thee. Ik denk na: eigenlijk is niet alles zoals het zou moeten zijn.

Ik ben in Perzië, ik woon in een paleis en ik ben tevreden. Nino woont in hetzelfde paleis en is erg ontevreden. In Dagestan aanvaardde ze gewillig alle ontberingen van het wilde leven. Hier weigert ze zich neer te leggen bij de waardige regels van de hoogstaande Perzische etiquette. Ze wil met mij door de straten lopen, hoewel dat door de politie is verboden. Man en vrouw mogen gezamenlijk geen bezoek ontvangen en ook niet samen uitgaan. Ze vraagt of ik haar de stad wil laten zien en ze is geïrriteerd als ik haar dat uit haar hoofd wil praten.

'Ik zou je heel graag de stad laten zien, Nino. Maar ik mag je de stad niet laten zien.'

Haar grote, donkere ogen kijken me verwijtend en verward aan. Hoe kan ik haar ervan overtuigen dat het de vrouw van een khan werkelijk niet betaamt ongesluierd door de stad te lopen. Ik koop de duurste sluiers.

'Kijk, Nino, hoe mooi die zijn. Hoe goed ze het gezicht beschermen tegen de zon en het stof. Ik zou zelf graag een sluier dragen.'

Ze glimlacht verdrietig en legt de sluiers weg.

'Het is een vrouw onwaardig haar gezicht te bedekken, Ali Khan. Ik zou mijzelf verachten als ik een sluier zou dragen.'

Ik laat haar de verordening van de politie zien. Ze verscheurt die en ik bestel een gesloten koets met ruitjes van geslepen glas.

Zo reed ik met haar door de stad. Op het Kanonnenplein zag ze mijn vader en wilde hem begroeten. Het was verschrikkelijk, en ik heb de helft van de bazaar opgekocht om haar te verzoenen...

Ik zit afgezonderd van de anderen en staar in mijn theekopje.

Nino gaat dood van verveling, en ik kan er niets aan veranderen. Ze wil de vrouwen van de Europese kolonie ontmoeten. Maar ook dat is ongepast. De vrouw van een khan mag niet samenkomen met de vrouwen van het ongeloof. Ze zullen net zo lang hun leedwezen tegen haar uitspreken over het feit dat ze het leven in een harem moet verduren, tot ze het inderdaad niet meer kan verdragen.

Niet zo lang geleden was ze op visite bij mijn nichten en tantes en ze kwam helemaal ontdaan thuis.

'Ali Khan,' riep ze vertwijfeld, 'ze willen weten hoe vaak op een dag je mij begeert met je liefde. Ze zeggen dat je altijd bij me bent. Dat hebben ze gehoord van hun mannen. En ze kunnen zich niet voorstellen dat wij ook nog iets anders doen. Ze hebben me een middeltje gegeven tegen demonen en me een amulet aanbevolen. Dat zal mij absoluut beschermen tegen rivales. Je tante Sultan Hanum vroeg aan me of het niet vermoeiend was de enige vrouw te zijn van zo'n jonge man, en iedereen wilde weten hoe ik het voor elkaar kreeg dat jij nooit naar de dansknapen gaat. Jouw nichtje Suata was erg benieuwd of je al eens een vieze ziekte hebt gehad. Ze beweert dat ik te benijden ben. Ali Khan, ik heb een gevoel alsof ze me met poep hebben besmeurd.'

Ik troostte haar zo goed als ik kon. Ze zat in een hoek als een mokkend kind, keek angstig om zich heen en het duurde heel lang voordat ze kalmeerde.

De thee was helemaal koud geworden. Ik zit in het theehuis om de mensen te laten zien dat ik niet mijn hele leven in de harem doorbreng. Het is niet gepast altijd bij je vrouw te zitten. Mijn neven steken al de draak met me. Alleen sommige uren van de dag behoren toe aan de vrouw. De rest aan de man. Maar ik ben Nino's enige afleiding, ik ben haar krant, haar theater, haar koffiehuis, haar kennissenkring en haar echtgenoot tegelijk. Daarom kan ik haar niet alleen laten, daarom koop ik de halve bazaar op, want vanavond is er een grote ontvangst bij mijn oom ter ere van mijn vader, er zal een keizerlijke prins aanwezig zijn, en Nino moet alleen thuisblijven, in het gezelschap van de eunuch, die haar wil opvoeden.

Ik verlaat de bazaar en ga terug naar Sjimran. In de grote zaal met de tapijten zit Nino peinzend achter een berg oorhangers, armbanden, zijden sjaals en parfumflesjes. Ze kust me zwijgend en teder, en plotseling word ik overmand door wanhoop. De eunuch brengt sorbet en kijkt misprijzend naar de geschenken. Je moet je vrouw niet zo verwennen.

Het leven van een Pers begint laat op de avond. 's Nachts worden de mensen levendiger, de gedachten lichter, de woorden vrijer. Hitte, stof en vuil belasten de dag. 's Nachts ontwaakt de tesjachuut, die merkwaardige Perzische voornaamheid waarvan ik houd en die ik bewonder en die zo heel anders is dan de wereld van Bakoe, Dagestan en Georgië. Het was acht uur toen de galakoetsen van mijn oom voorreden, één voor mijn vader, één voor mij. Zo schreef de etiquette het voor. Vóór elke koets uit drie pesjhedmeten, herauten en lopers, met lange lantaarns in de hand waarvan het felle licht op hun devote gezichten viel. Toen ze jong waren was de milt uit hun lijf gesneden en de enige taak in hun leven was voor de koetsen uit te lopen en met veel pathos 'Opgepast!' te roepen.

De straten lagen er verlaten bij. Toch riepen de lopers regelmatig hun 'Opgepast!' want ook dat schreef de etiquette voor.

We reden door nauwe stegen, langs eindeloze grijze muren van leem, waarachter kazernes of hutten, paleizen of regeringsgebouwen verscholen lagen. Alleen de grijze lemen muren die het Perzische leven afschermen tegen onbevoegde blikken, kijken uit op straat.

De gewelfde koepels van de bazaarwinkels leken in de maneschijn op luchtballonnen, bijeengehouden door een onzichtbare hand. We stopten voor een brede muur waarin een sierlijke poort van messing was aangebracht. De poort ging open en we reden de tuin van het paleis in.

Toen ik dit paleis in mijn eentje bezocht, stond er een oude, haveloos geklede bediende bij de poort. Vandaag hingen er guirlandes en lampions aan de gevel van het paleis, en acht mannen bogen diep toen de wagens stilhielden voor de ingang.

De enorme tuin was door een lage muur in twee helften verdeeld. Aan de andere kant van de muur was de harem. Daar klaterden de fonteinen en zong de nachtegaal. In de mannentuin bevond zich een simpel rechthoekig bassin met goudvissen.

We stapten uit. Mijn oom liep naar de ingang. Zijn kleine hand bedekte zijn gezicht. Hij maakte een diepe buiging en ging ons voor het huis in. De grote zaal met vergulde zuilen en gebeeldhouwde houten wanden was vol mensen. Ik zag zwarte mutsen van lamswol, tulbanden en wijde, dunne gewaden van donkerbruine stof. In het midden zat een man van middelbare leeftijd met een enorme gebogen neus, grijs haar en wenkbrauwen die een grote boog vormden: Zijne Keizerlijke Hoogheid de prins.

Iedereen stond op toen wij binnenkwamen. We begroetten eerst de prins, daarna de anderen. We namen plaats op de zachte kussens. De aanwezigen volgden ons voorbeeld. Zo zaten we een minuut of twee. Toen sprong iedereen weer overeind en maakte opnieuw diepe buigingen voor elkaar. Eindelijk gingen we definitief zitten en verzonken in een waardig zwijgen. De bedienden reikten lichtblauwe kommen aan met geurige thee. Manden met fruit gingen van hand tot hand, en de Keizerlijke Hoogheid doorbrak het zwijgen met de woorden:

'Ik heb verre reizen gemaakt en ken vele landen. Nergens hebben ze augurken of perziken die zo goed smaken als in Perzië.'

Hij schilde een augurk, bestrooide die met zout en at langzaam en met bedroefde ogen.

'Hoogheid heeft gelijk,' zei mijn oom, 'ik ben in Europa geweest en was er elke keer weer verbaasd over hoe klein en lelijk het fruit van de ongelovigen is.'

'Ik haal elke keer opgelucht adem als ik terugkeer naar Perzië,' zei de prins. 'Toen ik jaren geleden in India was, zag ik mensen die achtenswaardig waren en bijna op ons culturele niveau stonden. Wel is het zo dat je je gemakkelijk vergist. Een voorname Indiër die ik kende en die ik een tijdlang voor vol aanzag, bleek uiteindelijk toch een barbaar te zijn. Ik was bij hem voor het eten uitgenodigd en stel je voor, hij at de buitenste bladeren van de sla.'

De aanwezigen waren ontzet. Een mullah met een zware tulband en ingevallen wangen zei met een zachte, matte stem:

'Het verschil tussen Perzen en niet-Perzen is dat alleen wij schoonheid weten te waarderen.'

'Het is waar,' zei mijn oom, 'ik heb liever een mooi gedicht dan een lawaaiige fabriek. Ik vergeef Aboe Sa'di zijn ketterij omdat hij als eerste de rubaiyat, onze mooiste versvorm, heeft ingevoerd in onze literatuur.'

Hij schraapte zijn keel en reciteerde half zingend:

> Te medressé we minaré wirán nesjúd
> In kár kalendári bismán nesjúd
> Ta imán kafr we káft imán nesjúd
> Ek bendé hakikatá musulmán nesjúd.

Zolang moskee en medresse

niet vernietigd zijn,
Zal het werk van de waarheidszoeker
niet zijn vervuld.
Zolang geloof en ongeloof
niet één zijn,
Zal de mens in waarheid
niet moslim zijn.

'Afschuwelijk,' zei de mullah. 'Afschuwelijk. Maar die klank…' – en hij herhaalde verrukt: 'Ek bendé hakikatá musulmán nesjúd.'

Hij ging staan, pakte een sierlijke, zilveren kan met een lange, smalle hals en liep wankelend de zaal uit. Na een poosje kwam hij terug en zette de kan op de grond. We gingen staan en feliciteerden hem luidkeels, want zijn lichaam had zich intussen ontdaan van wat overbodig was.

Intussen vroeg mijn vader: 'Is het waar, Hoogheid, dat Wossugh ed Davleh, onze eerste minister, een nieuw verdrag wil sluiten met Engeland?'

De prins glimlachte.

'Dat moet u aan Assad es Saltaneh vragen. Hoewel het eigenlijk niet eens een geheim is.'

'Ja,' zei mijn oom, 'het is een heel goed verdrag. Want van nu af aan zullen de barbaren onze slaven zijn.'

'Hoezo?'

'Wel, de Engelsen houden van werken en wij van schoonheid. Zij houden van strijd en wij houden van rust. Dus zijn we het eens geworden. We hoeven ons geen zorgen meer te maken om de veiligheid van onze grenzen. Engeland belast zichzelf met de bescherming van Iran, legt wegen aan, trekt gebouwen op en legt er nog geld op toe ook. Want Engeland weet wat de cultuur in de wereld aan ons te danken heeft.'

De jongeman naast mijn oom was mijn neef Bahram Khan Shirvanshir. Hij hief zijn hoofd op en zei:

'Denkt u dat Engeland ons vanwege onze cultuur beschermt of vanwege onze olie?'

'Beide verlichten de wereld en hebben bescherming nodig,' zei mijn oom onverschillig, 'maar we kunnen toch niet zelf soldaten zijn?'

'Waarom niet?' Deze keer was ik het die de vraag stelde. 'Ik heb bijvoorbeeld voor mijn volk gestreden en kan me heel goed voorstellen dat ik ook in de toekomst zal strijden.'

Assad es Saltaneh keek mij misprijzend aan, en de prins zette zijn theekopje neer.

'Ik wist niet,' zei hij hooghartig, 'dat er soldaten zijn onder de Shirvanshirs.'

'Maar Hoogheid! Hij was immers eigenlijk officier.'

'Dat is hetzelfde, Assad es Saltaneh. Officier,' herhaalde hij spottend en spitste zijn lippen.

Ik zweeg. Ik was helemaal vergeten dat soldaat zijn in de ogen van een voorname Pers ver onder zijn stand is.

Alleen mijn neef Bahram Khan scheen een andere mening toegedaan. Hij was nog jong. Moesjir ed Davleh, een voorname hoogwaardigheidsbekleder, die naast de prins zat, maakte hem omstandig duidelijk dat het door God behoede Iran geen zwaard meer nodig had om stralend in de wereld te staan. Het land had in het verleden al bewezen hoe moedig zijn zonen zijn, beweerde hij.

'In de schatkamer van de koning der koningen,' zei hij ten slotte, 'bevindt zich een globe van goud. Daarop zijn alle landen met verschillende edelstenen weergegeven. Maar alleen Iran is met de zuiverste diamanten bedekt. Dat is veel meer dan een symbool, dat is de waarheid.'

Ik dacht aan de buitenlandse soldaten die het land bezet hielden en aan de haveloos geklede politiemannen in de haven van Enzeli. Hier was Azië, dat voor Europa capituleerde uit angst zelf Europees te worden. De prins verachtte het werk dat soldaten deden, en toch was hij de opvolger van de sjah onder wie mijn voorvaderen Tiflis hadden onderworpen. In die tijd verstond Iran nog wel de kunst wapens te hanteren zonder gezichtsverlies. De tijden waren veranderd. Iran was in verval, net als in de dagen van de kunstminnende Safawiden. De prins had liever een gedicht dan een machinegeweer, misschien omdat hij van gedichten meer af wist. De prins was oud, mijn oom ook. Iran stierf, maar het stierf met gratie.

Een gedicht schoot me te binnen van Omar, de tentenmaker:

> In een groot schaakbord verand'ren nacht en dag,
> waarop het lot zo graag met mensen spelen mag.
> Het stelt ze op en biedt soms schaak, soms mat
> En legt dan elk weer neer waar hij eerst lag.

Ik had helemaal niet gemerkt dat ik in gedachten het gedicht hardop had uitgesproken. Het gezicht van de prins klaarde op.

'U bent waarschijnlijk toevallig soldaat geworden,' zei hij genadig. 'U bent toch een ontwikkeld mens. Als u uw lot zelf zou kunnen uitkiezen, zou u dan werkelijk het beroep van soldaat kiezen?'

Ik maakte een buiging. 'Wat ik zou kiezen, Hoogheid? Slechts vier dingen: robijnrode lippen, gitaarmuziek, wijze spreuken en rode wijn.'

Het beroemde vers van Dakiki leverde mij de gunst op van alle aanwezigen. Zelf de mullah met de ingevallen wangen glimlachte genadig.

Het was middernacht toen de deur naar de eetkamer werd geopend. We gingen naar binnen. Over de tapijten was een eindeloos lange doek uitgespreid. Bedienden met lantaarns stonden roerloos in de hoeken. Grote, witte platte broden lagen op de tafel. In het midden prijkte de enorme messing schaal met pilav. Talloze kleine, grote, en middelgrote schalen stonden op de doek. We gingen zitten en aten allerlei gerechten uit verschillende schalen. Ieder in de volgorde die hem beviel. We aten snel, zoals de gewoonte gebiedt, want eten is het enige wat een Pers snel doet. Een berg rijst stond in het midden van de zaal te dampen. De mullah sprak een kort gebed.

Naast me zat mijn neef Bahram Khan. Hij at weinig en keek nieuwsgierig van opzij naar mij.

'Bevalt het je in Perzië?'

'Ja, zeer.'

'Hoe lang wil je hier blijven?'

'Tot de Turken Bakoe hebben veroverd.'

'Ik benijd je, Ali Khan.'

Zijn stem klonk vol bewondering. Hij rolde een stuk brood op en vulde het met hete rijst.

'Jij hebt achter een machinegeweer gezeten en de tranen gezien in de ogen van je vijanden. Het zwaard van Iran is verroest. We dwepen met gedichten die Firdausi meer dan duizend jaar geleden heeft geschreven, en wij kunnen feilloos een dichtregel van Dakiki onderscheiden van een dichtregel van Rudaki. Maar niemand van ons weet hoe je een autoweg aanlegt of hoe je het bevel voert over een regiment.'

'Autoweg,' herhaalde ik en ik dacht aan het meloenveld in de buurt van Mardakyan dat in het maanlicht had liggen baden. Het was goed dat niemand in Azië wist hoe je een autoweg aanlegt. Anders zou een paard uit Karabach nooit en te nimmer een Europese auto in kunnen halen.

'Waar heb je autowegen voor nodig, Bahram Khan?'

'Om soldaten op vrachtwagens te transporteren. Hoewel de ministers beweren dat we helemaal geen soldaten nodig hebben. Maar we hebben wel degelijk soldaten nodig! We hebben machinegeweren nodig, scholen, ziekenhuizen, een overzichtelijk belastingstelsel, nieuwe wetten en mensen als jij. Wat we helemaal niet nodig hebben zijn oude verzen, bij de weemoedige klank waarvan Iran vervalt. Maar er zijn ook andere liederen. Ken je het gedicht van de dichter Asjraf, die in Gijan woont?' Hij boog zich voorover en reciteerde zachtjes: 'Leed en verdriet overvallen het vaderland. Sta op, loop achter de doodskist van Iran. De jeugd wordt in de lijkstoet van Iran verslagen. Door hun bloed zijn maan, velden, heuvels en dalen roodgekleurd.'

'Afschuwelijke rijmpjes, zou de prins zeggen, want zijn kunstzinnig gevoel zou diep gekwetst worden.'

'Er bestaat een nog mooier gedicht,' zei Bahram Khan eigenwijs, 'de maker ervan heet Mirza Aga Khan. Luister: Moge Iran het lot bespaard blijven overheerst te worden door een ongelovige vijand. De bruid Iran mag niet het bed delen met de Russische bruidegom. Haar bovenaardse schoonheid mag het plezier van de Engelse lord niet dienen.'

'Niet slecht,' zei ik – en ik glimlachte, want het jonge Perzië onderscheidde zich van het oude in de eerste plaats door slechte gedichten. 'Maar zeg eens, Bahram Khan, wat wil je eigenlijk bereiken?'

Hij zat stijf op het vaalrode tapijt en sprak:

'Ben je op het Maidan-i-Sepah-plein geweest? Daar staan honderd oude, verroeste kanonnen opgesteld, en hun mondingen kijken alle vier de windrichtingen op. Weet je dat er in heel Perzië geen andere kanonnen zijn dan die aftandse, zinloze erfstukken van een stervend geslacht? En geen enkele vesting, geen enkel oorlogsschip en zo goed als geen soldaten, met uitzondering van de Russische kozakken, de Engelse schutters en de vierhonderd dikke Bahaduran van de paleiswacht? Kijk eens naar je oom of naar de prins of naar al die hoogwaardigheidsbekleders met hun indrukwekkende titels. Doffe ogen en krachteloze handen, even oud en verroest als de kanonnen op het Maidan-i-Sepah-plein. Ze zullen niet lang meer leven. En het is de hoogste tijd dat ze aftreden. Al veel te lang heeft ons lot in de krachteloze handen van prinsen en dichters gerust. Perzië lijkt op de uitgestrekte handpalm van een grijze bedelaar. Ik wil dat die dorre handpalm de gebalde vuist van een jongeling wordt. Blijf hier, Ali Khan. Ik ben het een en ander over jou te weten gekomen. Hoe je tot het laatste moment achter een machinegeweer hebt gezeten en de oude muur van Bakoe hebt verdedigd, hoe je 's nachts in het maanlicht de keel van een vijand hebt doorgebeten. Hier valt méér te verdedigen dan een oude muur, en je zult méér bezitten dan alleen een machinegeweer. Dat is beter dan in de harem te zitten of je op de bazaar te wentelen in allerlei heerlijkheden.'

Ik zweeg, in gedachten verzonken. Teheran! De oudste stad op de wereld. Roga-Rey noemden de mensen in Babylon haar, Roga-Rey, de koninklijke stad. Stof van de oude legenden, verbleekt goud van vervallen paleizen. Gedraaide zuilen van de Diamanttoren, bleke lijnen van de oude tapijten en stille ritmen van de wijze rubaiyat – daar stonden ze vóór me, in verleden, heden en toekomst!

'Bahram Khan,' zei ik, 'als je je doel hebt bereikt, als je de geasfalteerde wegen en de vestingen hebt voltooid en de slechte dichters hebt ingevoerd in de modernste scholen – waar blijft dan de ziel van Azië?'

'De ziel van Azië?' Hij glimlachte. 'Aan het eind van het Kanonnenplein zullen we een groot gebouw neerzetten. Daar brengen we de ziel van Azië onder: de vanen van de moskeeën, manuscripten van dichters, miniatuurtekeningen en lustknapen, want ook die horen bij de ziel van Azië. Op de gevel schrijven we in heel mooi Koefisch schrift het woord "museum". Oom Assad es Saltaneh kan suppoost worden in dat museum en Zijne Keizerlijke Hoogheid directeur. Wil je ons helpen dat mooie museum te bouwen?'

'Ik zal erover nadenken, Bahram Khan.'

De maaltijd was ten einde. De gasten zaten in losse groepjes in de zaal. Ik kwam overeind en liep de open veranda op. De lucht was fris. Uit de tuin steeg de geur op van Iraanse rozen. Ik ging zitten, een rozenkrans gleed door mijn vingers en ik staarde in het donker. Ginds achter die leemkleurige koepel lag Sjimran. Daar, ingebed in kussens en tapijten, lag mijn Nino. Waarschijnlijk sliep ze, haar lippen licht geopend, haar oogleden gezwollen door haar tranen. Diepe droefenis vervulde me. Alle heerlijkheden van de bazaar zouden niet voldoende zijn om haar ogen weer te laten glimlachen.

Perzië! Zou ik hier blijven? Tussen eunuchen, derwisjen en narren? Asfaltwegen aanleggen, legers opstellen, Europa helpen verder door te dringen in het binnenste van Azië?

En plotseling voelde ik dat mij niets, niets ter wereld zo lief was als de glimlach in Nino's ogen. Wanneer hadden die ogen voor het laatst gelachen? Ergens in Bakoe, bij de vervallen muur. Een hevig heimwee overviel me. Ik zag de met stof bedekte muur voor me, en de zon die onderging achter het eiland Nargin. Ik hoorde de jakhalzen die buiten bij de poort van de grijze wolf tegen de maan jankten. Het zand van de woestijn bedekte de steppe bij Bakoe. Vet, van olie doordrenkt land strekte zich uit langs de kusten, bij de Maagdentoren zaten de handelaren af te dingen, en via de Nicolaasstraat kwam je bij het lyceum van de heilige koningin Tamar. Onder de bomen op het plein voor het lyceum stond Nino, een schoolschrift in haar hand, met grote, verbaasde ogen. De geur van Perzische rozen was plotseling verdwenen. Ik riep om mijn vaderland als een kind om zijn moeder, en had een vaag gevoel dat dat vaderland niet meer bestond. Ik snoof de heldere woestijnlucht van Bakoe op en de lichte geur van zee, zand en olie. Nooit had ik moeten weggaan uit die stad waarin God mij ter wereld had laten komen. Ik was vastgeketend aan die oude muur, als een hond aan zijn hok. Ik keek naar de hemel. De Perzische sterren waren groot en ver weg, zoals de edelstenen in de kroon van de sjah. Nooit was ik me zo bewust geweest van mijn anders-zijn dan nu. Ik hoorde bij Bakoe. Bij de oude muur, in de schaduw waarvan Nino's ogen stralend glimlachten.

Bahram Khan raakte mijn schouder aan.

'Ali Khan, het lijkt wel of je zit te dromen? Heb je nagedacht over mijn woorden, wil je het huis van het nieuwe Iran bouwen?

'Neef Bahram Khan,' zei ik, 'ik benijd je, want alleen iemand die verdreven is, weet wat het vaderland betekent. Ik kan het land Iran niet opbouwen. Mijn dolk is geslepen aan de muurstenen van Bakoe.'

Hij keek mij bedroefd aan.

'Madjnun,' zei hij in het Arabisch, en dat betekent zowel verliefde als waanzinnige.

Hij was van mijn bloed en had mijn geheim geraden. Ik stond op. In de grote zaal bogen de hoogwaardigheidsbekleders voor de prins, die op het punt van vertrekken stond. Ik zag zijn magere hand met de lange, dorre vingers en de roodgeverfde nagels. Nee, het was niet mijn taak om de gedichten van Firdausi, de verliefde verzuchtingen van Hafiz en de wijze spreuken van Sa'di bij te zetten in een prachtig museum.

Ik ging de zaal binnen en boog over de hand van de prins. Zijn ogen waren bedroefd en afwezig, vervuld van het bange voorgevoel van een dreigend noodlot. Toen reed ik naar Sjimran, en in de wagen dacht ik aan het plein met de verroeste kanonnen, aan de vermoeide ogen van de prins, aan Nino's lijdzaam zwijgen en aan het raadsel van de ondergang, waaraan niet viel te ontkomen.

25

De kleuren op de landkaart waren fel en hadden grillige vormen. De namen van de plaatsen, gebergten en rivieren liepen in elkaar over en waren onleesbaar. De kaart lag uitgevouwen op de divan en ik zat ervoor met gekleurde vlaggetjes in mijn hand. Naast me lag een krant, waarin de namen van de plaatsen, gebergten en rivieren net zo over elkaar heen gedrukt stonden als op de bontgekleurde kaart. Ik boog me over beide heen en probeerde ijverig de fouten in de krant in harmonie te brengen met de onleesbaarheid van de landkaart. Ik prikte een groen vlaggetje in een kleine cirkel. Naast de cirkel stond 'Elisabethpol (Gandzja)'. De laatste vijf letters stonden over de bergen van Sanguldak heen gedrukt. Zoals de krant meedeelde, had de advocaat Fath Ali Khan van Choja in Gandzja de vrije republiek Azerbaidzjan uitgeroepen. De rij groene vlaggetjes ten oosten van Gandzja duidde op het leger dat Enver had gestuurd om ons land te bevrijden. Rechts naderden de regimenten van Noeri Pasja de stad Agdasj. Links bezette Mursal Pasja de dalen van Elissu. In het midden streden de bataljons van de vrijwilligers. De kaart was nu duidelijk en overzichtelijk. Langzaam sloot zich de Turkse ring rond het

Russische Bakoe. Nog een paar veranderingen van de rij groene vlaggetjes, en de rode vlaggetjes van de vijand zouden een ordeloze hoop vormen op de grote vlek met het bijschrift Bakoe.

Jahja Kuli, de eunuch, stond achter mijn rug en volgde gespannen het merkwaardige spelletje dat ik speelde. Het verplanten van de vlaggetjes op het veelkleurige papier moest op hem wel de indruk maken van duistere bezweringskunsten van een machtige tovenaar. Misschien haalde hij oorzaak en gevolg door elkaar en dacht hij dat ik alleen maar de groene vlaggetjes in het rode vlak van Bakoe hoefde te planten om met hulp van bovenzinnelijke machten mijn stad te bevrijden uit de handen van de ongelovigen. Hij wilde me niet storen bij dat bovennatuurlijke werk en dreunde alleen met een monotone, ernstige stem zijn plichtmatige verslag op:

'Khan, toen ik haar nagels wilde verven met rode henna, gooide ze de schaal om en krabde me, hoewel ik de duurste henna had genomen die er te krijgen was. Vroeg op de ochtend nam ik haar mee naar het raam, nam haar hoofd heel voorzichtig in mijn handen en verzocht haar haar mond te openen. Het is immers mijn plicht, o khan, haar tanden en kiezen te inspecteren. Maar ze rukte zich los, hief haar rechterhand en gaf me een klap op mijn linkerwang. Het deed niet erg pijn, maar het was onterend. Vergeef uw slaaf, khan, maar ik waag het niet de haren te verwijderen van haar lichaam. Ze is een merkwaardige vrouw. Ze draagt geen amulet en neemt geen middeltjes in om haar kind te beschermen. Wees niet boos op me als het een meisje wordt, khan, word dan maar boos op Nino Hanum. Ze moet bezeten zijn door een boze geest, want ze begint te trillen als ik haar aanraak. Ik ken bij de moskee Abdul-Asim een oude vrouw. Zij heeft verstand van het uitdrijven van boze geesten. Misschien is het goed haar hiernaartoe te laten komen. Moet u weten, khan, ze wast haar gezicht met ijskoud water, om haar huid te laten vervallen. Ze poetst haar tanden met een harde borstel, zodat haar tandvlees gaat bloeden, in plaats van haar tanden met haar rechter wijsvinger te poetsen, die ze eerst in geurige zalf heeft gedoopt, zoals alle mensen doen. Alleen een boze geest kan haar op zulke dingen hebben gebracht.'

Ik luisterde nauwelijks naar hem. Bijna elke dag kwam hij naar mijn kamer en dreunde zijn afgezaagde verhaal op. Zijn ogen getuigden van oprechte zorg, want hij was een plichtsbewust mens en voelde zich verantwoordelijk voor mijn toekomstige kind. Nino leverde een speels, maar taai gevecht met hem. Ze bekogelde hem met kussens, wandelde zonder sluier over de muur rond het huis, gooide zijn amulet uit het raam en hing de muren van haar kamer vol met foto's van haar Georgische neven. Hij kwam me dat allemaal bedroefd en ontsteld vertellen, en 's avonds zat Nino tegenover me op de divan en smeedde haar aanvalsplan voor de volgende dag.

'Wat vind je, Ali Khan,' zei ze en ze wreef peinzend over haar kin, 'moet ik 's nachts een dunne waterslang op zijn gezicht richten of liever overdag een kat naar hem gooien? Nee, ik weet iets anders. Ik zal elke dag gymnastiekoefeningen doen bij de fontein, en dan moet hij meedoen, want hij is te dik. Of nog beter, ik kietel hem net zo lang tot hij doodgaat. Ik heb gehoord dat je kunt doodgaan van kietelen, en hij kan er absoluut niet tegen.'

Tot ze in slaap viel, broedde ze kwaadaardige plannen uit waarmee ze zich kon wreken, en de volgende dag meldde de eunuch ontdaan:

'Ali Khan, Nino Hanum staat bij het bassin en maakt heel vreemde bewegingen met haar armen en benen. Ik ben bang, heer. Ze buigt haar lichaam voorover en achterover alsof ze geen botten heeft. Misschien eert ze op die manier een onbekende godheid. Ze wil dat ik haar bewegingen nadoe. Maar ik ben een vrome moslim, khan, en werp me alleen voor Allah in het stof. Ik vrees het ergste voor mijn botten en voor mijn zielenheil.'

Het had geen zin de eunuch eruit te gooien. In zijn plaats zou er een ander zijn gekomen, want zonder eunuchen is een huishouden ondenkbaar. Niemand anders kan toezicht houden op de vrouwen die werkzaam zijn in het huis, niemand anders kan rekenen, het geld beheren en de uitgaven controleren. Enkel en alleen een eunuch kan dat, een niet-corrumpeerbare eunuch, die geen andere verlangens kent.

Daarom zweeg ik en keek naar de rij groene vlaggetjes die Bakoe insloot... De eunuch schraapte zijn keel en zei gedienstig:

'Zal ik de oude vrouw van de moskee Abdul-Asim laten komen?'

'Waarom, Jahja Kuli?'

'Om de boze geesten uit te drijven uit het lijf van Nino Hanum.'

Ik zuchtte, want de wijze vrouw van de moskee Abdul-Asim zou hoogstwaarschijnlijk niet opgewassen zijn tegen de geesten van Europa.

'Niet nodig, Jahja Kuli. Ik heb zelf verstand van het bezweren van geesten. Ik zal alles wel regelen, als het zover is. Maar nu wordt mijn toverkracht in beslag genomen door deze vlaggetjes.'

In de ogen van de eunuch stonden vrees en nieuwsgierigheid:

'Als de groene vlaggetjes de rode hebben verdrongen, is je vaderland dan bevrijd? Zo is het toch, khan?'

'Zo is het, Jahja Kuli.'

'En kun je dan niet meteen de groene vlaggetjes neerzetten waar ze horen?'

'Dat kan ik niet, Jahja Kuli, zover gaat mijn kracht niet.'

Hij keek mij bezorgd aan:

'Je moet God bidden dat hij je er de kracht toe geeft. Volgende week begint het feest van de maand moharrem. Als je in moharrem God erom smeekt, zal hij je die kracht verlenen.'

Ik vouwde de kaart op en was tegelijkertijd moe, verward en bedroefd. Op den duur was het heel vervelend om naar het geklets van de eunuch te moeten luisteren. Nino was niet thuis. Haar ouders waren naar Teheran gekomen, en Nino bracht vele uren door in de kleine villa waar de vorstelijke familie domicilie had gekozen. Heimelijk ontmoette ze daar andere Europeanen, ik wist ervan en zweeg, want ik had met haar te doen. De eunuch wachtte roerloos op mijn bevelen. Ik dacht aan Seyd Moestafa. Mijn vriend was voor korte tijd uit Mesjhed naar Teheran gekomen. Ik zag hem zelden, want hij bracht zijn dagen door in moskeeën, bij de graven van heiligen en met wijze gesprekken met sjofele derwisjen.

'Jahja Kuli,' zei ik eindelijk, 'ga naar Seyd Moestafa. Hij woont bij de Sepahselarmoskee. Vraag hem mij de eer van zijn bezoek te gunnen.'

De eunuch ging weg. Ik bleef alleen. Mijn kracht was inderdaad niet toereikend om de groene vlaggetjes naar Bakoe te verplaatsen. Ergens in de steppen van mijn vaderland streden de bataljons van de Turken. Daarbij waren ook de troepen van de vrijwilligers met de nieuwe vlag van Azerbaidzjan. Ik kende die vlag, ik wist hoeveel troepen er waren en hoeveel gevechten ze leverden. In de gelederen van de vrijwilligers vocht Iljas Beg. Ik verlangde naar het slagveld met vroeg op de ochtend het waas van de frisse dauw. De weg naar het front was voor mij versperd. Engelse en Russische eenheden bewaakten de grenzen. De brede brug over de Araxes, die Iran met het schouwtoneel van de oorlog verbond, was nu gebarricadeerd door prikkeldraad, machinegeweren en soldaten. Als een slak in zijn huis, zo kroop het land Iran weg in zijn beschermde rust. Geen mens, geen muis, geen vlieg werd toegelaten tot het verpeste gebied waar werd gevochten, geschoten en waar nauwelijks een gedicht werd geschreven. Daarentegen waren er veel vluchtelingen uit Bakoe gekomen, zoals Arslan Aga, het babbelzieke kind met de rusteloze gebaren. Hij bezocht de theehuizen en schreef artikelen waarin hij de overwinningen van de Turken met de veldtochten van Alexander vergeleek. Eén artikel werd verboden, want de censor bespeurde in de verheerlijking van Alexander een geheime aanval op Perzië, dat immers ooit door Alexander was overwonnen. Sindsdien beschouwde Arslan Aga zichzelf als een martelaar van zijn overtuiging. Hij kwam bij mij op bezoek en vertelde heel gedetailleerd over de heldendaden die ik bij de verdediging van Bakoe zou hebben gepleegd. In zijn fantasie waren legioenen vijanden voor mijn machinegeweer langs gemarcheerd, uitsluitend met het doel zich door mij te laten doodschieten. Hijzelf had de tijd van de gevechten doorgebracht in de kelder van de drukkerij met het schrijven van patriottische slogans, die nergens werden verkondigd. Hij las me ze voor en verzocht me hem te vertellen over de gevoelens die een held al vechtend heeft. Ik stopte zijn mond vol met zoetigheden en werkte hem het huis uit. Hij liet de geur van drukinkt achter, en een dik, leeg schrift waarin ik de gevoelens van de vechtende held moest optekenen. Ik keek naar het witte papier, dacht aan Nino's verdrietige en afwezige blikken, dacht aan mijn chaotische leven en pakte een pen. Nee, niet om de gevoelens van de held tijdens het gevecht op te tekenen, maar om de weg te beschrijven die ons, Nino en mij, naar de geurende tuinen van Sjimran had geleid en de glimlach uit haar ogen had gebannen.

Ik ging zitten en schreef met de gesplitste Perzische pen van bamboe. Ik ordende de losse notities waarmee ik al op school was begonnen, en het verleden rees voor me op. Tot Seyd Moestafa binnenkwam en zijn pokdalige gezicht tegen mijn schouder duwde.

'Seyd,' zei ik, 'mijn leven is onordelijk geworden. De weg naar het front is afgesneden, Nino lacht niet meer, en ik vergiet inkt in plaats van bloed. Wat moet ik doen, Seyd Moestafa?'

Mijn vriend keek mij rustig en doordringend aan. Hij droeg een zwart gewaad en zijn gezicht was mager geworden. Zijn tanige lichaam scheen gebukt te gaan onder de last van een geheim. Hij ging zitten en sprak:

'Met je handen kun je niets bereiken, Ali Khan. Maar een mens bezit meer dan alleen zijn handen. Kijk maar naar mijn gewaad, en je zult begrijpen wat ik bedoel. In de wereld van het onzichtbare ligt de macht over de mensen. Nader het geheim en je zult de macht deelachtig worden.'

'Ik begrijp je niet, Seyd. Mijn ziel lijdt pijn en ik zoek een uitweg uit de duisternis.'

'Je richt je op het aardse, Ali Khan, en je vergeet de Onzichtbare, die het aardse bestiert. In het jaar 680 van de vlucht viel bij Kerbela, achtervolgd door vijanden van het geloof, Hoessein, de kleinzoon van de profeet. Hij was de verlosser en de geheimzinnige. Met zijn bloed tekende de Almachtige de dalende en de opgaande zon. Twaalf imams heersten over de gemeenschap van de sjia, over ons sji'ieten: de eerste was Hoessein, en de laatste is de imam van de laatste dag, de Onzichtbare, die vandaag nog in het geheim het volk van de sjia aanvoert. Overal zijn zijn daden zichtbaar en toch is de verborgen imam ongrijpbaar. Ik zie hem in de opgaande zon, in het wonder van het zaad, in de storm van de zee. Ik hoor zijn stem in het ratelen van het machinegeweer, in de zuchten van een vrouw en in het waaien van de wind. En de Onzichtbare gebiedt: rouw zij het lot van de sjia!! Rouw om het bloed van Hoessein, dat werd vergoten in het zand van de woestijn bij Kerbela. Eén maand in het jaar is gewijd aan de rouw. De maand moharrem. Wie verdriet heeft, die wene in de maand van de rouw. Op de tiende dag van de moharrem wordt het lot van de sjia vervuld; want dat is de sterfdag van de martelaar… Het leed dat de jongeling Hoessein op zich nam, dat leed moet op de schouders worden gelegd van de vrome mensen. Wie een deel van dat leed op zich neemt, zal een deel van de genade deelachtig worden. Daarom kastijdt de vrome man zich in de maand moharrem, en in de pijn van die zelfkastijding openbaart zich aan degene die verward is de weg van de genade en de lust van de verlossing. Dat is het geheim van de moharrem.'

'Seyd,' zei ik vermoeid en geïrriteerd, 'ik vraag je hoe ik de vreugde kan terughalen naar mijn huis, want een vaag gevoel van angst vervult me, en nu vertel jij me wijsheden uit de godsdienstles. Moet ik soms de moskeeën aflopen en met ijzeren ketens op mijn rug slaan? Ik ben vroom en vervul de geboden van de leer. Ik geloof aan het geheim van de Onzichtbare, maar ik geloof niet dat de weg naar mijn geluk via het mysterie van de heilige Hoessein loopt.'

'Ik geloof het, Ali Khan. Jij vraagt me naar de weg, en ik noem jou de weg. Ik ken geen andere. Iljas Beg vergiet zijn bloed aan het front bij Gandzja. Jij kunt niet naar Gandzja. Daarom moet je je bloed aan de Onzichtbare wijden, die het op de tiende dag van de moharrem van je opeist. Zeg niet dat het heilige offer zinloos is – niets is zinloos in de wereld van het leed. Strijd in de maand moharrem voor je vaderland, zoals Iljas bij Gandzja.'

Ik zweeg. Op de binnenplaats reed de koets voor met de geslepen ruiten en Nino's gezicht was daarachter vaag zichtbaar. De deur naar de haremtuin ging open en Seyd Moestafa kreeg plotseling veel haast.

'Kom morgen bij me in de Sepahselarmoskee. Dan praten we verder.'

26

We zaten op de divan en tussen ons in stond het met parelmoer ingelegde nardybord met de ivoren stenen. Ik had Nino het Perzische dobbelspel uitgelegd en sindsdien dobbelden we om tomans, oorringen, kussen en namen van onze toekomstige kinderen. Nino verloor, betaalde haar schulden, en speelde weer door. Haar ogen straalden van spanning en haar vingers raakten de ivoren stenen aan alsof het kleine kostbaarheden waren.

'Je richt me nog te gronde, Ali,' zei Nino met een zucht, terwijl ze de acht zilveren tomans naar me toe schoof, die ik zonet had gewonnen.

Ze duwde het bord opzij, legde haar hoofd op mijn knie, keek peinzend naar het plafond en droomde. Het was een mooie dag, want Nino had het bevredigde gevoel dat ze zich gewroken had. En dat was zo gegaan:

Al vroeg in de ochtend klonk er luid gesteun en gezucht in het huis. Haar vijand, Jahja Kuli, kwam met een gezwollen wang en een vertrokken gezicht aanlopen.

'Kiespijn,' zei hij met een gezicht alsof hij zelfmoord wilde plegen. In Nino's ogen stond triomf en lust. Ze nam hem mee naar het raam, keek in zijn mond en fronste haar voorhoofd. Toen schudde ze bezorgd haar hoofd. Ze pakte een sterk stuk touw en wond dat om de holle kies van Jahja Kuli. Het andere eind van het touw maakte ze vast aan de klink van een openstaande deur.

'Zo,' zei ze, rende tegen de deur en sloeg die met een geweldige klap dicht. Een schreeuw die door merg en been ging – de eunuch viel totaal overstuur op de grond en keek de kies na die met een elegante boog achter de deurklink aan vloog.

'Ali Khan, zeg tegen hem dat dat het gevolg is als je je tanden poetst met de wijsvinger van je rechterhand.'

Ik vertaalde het letterlijk, en Jahja Kuli raapte de kies op van de vloer. Maar Nino's wraakzucht was bij lange na niet gestild.

'Zeg tegen hem, Ali Khan, dat hij nog lang niet gezond is. Hij moet naar bed en zes uur lang hete kompressen op zijn wang leggen. En hij mag minstens een week niets zoets eten.'

Jahja Kuli knikte en ging weg – opgelucht en geschokt tegelijk.

'Schaam je, Nino,' zei ik, 'die arme man zijn enige pleziertje af te pakken.'

'Zijn verdiende loon,' zei Nino hardvochtig en ze haalde het nardybord. Omdat ze de partij verloor, was de gerechtigheid weer enigszins in evenwicht gebracht.

Nu keek ze naar het plafond en haar vingers streelden mijn kin.

'Wanneer wordt Bakoe veroverd, Ali?'

'Waarschijnlijk over twee weken.'

'Veertien dagen,' zuchtte ze, 'ik heb zo'n heimwee naar Bakoe en naar de intocht van de Turken, weet je, het is allemaal zo heel anders geworden. Terwijl jij je hier erg op je gemak voelt, word ik elke dag onteerd.'

'Hoezo onteerd?'

'Iedereen behandelt me als een zeer waardevol en breekbaar voorwerp. Ik weet niet hoe waardevol ik ben, maar ik ben noch breekbaar noch een voorwerp. Denk aan Dagestan!! Daar was het heel anders. Nee, het bevalt me niet hier. Als Bakoe niet spoedig wordt bevrijd, moeten we ergens anders heen. Ik weet niets van de dichters op wie dit land zo trots is, maar ik weet wel dat op het feest van Hoessein mensen hun borst openkrabben, met dolken op hun eigen hoofd slaan en hun rug met ijzeren kettingen geselen. Vandaag gingen heel veel Europeanen de stad uit om niet aanwezig te hoeven zijn bij dat schouwspel. Ik vind het afschuwelijk allemaal. Ik voel me hier blootgesteld aan een willekeur die mij elk moment onverhoeds kan overvallen.'

Haar lieve gezicht keek naar mij op. Haar ogen waren diep en donker als nooit tevoren. De pupillen waren wijd en haar blik zacht en naar binnen gericht. Alleen al Nino's ogen verraadden haar zwangerschap.

'Ben je bang, Nino?'

'Voor wat?' Haar stem klonk oprecht verbaasd.

'Er zijn vrouwen die er bang voor zijn.'

'Nee,' zei Nino ernstig, 'ik ben niet bang. Ik ben bang voor muizen, krokodillen, examens en eunuchen. Maar dáárvoor niet. Anders zou ik ook bang moeten zijn voor een verkoudheid in de winter.'

Ik kuste haar koele oogleden. Ze stond op en streek haar haar naar achteren.

'Ik ga nu naar mijn ouders, Ali Khan.'

Ik knikte, hoewel ik heel goed wist dat in de kleine villa van de Kipiani's de wetten van de harem met voeten werden getreden. De vorst ontving Georgische vrienden en Europese diplomaten. Nino dronk thee, at Engels gebak en discussieerde met de Nederlandse consul over Rubens en de problemen van de oriëntaalse vrouw.

Ze ging de kamer uit, en even later zag ik de koets met de geslepen ruiten wegrijden. Ik was alleen en dacht aan de groene vlaggetjes en de paar duim gekleurd papier die mij scheidden van mijn vaderland. In de kamer was het schemerig. De vage geur van Nino's parfum hing nog in de zachte kussens van de divan. Ik liet me op de grond glijden en mijn hand tastte naar de rozenkrans. Tegen de kamermuur prijkte de zilveren leeuw met het zwaard in zijn linkerpoot. Ik keek naar hem op. Het zilveren zwaard blonk in de forse klauw. Een gevoel van mateloze onmacht overviel me. Het was beschamend in de beschermende schaduw van de zilveren leeuw te zitten terwijl in de steppen bij Gandzja het volk zijn bloed vergoot. Ook ik was een ding. Een duur, goed behoed en goed verzorgd ding. Een Shirvanshir die voorbestemd was ooit een schitterende titel te krijgen aan het hof en in een zorgvuldige, klassieke taal zorgvuldig gevoelens te formuleren. Intussen vergoot het volk zijn bloed bij Gandzja. Ik werd overmand door wanhoop. De zilveren leeuw hing grijnzend aan de muur. De grensbrug over de Araxes was versperd, en er was geen weg van het land Iran naar Nino's ziel.

Ik trok aan de rozenkrans. De draad brak en de ronde gele kralen rolden over de vloer.

In de verte klonken de doffe slagen van een tamboerijn. Ze klonken dreigend en roepend, als de waarschuwende stem van de Onzichtbare. Ik liep naar het raam. De straat was stoffig en gloeiend. De trommelslagen kwamen dichterbij, het ritme ervan werd begeleid door korte, duizendvoudig herhaalde kreten:

'Sjah–ssé... wah-ssé – sjah Hoessein... wee Hoessein.'

Er kwam een processie de hoek om. Drie enorme vlaggen, zwaar met gouddraad geborduurd, werden door sterke handen boven de menigte uit gedragen. Met grote gouden letters was op de ene vlag de naam van Ali geschreven, de vriend van Allah op aarde. Op het zwartfluwelen doek van de tweede vlag waren de brede lijnen zichtbaar van een zegenende en tegelijkertijd verstotende linkerhand, de hand van Fatima, de dochter van de profeet. En met letters die de hemel schenen te bedekken stond op de derde vlag slechts één woord: Hoessein, kleinzoon van de profeet, martelaar en verlosser.

Langzaam schreed de menigte door de straat. Vooraan, in

zwarte rouwgewaden, met blote rug en een zware ketting in de hand, de vrome boetelingen. Op de maat van de trommel hieven ze hun handen en de ketting gleed over hun rood geworden, bloedende schouders. Achter hen liepen in een grote halve cirkel – telkens twee stappen vooruit, één stap achteruit – breedgeschouderde mannen. Hees klonk door de straat hun doffe kreet: 'Sjah-ssé... wah-ssé', en bij elke kreet sloegen hun gebalde vuisten hard en dof tegen hun behaarde blote borst. Nakomelingen van de profeet volgden, hun hoofd gebogen, met de groene gordel van hun stand. Achter hen aan, in het witte gewaad van de dood, de martelaren van de moharrem. Met geschoren hoofden, met lange dolken in hun hand. Hun gezichten donker, gesloten, ondergedoken in een andere wereld. 'Sjah-ssé... wah-ssé.' De dolken blonken en suisden neer op de geschoren hoofden. Bloed bedekte de gewaden van de martelaren. Een van hen viel en werd door snel te hulp geschoten vrienden uit de menigte gedragen. Een gelukzalige glimlach speelde om zijn lippen.

Ik stond voor het raam. Een nooit gekend gevoel nam bezit van mij. De roep drong vermanend mijn ziel binnen, het verlangen naar overgave vervulde me. Ik zag de bloeddruppels in het stof op de straat, en de tamboerijn klonk lokkend en bevrijdend. Dat was het, het geheim van de Onzichtbare, de poort van het leed, die naar de genade van de verlossing leidt. Ik kneep mijn lippen op elkaar. Nog steviger omklemde mijn hand de vensterbank. De vlag van Hoessein trok langs me. Ik zag de hand van Fatima, en alles wat om mij heen zichtbaar was vervaagde. Nog één keer hoorde ik het doffe geluid van de trommel, in mij weergalmden de woeste kreten, en plotseling was ik een deel van de massa. Ik liep mee in de stoet van breedgeschouderde mannen, en mijn gebalde vuisten hamerden op mijn ontblote borst. Later had ik een vage gewaarwording van het koele donker van een moskee om mij heen en hoorde ik de klagende roep van de imam. Iemand drukte me een zware ketting in de hand en ik voelde de gloeiende pijn op mijn rug. Uren gingen voorbij. Een breed plein lag voor me en uit mijn keel drong wild en juichend de oude kreet: 'Sjah-ssé... wah-ssé.' Een derwisj met een doorploegd gezicht stond voor me. Zijn ribben waren duidelijk zichtbaar in zijn verwelkte borst. De ogen van de biddende mannen waren star. Ze zongen, en over het plein liep een paard met een bloedige sjabrak. Het paard van de jongeling Hoessein. De derwisj met het doorploegde gezicht liet een schreeuw, hoog en lang. Zijn koperen schaal vloog op de grond en hij wierp zich onder de hoeven van het paard. Ik duizelde. De gebalde vuisten trommelden op de blote borsten. 'Sjah-ssé... wah-ssé.' De menigte juichte. Een man met een wit gewaad vol bloedvlekken werd langs me gedragen. Van ver weg kwamen talloze brandende fakkels en trokken me mee. Ik zat in de tuin van een moskee en de mensen om mij heen hadden hoge, ronde mutsen op en tranen in hun ogen. Iemand zong het lied van de jongeling Hoessein tot zijn plotselinge verdriet zijn stem verstikte. Ik ging staan. De menigte stroomde terug. De nacht was koel. We kwamen langs de regeringsgebouwen en zagen zwarte vlaggen aan de masten. De eindeloze rij fakkels leek op een rivier waarin de sterren zich spiegelden. Vermomde figuren keken om de hoek, bij de poorten van de consulaten stonden bewakers met de bajonet in de aanslag. Op de daken van de huizen stonden overal mensen. Een kameelkaravaan trok over het Kanonnenplein langs de rijen biddende mensen, je hoorde luid gejammer. Vrouwen vielen in het maanlicht op de grond met stuiptrekkende armen en benen. Op de rug van de kamelen zat de familie van de heilige jongeling. Er achteraan, op een zwart paard, het gezicht verborgen achter een Saracenenvizier, reed de grimmige kalief Jazid, de moordenaar van de heilige. Stenen vlogen over het plein en schampten het vizier van de kalief. Hij reed sneller en verstopte zich op de binnenplaats van de tentoonstellingshal van Nasir al-Din Sjah. Morgen moest daar het passiespel van de jongeling beginnen.

Ook bij de Diamantpoort van het keizerlijk paleis hingen zwarte vlaggen halfstok. De bahadurans die de wacht hielden, droegen een rouwgewaad en stonden met gebogen hoofd. De keizer was afwezig. Hij verbleef in zijn zomerpaleis in Bagh-e Sjah. De menigte verdween in de Ala ed Davleh-straat en ik was plotseling alleen op het verlaten, in duisternis gehulde Kanonnenplein. De mondingen van de verroeste kanonnen keken me onverschillig aan. Mijn lichaam deed overal pijn, alsof het door duizend slagen met de roede was verscheurd. Ik raakte mijn schouder aan en voelde een dikke korst gestold bloed. Ik was duizelig. Ik stak het plein over en liep naar een lege koets. De koetsier keek me aan, vol begrip en medelijden.

'Neem een beetje duivenmest en vermeng het met olie. Besmeer daarmee de wonden. Het helpt heel goed,' zei hij vakkundig. Uitgeput liet ik me in de kussens vallen.

'Naar Sjimran,' riep ik, 'naar het huis van Shirvanshir.'

De koetsier knalde met de zweep. Hij reed door de hobbelige straten, draaide zich af en toe naar mij om en zei met bewondering in zijn stem:

'Je moet een erg vrome man zijn. Bid de volgende keer ook voor mij. Want zelf heb ik er door mijn werk geen tijd voor. Mijn naam is Sorhab Joessoef.'

Tranen stroomden over Nino's gezicht. Ze zat op de divan, hield in haar hulpeloosheid haar handen gevouwen en huilde zonder haar gezicht te bedekken. Haar mondhoeken waren naar beneden getrokken, haar mond stond open, en tussen haar wang en haar neus liepen diepe plooien. Ze snikte, en haar kleine lichaam beefde. Ze zei geen woord. Tranen vulden haar ogen, biggelden over haar wangen en stroomden over haar weerloze gezicht. Ik stond voor haar, diep aangedaan door haar grote verdriet. Ze bewoog niet, ze veegde haar tranen niet af, haar lippen trilden als herfstbladeren in de wind. Ik pakte haar handen. Die waren koud, levenloos en vreemd. Ik kuste haar natte ogen, en ze keek me aan, niet-begrijpend en afwezig.

'Nino,' riep ik, 'Nino, wat heb je?'

Ze bracht haar hand naar haar mond, alsof ze die wilde sluiten. Toen ze haar hand weer liet zinken, zag je in haar handrug duidelijk de afdruk van haar tanden.

'Ik haat je, Ali Khan.' Haar stem klonk hevig ontdaan.

'Nino, ben je ziek?'

'Nee, ik haat je.'

Ze zoog haar onderlip tussen haar tanden en had de ogen van een ziek en gewond kind. Ze keek met ontzetting naar mijn gescheurde gewaad en mijn blote schouders, waarop rode striemen zichtbaar waren.

'Wat heb je, Nino?'

'Ik haat je.'

Ze kroop in de hoek van de divan, trok haar benen op en legde haar kin op haar spitse knieën. Plotseling waren de tranen opgedroogd. Ze keek me aan, met bedroefde, stille en vreemde ogen.

'Wat heb ik gedaan, Nino?'

'Je hebt me je ziel laten zien, Ali Khan.' Ze sprak toonloos, langzaam, als in een droom. 'Ik was bij mijn ouders. We dronken thee, en de Nederlandse consul nodigde ons uit bij hem thuis. Zijn huis ligt aan het Kanonnenplein. Hij wilde ons het meest barbaarse feest van de Oriënt laten zien. We stonden voor het raam en de stroom fanatici trok langs. Ik hoorde de tamboerijn, zag de wilde gezichten en ik werd er onpasselijk van. "Flagellantenorgie," zei de consul en hij deed het raam dicht, want van de straat steeg de geur van zweet en vuil op. Plotseling hoorden we woeste kreten. We keken naar buiten en zagen een haveloze derwisj die zich onder de hoeven van een paard wierp. En toen, toen wees de consul en zei verbaasd: "Is dat niet...?" Hij maakte zijn zin niet af. Ik keek naar de plek waarheen hij wees, en zag een man in een gescheurd gewaad die te midden van de waanzinnigen op zijn borst sloeg en met een ketting zijn rug geselde. Die man was jij, Ali Khan! Ik schaamde me tot in mijn tenen dat ik jouw vrouw was, de vrouw van een fanatieke wilde. Ik volgde al je bewegingen en voelde de medelijdende blik van de consul. Ik geloof dat we daarna thee hebben gedronken of hebben gegeten. Ik weet het niet meer. Ik kon maar net op de been blijven, want plotseling zag ik de afgrond die ons scheidt. Ali Khan, de jongeling Hoessein heeft ons geluk verwoest. Ik zie je wild, te midden van bijgelovige wilden, en ik zal je nooit meer anders kunnen zien.'

'En wat nu, Nino?'

'Ik weet het niet. We kunnen niet meer gelukkig zijn. Ik wil weg hier – ergens heen waar ik je weer in de ogen kan kijken zonder die waanzinnige van het Kanonnenplein te zien. Laat me weggaan, Ali Khan.'

'Waarheen, Nino?'

'Ach, dat weet ik toch niet.' Haar vingers raakten mijn gewonde rug aan. 'Waarom heb je dat toch gedaan?'

'Om jou, Nino, maar je zult het toch niet begrijpen.'

'Nee,' zei ze diep bedroefd. 'Ik wil weg. Ik ben moe, Ali Khan. Azië is afschuwelijk.'

'Hou je van me?'

'Ja,' zei ze wanhopig en ze liet haar handen in haar schoot vallen. Ik nam haar in mijn armen en droeg haar naar de slaapkamer. Ik kleedde haar uit en ze sprak warrig vol koortsige angst.

'Nino,' zei ik, 'nog een paar weken, dan gaan we naar Bakoe.'

Ze knikte vermoeid en sloot haar ogen. Slaapdronken pakte ze mijn hand en drukte die tegen haar ribben. Zo bleef ik lang zitten en voelde het kloppen van haar hart in mijn handpalm. Toen kleedde ik me uit en ging bij haar liggen. Haar lichaam was warm en ze lag als een kind op haar rechterzij, haar knieën opgetrokken en haar hoofd verstopt onder de deken.

Ze werd vroeg wakker, sprong over me heen en liep naar de kamer ernaast. Ze waste zich langdurig, spatte met water en liet me niet binnen... Toen kwam ze naar buiten en vermeed mijn ogen. In haar hand had ze een schaaltje met zalf. Schuldbewust wreef ze mijn rug in.

'Je had me een pak slaag moeten geven, Ali Khan,' zei ze lief.

'Dat kon ik niet, de hele dag had ik mijzelf geslagen, en ik had geen kracht meer.'

Ze zette de zalf weg en de eunuch bracht thee. Ze dronk die haastig op en keek verlegen naar de tuin.

Plotseling keek ze me recht aan en zei:

'Het heeft geen zin, Ali Khan. Ik haat je en zal je blijven haten zolang we in Perzië blijven. Ik kan het niet veranderen.'

We stonden op, liepen de tuin in en zaten zwijgend bij de fontein. De pauw paradeerde langs ons en de koets van mijn vader reed met veel geraas over de binnenplaats van het mannenhuis.

Plotseling richtte Nino haar hoofd op en zei schuchter:

'Ik kan ook met een man dobbelen die ik haat.'

Ik haalde het nardybord, en bedroefd en verward begonnen we te dobbelen... Toen gingen we plat op de grond liggen, bogen ons over het bassin en bekeken onze spiegelbeelden. Nino stak haar hand in het heldere water, en onze gezichten werden door de kleine golfjes vervormd.

'Wees niet bedroefd, Ali Khan. Ik haat niet jou. Ik haat dit vreemde land en deze vreemde mensen. Het zal over zijn zodra we thuis zijn en zodra...'

Ze legde haar gezicht op het water, bleef zo een hele tijd liggen, tilde toen haar hoofd op en druppels liepen over haar wangen en haar kin.

'Het zal toch een jongen worden – maar het duurt nog zeven maanden voor het zover is,' concludeerde ze toen en ze keek een beetje trots en superieur voor zich uit.

Ik droogde haar gezicht en kuste haar koele wangen. En ze glimlachte.

Ons lot hing nu af van de regimenten die over de gloeiende vlakte van Azerbaidzjan marcheerden, naar de oude stad Bakoe, die was omringd door boortorens en door vijanden was bezet.

In de verte hoorden we weer de trommels van de heilige Hoessein. Ik pakte Nino's hand, nam haar vlug mee naar binnen en deed de ramen dicht. Ik haalde de grammofoon en de sterkste naald. Toen legde ik een plaat op, en een diepe basstem brulde oorverdovend de aria van het goud in Gounods *Faust*. Het was de luidste plaat die er bestond, en terwijl Nino zich angstig aan mij vastgreep, overstemde de geweldige bas van Mefisto de doffe slagen van de trommels en de oeroude roep:

'Sjah-ssé... wah-ssé.'

27

In de eerste dagen van de Perzische herfst bezette het leger van Enver Bakoe. Het ging als een lopend vuurtje door de bazaars, de theehuizen en de ministeries. De laatste verdedigers van de stad, uitgehongerd en geïsoleerd geraakt van hun familie, landden in de havens van Perzië en Turkestan. Ze vertelden over de rode vlag met de witte halvemaan, die triomfantelijk boven de oude citadel wapperde. Van de hand van Arslan Aga stonden in diverse kranten in Teheran fantastische beschrijvingen van de intocht van de Turken, en oom Assad es Saltaneh verbood die kranten, omdat hij de Turken haatte en dacht dat hij de Engelsen op deze manier een plezier deed. Mijn vader ging naar de eerste minister, en die stond na enige aarzeling de wederingebruikneming toe van de scheepsverbinding tussen Bakoe en Perzië. We reisden naar Enzeli, en de stoomboot Nasir al-Din nam de schare verdrevenen op, die nu terugkeerden naar hun bevrijde vaderland.

In Bakoe stonden forse soldaten met hoge bontmutsen op de pier. Iljas Beg salueerde met zijn degen, en de Turkse kolonel hield een toespraak waarin hij probeerde het zachte Stamboel-Turks aan te passen aan de rauwe klanken van ons inheemse dialect. We betrokken ons half verwoeste, leeggeroofde huis, en voor dagen en weken veranderde Nino in een echte huisvrouw. Ze onderhandelde met bedienden, snuffelde rond in meubelzaken en mat met een zorgelijk gezicht de lengte en breedte van onze kamers op. Ze voerde geheimzinnige gesprekken met architecten, en op een dag werd het huis vervuld van het lawaai van de werklieden en de geur van verf, hout en specie.

Midden in die huiselijke chaos stond Nino te stralen, zich bewust van haar verantwoordelijkheid, want ze had de vrije hand bij het uitkiezen van de meubels, de verschillende stijlen en de tapijten.

's Avonds vertelde ze beschaamd en innig tevreden: 'Word niet boos op je Nino, Ali Khan. Ik heb bedden besteld, echte bedden in plaats van divans. We krijgen licht behang en de tapijten zullen op de grond liggen. De kinderkamer wordt wit geschilderd. Het moet allemaal helemaal anders worden dan in een Perzische harem.'

Ze omhelsde me en wreef haar gezicht tegen mijn wang, want ze had een slecht geweten. Toen draaide ze haar hoofd opzij, stak haar dunne tong uit en probeerde daarmee het puntje van haar neus aan te raken. Dat deed ze altijd wanneer ze iets erg belangrijks moest doen, of voorafgaand aan examens, bezoekjes aan de dokter of begrafenissen. Ik dacht aan het feest van de jongeling Hoessein en liet haar haar gang gaan, hoewel het een pijnlijke gedachte was met je voeten over de tapijten te moeten lopen en aan Europese tafels te zitten. Mij restte alleen nog het platte dak met het uitzicht op de woestijn. Een verbouwing van het dak had Nino niet voorgesteld.

Kalk, stof en lawaai vulden het huis. Ik zat op het dak met mijn vader, hield mijn hoofd scheef en liet net als Nino mijn tong langs mijn lippen glijden en gaf mijn ogen een schuldbewuste uitdrukking. In de ogen van mijn vader stond spot:

'Niets tegen te doen, Ali Khan. Het huishouden is het domein van de vrouw. Nino heeft zich goed weten te handhaven in

Perzië, hoewel het haar niet gemakkelijk is gevallen. Nu ben jij aan de beurt. Vergeet niet wat ik je heb gezegd: Bakoe is Europa geworden. Voor altijd! De koele duisternis van afgesloten kamers en rode tapijten aan de muur horen bij Perzië.'

'En jij, vader?'

'Ook ik hoor bij Perzië, en ik ga erheen zodra ik je kind heb gezien. Ik zal in Sjimran in ons huis wonen en wachten tot ook daar met wit behang en witte bedden wordt begonnen.'

'Ik moet hier blijven, vader.'

Hij knikte ernstig:

'Dat weet ik. Jij houdt van deze stad en Nino houdt van Europa. Maar mij irriteert de nieuwe vlag, het lawaai van de nieuwe staat en de geur van goddeloosheid die in onze hele stad hangt.'

Zijn ogen stonden rustig en hij leek plotseling op zijn broer Assad es Saltaneh.

'Ik ben een oude man, Ali Khan. Het nieuwe stuit mij tegen de borst. Jij moet hier blijven. Jij bent jong en moedig, en het land Azerbaidzjan zal bij je op bezoek komen.'

In de schemering dwaalde ik door de straten van mijn stad. Turkse wachtposten stonden op de hoeken, onverbiddelijk en in kaarsrechte houding, met ogen die in de leegte staarden. Ik sprak met de officieren, en zij vertelden over de moskeeën van Stamboel en de zomeravonden van Tatly-su. Op het oude gouverneursgebouw wapperde de vlag van de nieuwe staat, en het parlement was gevestigd in de school. In de oude stad leek het wel alsof er een gekostumeerd bal aan de gang was. De advocaat Fath Ali Khan was eerste minister geworden en vaardigde wetten, verordeningen en bevelen uit. Mirza Assadoellah, de broer van de Assadoellah die alle Russen in de stad wilde vermoorden, was minister van Buitenlandse Zaken en sloot verdragen met de buurlanden. Het ongewone gevoel van nationale zelfstandigheid maakte me geestdriftig en plotseling hield ik van de nieuwe wapens, uniformen, overheidsinstanties en wetten.

Voor de eerste keer was ik werkelijk thuis in mijn eigen land. De Russen slopen schuchter langs en mijn vroegere leraar groette me eerbiedig.

's Avonds werden in de sociëteit inheemse deuntjes gespeeld, je mocht je muts ophouden en Iljas Beg en ik bedienden de Turkse officieren die van het front kwamen of naar het front gingen. Ze vertelden over de belegering van Bagdad en over de veldtocht door de Sinaï. Ze kenden de zandduinen van Tripolitanië, de modderige wegen van Galicië en de sneeuwstormen in de Armeense bergen. Ze dronken champagne, ondanks de geboden van de profeet, en spraken over Enver en het komende rijk Turan, waarin alle mensen van Turksen bloede verenigd zouden zijn. Ik hing vol verbazing en overgave aan hun lippen, want alles was onwerkelijk en schimmig, als een mooie, onvergetelijke droom. Overdag in de straten van de stad klonk marsmuziek. De pasja, hoog te paard, met een borst vol onderscheidingen, inspecteerde de troepen en groette de nieuwe vlag. Trots en dankbaarheid vervulden ons, we vergaten alle verschillen tussen sji'ieten en soennieten en zouden bereid zijn geweest de pezige hand van de pasja te kussen en voor de Osmaanse kalief te sterven. Alleen Seyd Moestafa hield zich afzijdig, en op zijn gezicht lagen haat en verachting. Tussen de sterren en halvemanen die de borst van de pasja bedekten, ontdekte hij een Bulgaars militair kruis en ontstak innerlijk in woede tegen dat symbool van het vreemde geloof op de borst van een moslim.

Na de parade zaten Iljas, de seyd en ik op de strandpromenade, herfstbladeren vielen van de bomen en mijn vrienden discussieerden verbitterd over de principes van de nieuwe staat. Op grond van de veldtochten en de gevechten bij Gandzja, de gesprekken met jonge Turkse officieren en zijn eigen ervaringen met de oorlog was Iljas Beg er vast van overtuigd geraakt dat alleen zeer snelle Europese hervormingen ons land konden beschermen tegen een nieuwe Russische invasie.

'Je kunt vestingen bouwen, hervormingen doorvoeren en wegen bouwen, en toch een goede mohammedaan blijven,' riep hij pathetisch.

De seyd fronste zijn voorhoofd en zijn ogen stonden moe:

'Ga een stap verder, Iljas Beg,' zei hij koeltjes, 'zeg dat je ook wijn kunt drinken, varkensvlees kunt eten en toch een goede mohammedaan kunt blijven. Want de Europeanen hebben al lang geleden ontdekt dat wijn gezond en varkensvlees voedzaam is. Natuurlijk kun je toch een goede moslim zijn, alleen zal de aartsengel bij de poort van het paradijs het niet willen geloven.'

Iljas lachte:

'Tussen excerceren en varkensvlees eten is een enorm verschil.'

'Maar niet tussen varkensvlees eten en wijn drinken. De Turkse officieren drinken in het openbaar champagne en dragen kruisen op hun borst.'

Ik luisterde naar mijn vrienden.

'Seyd,' vroeg ik, 'kan iemand een goede mohammedaan zijn en in een bed slapen en met mes en vork eten?'

De seyd glimlachte bijna vertederd:

'Jij zult altijd een goede mohammedaan blijven, ik heb je gezien op de dag van de moharrem.'

Ik zweeg. Iljas Beg zette zijn soldatenmuts recht.

'Is het waar dat je een Europees huis krijgt, met moderne meubels en licht behang?'

'Ja, dat is waar, Iljas Beg.'

'Dat is goed,' zei hij beslist, 'wij zijn nu een hoofdstad. Gezanten uit den vreemde zullen in ons land komen wonen. We hebben huizen nodig waarin we ze kunnen ontvangen, en we hebben dames nodig die kunnen converseren met de dames van de diplomaten. Jij hebt een goede vrouw daarvoor, Ali Khan, en jij krijgt het goede huis. Jij zou op het ministerie van Buitenlandse Zaken moeten werken.'

Ik lachte:

'Iljas Beg, je beoordeelt mijn vrouw, mijn huis en mij alsof we paarden zijn en aan de start moeten verschijnen van de internationale verbroedering. Jij gelooft dat ik mijn huis alleen laat verbouwen met het oog op onze internationale belangen.'

'Zo zou het wél moeten,' zei Iljas luid, en plotseling besefte ik dat hij gelijk had, dat alles in ons ertoe moest bijdragen deze nieuwe staat in de karige, zonbeschenen gloeiende aarde van Azerbaidzjan tot bloei te brengen.

Ik ging naar huis, en toen Nino van mij te horen kreeg dat ik geen bezwaar had tegen parketvloeren en olieverfschilderijen aan de muur, lachte ze blij verrast en haar ogen begonnen te schitteren, zoals lang geleden in het bos, bij de bron van Pechachpur.

In deze tijd ging ik vaak te paard de woestijn in. Ik zag de zon door bloed overstroomd in het westen ondergaan en bleef urenlang ingegraven liggen in het zachte zand. De Turkse troepen trokken aan me voorbij. Maar de officieren hadden plotseling ongeruste en gespannen gezichten. Het lawaai van onze staat had het verre donderen van de kanonnen van de wereldoorlog overstemd. Ergens, ver, ver weg, gaven Bulgaarse regimenten onder het geweld van de vijand hun verzet op.

'Doorbraak. Het front kan niet meer worden hersteld,' zeiden de Turken en ze dronken geen champagne meer.

Nieuwtjes druppelden binnen en hadden de uitwerking van een bliksseminslag. In de verre haven van Mudros ging een man met gekromde rug aan boord van de Britse pantserkruiser Agamemnon. De man met de kromme rug was Hoessein Reuf Bey, minister van Marine in het Hoge Ottomaanse Rijk, afgezand van de kalief bij de onderhandelingen over de wapenstilstand. Hij boog zich over de tafel, zette zijn naam onder een stuk papier, en de ogen van de pasja die onze stad regeerde vulden zich met tranen.

Nog één keer klonk in de straten van Bakoe het lied van het rijk Turan, maar deze keer klonk het als een klaagzang. Met glacé handschoenen, rechtop in het zadel, inspecteerde de pasja de troepen. De Turkse gezichten stonden star. De vlag van het heilige huis van Osman werd opgerold, de trommels roffelden, en de pasja bracht zijn hand in de glacé handschoen naar zijn slaap. De colonnes trokken de stad uit en lieten het sprookjesachtige beeld van de moskeeën van Stamboel, de ijle paleizen aan de Bosporus en de lange, magere man die kalief was en de mantel van de profeet over zijn schouders droeg achter.

Ik stond op de strandpromenade toen enkele dagen later achter het eiland Nargin de eerste schepen met Engelse bezettingstroepen opdoemden. De generaal had blauwe ogen, een klein snorretje en brede, sterke handen. Nieuwzeelanders, Canadezen en Australiërs stroomden de stad binnen. De Union Jack wapperde naast de vlag van ons land, en Fath Ali Khan belde me op en verzocht me naar zijn ministerie te komen.

Ik ging naar hem toe en hij zat in een diepe fauteuil, zijn vurige blik op mij gericht.

'Ali Khan, waarom bent u nog niet in staatsdienst?'

Ik wist het zelf niet. Ik zag de dikke dossiers die op zijn bureau lagen, en voelde me schuldig:

'Ik behoor geheel en al het vaderland toe, Fath Ali Khan, beschikt u maar over mij.'

'Naar ik verneem hebt een u papegaaiachtig talent voor vreemde talen. Hoe vlug kunt u Engels leren?'

Ik glimlachte verward.

'Fath Ali, ik hoef geen Engels te leren. Ik ken het al lang.'

Hij zweeg, zijn grote hoofd rustte tegen de stoelleuning.

'Hoe gaat het met Nino?' vroeg hij plotseling, en ik was verbaasd dat onze eerste minister, tegen alle regels van de zedigheid in, naar mijn vrouw informeerde.

'Dank u, excellentie, met mijn vrouw gaat het goed.'

'Beheerst ook zij Engels?'

'Ja.'

Hij zweeg en plukte aan zijn brede snor.

'Fath Ali Khan,' zei ik rustig, 'ik weet wat u wilt. Mijn huis is over een week klaar. In Nino's kast hangen tientallen avondjaponnen. We spreken Engels, en de champagne zal ik zelf wel betalen.'

Onder zijn snor verscheen heel even een glimlach.

'Neem me niet kwalijk, Ali Khan.' Zijn ogen werden zacht. 'Ik wilde u niet beledigen. We hebben behoefte aan mensen zoals u. Ons land is arm aan mensen die Europese vrouwen hebben, een oude naam dragen, Engels spreken en een huis bezitten. Ik heb bijvoorbeeld nooit geld gehad om Engels te leren, laat staan een huis te bezitten of een Europese vrouw.'

Hij scheen moe te zijn en pakte zijn pen.

'Vanaf heden bent u attaché op de afdeling West-Europa. Meldt u zich bij de minister van Buitenlandse Zaken Assadoellah. Hij zal u uitleggen wat uw werk is. En... en... maar wordt u nu niet meteen boos... kan uw huis over vijf dagen klaar zijn? Ik schaam me u zo'n verzoek te moeten doen.'

'Ja zeker, Excellentie,' zei ik ferm, en meteen kreeg ik een gevoel alsof ik zonet een oude, trouwe en geliefde vriend kwaadwillig had verloochend en verlaten.

Ik ging naar huis. Nino's vingers zaten onder het leem en het stof. Ze stond op een ladder en sloeg met een hamer op een spijker waaraan een schilderij moest worden opgehangen. Ze zou erg verbaasd zijn als ik tegen haar zou zeggen dat ze daarmee het vaderland een dienst bewees. Ik zei het niet, maar kuste haar vuile vingers en stemde in met de aanschaf van een koelkast, die geschikt zou zijn om buitenlandse wijnen koel te houden.

28

'Hebt u een tante?' – 'Nee, ik heb geen tante, maar mijn bediende heeft zijn rechterbeen gebroken.'

'Houdt u van reizen?' – 'Ja, ik hou van reizen, maar gewoonlijk eet ik 's avonds alleen fruit.'

De zinnen van de grammaticaoefening waren complete onzin. Nino sloeg het boek dicht.

'Ik denk dat we genoeg Engels kennen om geen slecht figuur te slaan, maar heb jij wel eens whisky gedronken?'

'Nino,' riep ik ontzet, 'je spreekt al net als de man die het grammaticaboek heeft geschreven.'

'Vanzelfsprekende debilisering, Ali Khan, veroorzaakt door een verkeerde opvatting van dienst aan het vaderland. Wie komen er vanavond?'

Ze probeerde haar stem onverschillig te laten klinken.

Ik noemde de namen van de Engelse ambtenaren en officieren die ons die avond met een bezoek zouden vereren. Nino's gezicht verraadde heimelijke trots. Ze wist heel goed dat geen enkele minister in Azerbaidzjan en geen enkele generaal had wat haar man bezat – een goed verzorgde vrouw met westerse manieren, kennis van de Engelse taal en vorstelijke ouders. Ze schikte haar avondjapon en keek met een kritische blik in de spiegel.

'Ik heb whisky geprobeerd,' zei ze somber, 'die smaakt bitter en buitengewoon afschuwelijk. Misschien wordt hij daarom wel gemengd met sodawater.'

Ik legde mijn arm om haar schouders en ze keek me dankbaar aan:

'We leven een merkwaardig leven, Ali Khan. Eerst sluit je me op in een harem en dan moet ik weer opdraven als bewijsstuk voor de culturele vooruitgang van ons land.'

We liepen naar de ontvangsthal. Bedienden met een van tevoren goed ingestudeerde uitdrukking op hun gezicht stonden langs de wanden waarop schilderijen met landschappen en dieren hingen. Zachte clubfauteuils stonden in de hoeken en alle tafels waren bedekt met bloemen. Nino begroef haar gezicht in zachte rozenblaadjes.

'Weet je nog, Ali Khan? Lang geleden heb ik je gediend door water uit het dal naar de aul te dragen.'

'Welke dienst bevalt je beter?'

Nino's ogen stonden dromerig, en ze antwoordde niet. Er werd aangebeld en nerveus vertrok ze haar lippen. Maar het waren haar vorstelijke ouders. Plus Iljas Beg in groot gala. Hij maakte een inspectierondje door de zalen en knikte enthousiast.

'Ik zou ook moeten trouwen, Ali Khan,' zei hij plechtig, 'heeft Nino nichtjes?'

We stonden bij de deur, Nino en ik, en drukten stevige Engelse handen. De officieren waren erg lang en hadden rossige gezichten. De dames droegen handschoenen, hadden blauwe ogen en glimlachten minzaam en nieuwsgierig. Misschien verwachtten ze dat ze zouden worden bediend door eunuchen en geamuseerd door buikdanseressen. In plaats daarvan zagen ze welgemanierde bedienden, de spijzen werden links uitgeserveerd, en aan de muren hingen groene weiden en renpaarden. Nino's adem stokte toen een jonge luitenant zich een heel glas whisky liet inschenken en het leegdronk zonder het aangeboden sodawater een blik waardig te keuren. Flarden van gesprekken zweefden door de ruimte en waren even compleet onzinnig als de zinnen in het grammaticaboek:

'Bent u al lang getrouwd, mevrouw Shirvanshir?' – 'Bijna twee jaar.'

'Ja, onze huwelijksreis hebben we naar Perzië gemaakt.' – 'Mijn man houdt van paardrijden.' – 'Nee, polo speelt hij niet.'

'Bevalt onze stad u?' – 'Dat doet me genoegen.' – 'Maar bewaar me!! We zijn toch geen wilden! Er bestaat al lang geen veelwijverij meer in Azerbaidzjan. Eunuchen ken ik alleen uit romans.'

Nino keek van een afstand naar mij, en haar roze neusvleugels trilden van ingehouden lachen. De echtgenote van een majoor had zelfs al bij haar geïnformeerd of ze wel eens in de opera was geweest.

'Ja,' had ze geantwoord, 'en lezen en schrijven kan ik ook.'

De echtgenote van de majoor was op haar nummer gezet en Nino reikte haar een schaal met sandwiches aan.

Jonge Engelsen, ambtenaren en officieren, maakten een buiging voor Nino, en hun handen hielden Nino's tere vingers vast en hun ogen gleden langs Nino's blote rug.

Ik keek de andere kant op. In de hoek stond Assadoellah doodgemoedereerd een sigaret te roken. Hijzelf zou zijn vrouw nooit en te nimmer blootstellen aan de ogen van zoveel vreemde mensen. Maar Nino was een Georgische, een christin, en leek voorbestemd om haar handen, haar ogen, haar rug bloot te stellen aan blikken van vreemdelingen.

Woede en schaamte overvielen me. Af en toe ving ik flarden van gesprekken op en ze klonken me schaamteloos en platvloers in de oren. Ik sloeg mijn ogen neer, Nino stond aan de andere kant van de zaal omringd door vreemdelingen.

'Dank u,' zei ze plotseling hees, 'dank u, u bent zeer vriendelijk.'

Ik keek op en zag haar blozende en ontdane gezicht. Ze liep door de zaal en kwam bij me staan. Met haar hand tastte ze naar mijn mouw alsof ze houvast zocht.

'Ali Khan,' zei ze zachtjes, 'het vergaat jou nu net als mij toen ik bij je tantes en nichtjes in Teheran op bezoek was. Wat moet ik met zoveel mannen? Ik wil me niet zo laten bekijken.'

Toen draaide ze zich om en pakte de hand van de echtgenote van de majoor.

Ik hoorde haar zeggen:

'U moet echt een keer naar het theater hier gaan. Shakespeare is kort geleden in het Azerbaidzjaans vertaald. Volgende week is de première van *Hamlet*.'

Ik veegde het zweet van mijn voorhoofd en dacht aan de strenge wetten van de gastvrijheid. Een oude wijsheid luidt:

'Ook als een gast je kamer betreedt met het afgehakte hoofd van je enige zoon in zijn hand moet je hem ontvangen, te eten en te drinken geven en hem als gast eren.'

Een wijze wet. Maar het was soms erg moeilijk om die op te volgen.

Ik schonk talrijke glazen vol met whisky en cognac. De officieren rookten sigaren, maar niemand legde zijn voeten op de tafel, hoewel ik dat zeker had verwacht.

'U hebt een allerbekoorlijkste echtgenote en een allerbekoorlijkst huis, Ali Khan,' zo wreef een jonge officier nog wat zout in mijn wonde.

Waarschijnlijk zou hij erg verbaasd zijn als hij te horen kreeg dat alleen politieke gevoeligheden hem een oorvijg hadden bespaard. Een ongelovige hond waagde het in het openbaar de lof te zingen van de schoonheid van mijn vrouw! Mijn hand trilde toen ik hem cognac inschonk, en ik morste een paar druppels.

Een wat oudere ambtenaar met een witte snor en een wit

smokinghemd zat in de hoek. Ik bood hem gebak aan. Hij had lange, gele tanden en korte vingers.

'U voert een zeer Europees huishouden, Ali Khan,' zei hij in zeer zuiver Perzisch.

'Ik leef zoals het in ons land gangbaar is.'

Hij keek mij onderzoekend aan:

'Tussen Perzië en Azerbaidzjan schijnt een enorm cultureel verschil te zijn.'

'O, zeker. Wij zijn hun een eeuw vooruit. U moet bedenken dat wij een omvangrijke industrie en een spoorwegennet bezitten. Helaas heeft de Russische regering onze culturele ontwikkeling onderdrukt. We hebben te weinig artsen en leraren. Ik heb vernomen dat de regering van plan is om een aantal getalenteerde jonge mensen naar Europa te sturen, om hen daar te laten inhalen wat ze onder het juk van Rusland hebben gemist.'

Zo ging ik nog een tijdje door, en ik wilde hem whisky inschenken, maar hij dronk niet.

'Ik ben twintig jaar lang consul geweest in Perzië,' zei hij, 'het was pijnlijk om te zien hoe de oude, beproefde vormen van de oriëntaalse cultuur vervallen, hoe de huidige oosterlingen achter onze beschaving aan hollen en de zeden en gewoonten van hun voorvaderen verachten. Maar misschien hebben ze wel gelijk. Hun levensstijl is tenslotte hun eigen zaak. In elk geval geef ik toe dat uw land er even rijp voor is om zelfstandig te worden als bijvoorbeeld de republieken van Centraal-Amerika. Ik geloof dat onze regering binnenkort de staatkundige onafhankelijkheid van Azerbaidzjan zal erkennen.'

Ik was dan misschien wel een stommeling, maar het doel van de avond was bereikt. Aan de andere kant van de zaal stond de minister van Buitenlandse Zaken, Assadoellah, half verscholen achter Nino's vorstelijke ouders en Iljas. Ik liep dwars door de zaal naar hem toe.

'Wat heeft hij gezegd, de oude baas?' vroeg Assadoellah meteen.

'Hij zei dat ik een stommeling ben, maar dat we binnenkort de erkenning van onze zelfstandigheid door Engeland kunnen verwachten.'

Mirza Assadoellah haalde opgelucht adem.

'U bent beslist geen stommeling, Ali Khan.'

'Dank u, Excellentie, maar ik geloof dat ik het wel ben.'

Hij schudde mijn hand en nam afscheid van de gasten. Toen hij bij de uitgang Nino's hand kuste, hoorde ik hoe ze hem met een geheimzinnig glimlachje iets toefluisterde.

De gasten gingen rond middernacht weg, en in de zaal rook het naar tabak en alcohol. Uitgeput en opgelucht liepen we de trap op naar onze slaapkamer en voelden ons plotseling merkwaardig uitgelaten. Nino schopte haar avondschoenen in de hoek, sprong op het bed en liet zich rechtop staand door het verende matras terugstuiteren. Ze trok rimpels in haar neus, schoof haar onderlip naar voren en leek op een kleine, ondeugende aap. Ze blies haar wangen op, duwde met haar wijsvingers tegen de strak gespannen huid, de lucht ontsnapte tussen haar lippen door en het klonk als een schot.

'Hoe beval ik je als redster van het vaderland?' riep ze. Toen sprong ze van het bed, liep naar de spiegel en keek bewonderend naar zichzelf.

'Nino Hanum Shirvanshir, de Jeanne d'Arc van Azerbaidzjan. Fascineert echtgenotes van majoors en pretendeert nooit een eunuch te hebben gezien.'

Ze lachte en klapte in haar kleine handen. Ze droeg een pastelkleurige avondjapon met een laag uitgesneden rug. Lange oorringen bungelden aan haar tere oorlelletjes. De parelketting om haar hals glansde bleek in het lamplicht. Haar armen waren slank en meisjesachtig, en haar donkere haar viel laag in haar nek. Ze stond voor de spiegel en was met haar nieuwe schoonheid heel erg aantrekkelijk.

Ik liep naar haar toe en zag een Europese prinses met blije en hoogmoedige ogen. Ik omhelsde haar en het voelde alsof ik het voor de eerste keer in mijn leven deed. Ze had een zachte huid die heerlijk rook, en haar tanden blikkerden achter haar lippen als witte steentjes. We gingen voor de eerste keer op de rand van een bed zitten. Ik hield een Europese vrouw in mijn armen. Ik voelde haar lange, fijne en gebogen wimpers tegen mijn wang, ze keek me met grote tederheid aan en het was heerlijker dan ooit. Ik legde mijn hand onder haar kin en tilde haar hoofd naar mij op. Ik zag het zachte ovaal van haar gezicht, haar vochtige, dorstende lippen en verlangende ogen achter halfgesloten Georgische wimpers. Ik streelde haar nek, en haar kleine hoofd viel krachteloos in mijn handen. Haar gezicht vol verlangen en overgave. Ik vergat haar avondjapon en het Europese bed met opengeslagen dekens en koele lakens. Ik was in de aul, in Dagestan, met ontblote borst, op de smalle mat op de lemen vloer. Mijn handen omklemden haar schouders, en plotseling lagen we met onze kleren nog aan op het pastelkleurige tapijt uit Kerman, aan de voeten van het trotse Europese prachtbed. Ik zag Nino's gezicht op het zachte tapijt en haar in gekwelde lust gefronste wenkbrauwen. Ik hoorde haar adem, voelde de stevige welving van haar smalle dijen en vergat de oude Engelsman, de jonge officieren en de toekomst van onze republiek.

Later lagen we stil naast elkaar en keken in de grote spiegel boven ons hoofd.

'Van mijn jurk is niets over,' constateerde Nino, en het klonk als de bekentenis van een groot geluk. We bleven op het tapijt zitten, Nino wiegde haar hoofd in mijn schoot en peinsde hardop: 'Wat zou de vrouw van de majoor hiervan vinden?! Ze zou zeggen: "Weet Ali Khan dan niet waar bedden voor dienen?"' Eindelijk stond ze op en duwde met haar kleine voet tegen mijn knie. 'Zou meneer de attaché zo vriendelijk willen zijn zich uit te kleden en, zoals de omgangsvormen in de diplomatie van hem verlangen, zijn plaats in te nemen in de echtelijke sponde? Waar vind je attachés die op een tapijt liggen te rollebollen?'

Ik kwam overeind, brommend en slaapdronken, smeet mijn kleren op de grond en lag tussen twee lakens naast Nino. Zo vielen we in slaap.

Dagen en weken gingen voorbij. Er kwamen gasten die whisky dronken en ons complimentjes maakten over ons huis. Nino's Georgische gastvrijheid zorgde voor steeds vrolijker wordende avondjes. Ze danste met jonge luitenants en sprak met hooggeplaatste heren op leeftijd over jicht. Ze vertelde de Engelse dames verhalen uit de tijd van koningin Tamar en liet hen in de waan dat de grote koningin ook over Azerbaidzjan had geheerst. Ik zat op het ministerie, alleen in een grote kamer, schreef concepten voor diplomatieke nota's, las de verslagen van onze vertegenwoordigers in het buitenland en staarde naar de zee. Nino haalde me af en was vrouwelijk en vrolijk, vol onbewuste gratie. Ze sloot verrassend genoeg vriendschap met de minister van Buitenlandse Zaken Assadoellah. Ze onthaalde hem als hij bij ons op bezoek kwam, gaf hem wijze raad op het gebied van correcte omgangsvormen, en soms trof ik hun beiden aan terwijl ze in een verborgen hoekje van ons huis geheimzinnig zaten te fluisteren.

'Wat wil je van Mirza?' vroeg ik, en ze glimlachte en verklaarde dat het haar eerzucht was de eerste vrouwelijke chef de protocol te worden.

Op mijn bureau stapelden de brieven, verslagen en memoranda zich op. De opbouw van de nieuwe staat was in volle gang en het was plezierig om het briefpapier en de dossierstukken uit te vouwen met ons nieuwe wapen in het briefhoofd.

Het was kort voor de middag toen de koerier me de kranten bracht. Ik vouwde ons regeringsblad open en zag op de derde pagina vetgedrukt mijn eigen naam prijken. Daaronder stond de tekst:

'Ali Khan Shirvanshir, attaché op het ministerie van Buitenlandse Zaken, zal in een identieke functie deel gaan uitmaken van ons gezantschap in Parijs.'

Er volgde een min of meer uitvoerig artikel dat mijn uitmuntende eigenschappen prees en onmiskenbaar was ontsproten aan de pen van Arslan Aga.

Ik sprong overeind en rende door de reeks kamers naar het kabinet van de minister. Ik trok de deur open.

'Mirza Assadoellah,' riep ik, 'wat heeft dit te betekenen?'

'Aha', glimlachte hij, 'een verrassing voor u, beste vriend. Ik heb het aan uw vrouw beloofd. Nino en u zullen in Parijs op jullie plaats zijn.'

Ik gooide de krant in de hoek en voelde razernij in mij opkomen.

'Mirza,' riep ik, 'er bestaat geen wet die mij kan verplichten voor jaren mijn vaderland te verlaten.'

Hij keek me verbaasd aan.

'Wat wilt u, Ali Khan? Deze buitenlandse functies zijn de meest begeerde in onze dienst. U bent er zeer geschikt voor.'

'Maar ik wil niet naar Parijs, en ik verlaat de dienst in het geval u mij ertoe zou dwingen. Ik haat de vreemde wereld, de vreemde straten, mensen en gewoonten. Maar dat zult u nooit kunnen begrijpen, Mirza!'

'Nee,' zei hij beleefd, 'maar als u erop staat, kunt u gewoon hier blijven.'

Ik ging vlug naar huis. Ik rende de trap op, totaal buiten adem.

'Nino,' zei ik, 'ik kan het niet, ik kan het domweg niet.'

Ze werd bleek, en haar handen trilden.

'Waarom niet, Ali Khan?'

'Nino, begrijp me goed. Ik hou van het platte dak boven mijn hoofd, van de woestijn en de zee. Ik hou van deze stad, van de oude muur en de moskeeën en de nauwe straten, en als ik buiten de oriëntaalse wereld kom, zal ik stikken als een vis buiten het water.'

Ze sloot heel even haar ogen.

'Jammer,' zei ze toonloos, en de klank van dat woord deed pijn in mijn hart. Ik ging zitten en pakte haar hand.

'Ik zou in Parijs net zo ongelukkig zijn als jij in Perzië bent geweest. Ik zou me daar uitgeleverd voelen aan een vreemde willekeur. Denk aan de harem in Sjimran. Ik zou Europa net zo slecht kunnen verdragen als jij Azië. Laten we in Bakoe blijven, waar Azië en Europa onmerkbaar in elkaar overgaan. Ik kan niet naar Parijs gaan, er zijn daar geen moskeeën, geen oude muur en geen Seyd Moestafa. Ik moet mij van tijd tot tijd laven aan de ziel van Azië, om de vele vreemdelingen te kunnen verdragen die bij ons op bezoek komen. In Parijs zou ik je haten, zoals jij mij na het feest van de moharrem hebt gehaat. Niet meteen, maar op een bepaald moment, na het carnaval of na een bal, zou ik je plotseling beginnen te haten vanwege de vreemde wereld die je mij wilt opdringen. Daarom blijf ik hier, wat er ook gebeurt. Ik ben in dit land geboren en ik wil hier sterven.'

Ze zei heel lang niets, en toen ik klaar was, boog ze zich naar mij toe en haar hand streelde mijn haar.

'Neem me niet kwalijk, Ali Khan. Ik ben erg dom geweest. Ik weet niet waarom ik dacht dat jij sneller zou veranderen dan ik. We blijven hier en hebben het niet meer over Parijs. Jij houdt de Aziatische stad en ik het Europese huis.'

Ze kuste me teder, en haar ogen straalden.

'Nino, is het erg moeilijk om mijn vrouw te zijn?'

'Nee, Ali Khan, maar ik moet wel verstandig zijn. Ik moet verstandig zijn.'

Haar vingers gleden over mijn gezicht. Ze was een sterke vrouw, mijn Nino. Ik wist dat ik de mooiste droom van haar leven had verwoest.

Ik trok haar op mijn knie:

'Nino, zodra het kind er is, gaan we naar Parijs, naar Londen, Berlijn en Rome. We hebben onze huwelijksreis nog te goed. Als jij het wilt, blijven we daar de hele zomer. En we gaan elk jaar weer terug naar Europa, want ik ben geen tiran. Maar wonen wil ik in het land waar ik bij hoor, want ik ben een kind van onze woestijn, ons zand, onze zon.'

'Ja,' zei ze, 'en bovendien een erg goed kind, en laten we Europa vergeten. Maar het kind dat ik in me draag, zal geen kind van de woestijn en ook niet van het zand worden, maar gewoon het kind van Ali en Nino. Afgesproken?'

'Afgesproken,' zei ik en ik wist dat ik mij daarmee akkoord had verklaard de vader van een Europeaan te worden.

29

'Jouw geboorte is heel moeizaam verlopen, Ali Khan, en in die tijd haalden we er nog geen Europese artsen bij als er iets met onze vrouwen was.'

Mijn vader zat tegenover me op het dak van ons huis en sprak met een zachte, weemoedige stem:

'Toen de weeën te erg werden, gaven we je moeder tot stof vermalen turquoise en diamant. Maar dat heeft haar niet erg geholpen. De navelstreng hebben we bij de oostelijke muur van de kamer gelegd, naast zwaard en koran, opdat jij vroom en dapper zou worden. Later droeg je die navelstreng als amulet om je nek en je was altijd gezond. Toen je drie jaar oud was, gooide je hem weg en werd je ziek. We probeerden de ziekte eerst af te leiden en zetten wijn en zoetigheid in je kamer. We lieten een geverfde haan door je kamer lopen, maar nog steeds ging de ziekte niet over. Toen kwam er een wijze man uit de bergen en die bracht een koe mee. We hebben die koe geslacht, en de wijze man sneed haar buik open en haalde de ingewanden eruit. Hij stopte jou in de buik van de koe. Toen hij je er drie uur later uit haalde, was je huid helemaal rood. Vanaf dat moment was je gezond.'

In het huis werd gedempt en lang geschreeuwd. Onbeweeglijk bleef ik rechtop zitten en was een en al oor. Wéér werd er geschreeuwd, langgerekt en klagend.

'Nu vervloekt ze je,' zei mijn vader rustig. 'Elke vrouw vervloekt haar man in de uren dat ze ligt te baren. In vroeger tijden moest een vrouw na de bevalling een hamel slachten en de rustplaats van haar man en van het kind met bloed besprenkelen, om het onheil af te leiden dat ze tijdens haar weeën over hun beiden had afgeroepen.'

'Hoe lang kan het duren, vader?'

'Vijf uur, zes uur, soms tien uur. Ze heeft smalle heupen.'

Hij zweeg. Misschien dacht hij aan zijn eigen vrouw, die mijn moeder was en in het kraambed was gestorven. Plotseling stond hij op.

'Kom,' zei hij, en we liepen naar de twee rode gebedskleden in het midden van het dak. De boveneinden van de tapijten waren naar Mekka gericht, waar de heilige Kaäba was. We trokken onze schoenen uit. We gingen op de tapijten staan en vouwden onze handen, waarbij we met onze rechterhand de rug van onze linkerhand bedekten.

'Dat is alles wat we kunnen doen, maar het is meer dan alle wijsheid van de doktoren.'

Hij boog en sprak de Arabische woorden van het gebed:

'Bismi Ilahi rrahmani rahim – In de naam van God, de Barmhartige Erbarmer...'

Ik zei het hem na. Ik knielde op het bidkleed en met mijn voorhoofd raakte ik de grond aan.

'Alhamdu lillahi rabi-l-alamin, arrahmani rahim, maliki jaumi din – Lof aan God, de Heer der wereldwezens, de Barmhartige Erbarmer, de Heerser op de Dag van het Oordeel...'

Ik zat op het kleed en mijn handen bedekten mijn gezicht. Langs mijn oor trok het schreeuwen van Nino, maar ik liet het niet tot mij doordringen. Mijn lippen vormden vanzelf de zinnen van de koran:

'Ijjaka na budu waijjaka nastain – U dienen wij en u vragen wij om bijstand…'

Mijn handen lagen nu op mijn knieën. Het was heel stil, en ik hoorde mijn vader fluisteren:

'Ihdina sirata-lmustaqim sirata lladina anammta alaihim – Leid ons langs het rechtgebaande pad van degenen die Gij uw weldaden schenkt…'

De rode lijnen van het gebedskleed vervaagden voor mijn ogen. Mijn gezicht lag op het tapijt.

'Gaira lmagdumi alaihim wala ddalin – over wie geen toorn is en die niet dwalen…'

Zo lagen we in het stof, voor het aangezicht van de Heer. Telkens weer spraken we de woorden van het gebed dat God ooit in Mekka aan de profeet had ingegeven in de vreemde taal van de Arabische nomaden. Nino's kreten verstomden. Ik zat met gekruiste benen op het kleed, de rozenkrans gleed tussen mijn handen door en mijn lippen fluisterden de drieëndertig namen van de Heer.

Iemand raakte mijn schouder aan. Ik keek op, zag een glimlachend gezicht en hoorde woorden die ik niet begreep. Ik voelde de ogen van mijn vader op mij rusten en daalde langzaam de trap af.

De gordijnen waren dicht in Nino's kamer. Ik liep naar haar bed. Nino's ogen stonden vol tranen. Haar wangen waren ingevallen. Ze glimlachte stil en zei plotseling iets in het Tataars, in de eenvoudige taal van ons volk, die zij nauwelijks beheerste:

'Kis dir, Ali Khan, tsjoch gusel bir kis. O kadar bahtiarim – Het is een meisje, Ali Khan, een prachtig meisje, ik ben zo gelukkig.'

Ik pakte haar koude handen en sloot mijn ogen.

'Laat haar niet indommelen, Ali Khan, ze moet nog een poosje wakker blijven,' zei iemand die achter mij stond.

Ik streek over haar droge lippen en ze keek naar mij op, rustig en afgemat. Een vrouw met een wit schort kwam naar het bed toe. Ze reikte me een bundeltje aan en ik zag een klein, gerimpeld speelgoedje, met kleine vingertjes en grote ogen die niets uitdrukten. Het speelgoedje huilde met een vertrokken gezichtje.

'Wat is ze mooi,' zei Nino verrukt en ze spreidde haar vingers, de bewegingen van het speelgoedje nadoend. Ik raakte met mijn hand het speelgoedje aan, maar het speelgoedje sliep al, met een ernstig en gerimpeld gezicht.

'We zullen haar Tamar noemen, ter ere van het lyceum,' fluisterde Nino, en ik knikte, want Tamar was een mooie naam, gangbaar bij zowel christenen als moslims.

Iemand leidde me de kamer uit. Er werden nieuwsgierige blikken op me geworpen en mijn vader nam me bij de hand. We liepen naar de binnenplaats.

'We maken een rit de woestijn in,' zei hij, 'Nino mag al gauw gaan slapen.'

We stapten op het paard en suisden in wilde galop over de gele zandduinen. Mijn vader zei iets, maar alleen met moeite verstond ik dat hij mij probeerde te troosten. Ik begreep niet waarom, want ik was erg trots dat ik een gerimpelde, slapende dochter had, met een peinzend gezichtje en ogen die niets uitdrukten.

De dagen gingen voorbij als de kralen aan het snoer van een rozenkrans. Nino hield het speelgoedje aan haar borst. 's Nachts zong ze Georgische liedjes voor het kindje en schudde nadenkend haar hoofd bij het zien van haar kleine, gerimpelde evenbeeld. Tegen mij gedroeg ze zich meer dan ooit wreed en uit de hoogte, want ik was maar een man, niet in staat tot baren, tot borstvoeding geven en tot het omgaan met luiers. Ik zat op het ministerie, rommelde wat met dossiers, en zij was zo genadig me op te bellen en mij geweldige gebeurtenissen en onthutsende daden te melden:

'Ali Khan, het speelgoedje heeft gelachen en haar handjes uitgestoken naar de zon.'

'Het is een heel slim speelgoedje, Ali Khan, ik laat haar een knikker zien en ze kijkt ernaar.'

'Luister, Ali Khan, het speelgoedje tekent met haar vinger lijnen op haar buikje. Het schijnt een begaafd speelgoedje te zijn.'

Maar terwijl het speelgoedje lijnen op haar buikje tekende en met geïnteresseerde blik een knikker volgde, speelden in het verre Europa volwassen mensen met grenzen, legers en staten. De berichten daarover belandden op mijn bureau en ik keek naar de landkaart, waarop de omstreden grenzen waren getrokken van de toekomstige wereld. Geheimzinnige mensen met moeilijk uit te spreken namen zaten in Versailles en bepaalden het lot van de Oriënt. Slechts een enkele man, een blonde Turkse generaal uit Ankara, waagde het nog wanhopig verzet te bieden tegen de overwinnaars. Ons land Azerbaidzjan werd door de Europese machten onafhankelijk verklaard, en het kostte me enige moeite voordat ik een enthousiaste Iljas Beg kon ontnuchteren met de mededeling dat de Engelse regimenten onze soevereine republiek dus voor altijd zouden gaan verlaten.

'Nu zijn we definitief vrij,' dweepte hij, 'geen vreemdelingen meer in ons land.'

'Kijk eens hier, Iljas Beg,' zei ik en ik nam hem mee naar de kaart, 'onze natuurlijke steun zouden Turkije en Perzië moeten zijn, maar beide landen zijn nu machteloos. Wij bungelen in een lege ruimte, en vanuit het noorden naderen honderdzestig miljoen Russen die belust zijn op onze olie. Zolang de Engelsen hier zijn, waagt geen Rus zich over onze grens, of hij nu wit is of rood. Vertrekken de Engelsen, dan blijven voor de verdediging van Azerbaidzjan alleen jij en ik over, en de paar regimenten die ons land op de been kan krijgen.'

'Ach, hou toch op,' Iljas Beg schudde zorgeloos zijn hoofd. 'We hebben onze diplomaten immers, die kunnen toch vriendschapsverdragen sluiten met de Russen. Het leger heeft wel iets anders te doen. Kijk...' – hij wees op de zuidgrens van het land

– 'we moeten naar de grens met Armenië. Er zijn daar opstanden. Generaal Mechmandar, de minister van Oorlog, heeft al het bevel gegeven.'

Het was onmogelijk hem ervan te overtuigen dat diplomatie pas zin heeft als die zich verzekerd weet van de steun van de militairen.

De Engelse regimenten vertrokken, overal langs de straten wapperden vlaggen, onze troepen marcheerden naar de Armeense grens, en bij Jalama, bij de Russisch-Azerbaidzjaanse grenspost, werden een grenspatrouille en een paar ambtenaren gedood. Op het ministerie begonnen we aan het uitwerken van verdragen, zowel met de witte als met de rode Russen, en mijn vader ging terug naar Perzië. Nino en ik brachten hem naar de pier. Hij keek ons bedroefd aan en vroeg niet of we hem wilden volgen.

'Wat ga je doen in Perzië, vader?'

'Waarschijnlijk trouwen,' antwoordde hij kalm en hij kuste ons plechtig en aandachtig, 'ik kom jullie af en toe bezoeken, en mocht deze staat uiteenvallen – welnu, ik bezit een paar landgoederen in Mazdaran.'

Hij liep de loopplank op, stond aan dek en zwaaide lang naar ons, naar de oude muur, naar de brede Maagdentoren, de stad en de woestijn, tot die langzaam vervaagden voor zijn ogen.

In de stad was het heet en op het ministerie waren de gordijnen voor de ramen half dichtgetrokken. De Russische zaakgelastigden kwamen en hadden verveelde en sluwe gezichten. Onverschillig en snel ondertekenden ze het eindeloze verdrag, dat bestond uit hoofdstukken, alinea's en voetnoten.

Stof en zand bedekten onze straten, een gloeiende wind deed papieren opwaaien, mijn vorstelijke pleegouders vertrokken om de zomer in Georgië door te brengen, en bij Jalama waren nog steeds grenssoldaten en een klein aantal ambtenaren.

'Assadoellah,' zei ik tegen de minister, 'aan gene zijde van Jalama liggen dertigduizend Russen.'

'Weet ik,' zei hij somber, 'onze stadscommandant denkt dat het alleen maar een militaire oefening betreft.'

'En als dat niet zo is?'

Hij keek me geïrriteerd aan.

'Het is onze taak verdragen te sluiten. De rest ligt in Gods hand.'

Ik liep door de straten en zag een paar dappere gardesoldaten met opgeplant bajonet, die het parlementsgebouw bewaakten. In het parlement lagen de partijen met elkaar overhoop, en in de voorsteden dreigden de Russische arbeiders met staking voor het geval de regering de olieleveranties aan Rusland niet zou toestaan.

De koffiehuizen zaten vol mannen die de krant lazen en nardy speelden. Kinderen ravotten in het hete stof. De stad baadde in het felle zonlicht en van de gebedstoren klonk de roep:

'Sta op voor het gebed! Sta op voor het gebed! Het gebed is beter dan de slaap!'

Ik sliep niet, ik lag op het tapijt met gesloten ogen en zag hoe de grenspost Jalama werd bedreigd door dertigduizend Russische soldaten.

'Nino,' zei ik, 'het is heet, het speelgoedje is niet gewend aan de zon, en jij houdt van bomen, schaduw en water. Heb je geen zin om voor de zomer naar je ouders in Georgië te gaan?'

'Nee,' zei ze bars, 'daar heb ik geen zin in.'

Ik zweeg en Nino fronste nadenkend haar voorhoofd.

'Laten we liever samen op reis gaan, Ali Khan, het is heet in de stad. Jij hebt immers landerijen in de buurt van Gandzja, midden tussen de tuinen en de wijnvelden. Laten we daarheen gaan, jij voelt je daar thuis en het speelgoedje heeft schaduw.'

Ik kon er niets tegen inbrengen. We vertrokken, en op de wagons van onze trein prijkte glorieus het nieuwe wapen van Azerbaidzjan.

Een brede, stoffige en lange weg liep van het station naar de stad Gandzja. Lage huizen rond de kerken en moskeeën. Een uitgedroogde rivierbedding scheidde de mohammedaanse wijk van de Armeense, en ik liet Nino de steen zien waar honderd jaar geleden mijn voorvader Ibrahim ten offer was gevallen aan Russische kogels. Buiten de stad, op ons landgoed, lagen trage buffels roerloos en lui tot over hun borst in het koude water. Het rook naar melk, en de druiven hadden de omvang van koeienogen. Op de hoofden van de boeren was in het midden een baan kaalgeschoren, en links en rechts daarvan was hun lange haar naar voren gekamd. Het kleine huisje met de houten veranda stond midden in de bloemen, en het speelgoedje moest lachen toen het paarden, honden en kippen zag.

We namen onze intrek in het huis en wekenlang vergat ik het ministerie, de verdragen en de grenspost Jalama. We lagen in het gras en Nino kauwde op bittere grashalmen. Haar door de zon gebruinde gezicht was even helder en vriendelijk als de hemel boven Gandzja. Ze was twintig en was volgens de maatstaven van het Oosten nog steeds veel te slank.

'Ali Khan, dit speelgoedje is helemaal van mij. De volgende keer wordt het een jongetje, en dan kun jij dat hebben.'

Toen maakte ze uitvoerig plannen voor de toekomst van het speelgoedje, waarin tennis, Oxford, studie van de Franse en de Engelse taal voorkwamen, helemaal volgens Europees model.

Ik zweeg, want het speelgoedje was nog erg klein en bij Jalama waren dertigduizend Russen gelegerd. We speelden in het gras en aten op brede tapijten in de schaduw van de bomen. Nino zwom in het riviertje, iets boven de plek waar de buffels een bad namen. Boeren met kleine ronde mutsen naderden, maakten een buiging voor hun khan en brachten manden met perziken, appels en druiven. We lazen geen kranten en kregen geen brieven, de wereld eindigde voor ons bij de grens van het landgoed, en het was bijna net zo heerlijk als in de aul in Dagestan.

Op een late zomeravond zaten we in de kamer en hoorden ver weg het doffe dreunen van paardenhoeven. Ik liep de veranda op, en een slanke gestalte gekleed in een zwarte Tsjerkesjas sprong van het paard.

'Iljas Beg,' riep ik en ik strekte mijn handen naar hem uit. Hij beantwoordde mijn groet niet. Hij stond in het schijnsel van de olielamp en zijn gezicht was grauw en ingevallen.

'De Russen zijn in Bakoe,' zei hij snel.

Ik knikte, alsof ik het al lang wist. Nino stond achter me en aan haar lippen ontsnapte een zachte kreet.

'Hoe is het gebeurd, Iljas Beg?'

'Midden in de nacht arriveerden de treinen vanaf Jalama, vol Russische soldaten. Ze omsingelden de stad, en het parlement capituleerde. Alle ministers die niet konden vluchten, werden gevangengenomen, het parlement werd ontbonden. De Russische arbeiders kozen de kant van hun landgenoten. Er waren geen soldaten in Bakoe, en het leger stond aan de grens met Armenië en was kansloos. Ik wil een vrijwilligerskorps samenstellen.'

Ik draaide me om. Nino verdween in het huis, terwijl de bedienden de paarden voor de wagen spanden. Ze pakte de spullen in en sprak zachtjes met het speelgoedje in de taal van haar voorouders. Toen reden we door de velden, Iljas reed naast ons. In de verte fonkelden de lichtjes van Gandzja, en heel even was ik mij gewaar hoe in mij heden en verleden in elkaar overgingen. Ik zag Iljas Beg, zijn dolk in zijn gordel, bleek en ernstig, en Nino, beheerst en trots, zoals lang geleden bij het meloenveld van Mardakyan.

Laat kwamen we in Gandzja aan. Er waren veel mensen op de been, hun gezichten vol opwinding en spanning. Op de brug, die de Armeniërs van de mohammedanen scheidde, stonden soldaten met geweren in de aanslag, en de fakkels verlichtten de vlag van Azerbaidzjan op het balkon van het regeringsgebouw.

30

Ik zit bij de muur van de grote moskee van Gandzja. Een bord soep staat voor me, en op de binnenplaats liggen dodelijk vermoeide soldaten. Verderop, bij de rivier, het geratel van machinegeweren. Hun grimmig geblaf dringt door tot de binnenplaats van de moskee, en de republiek Azerbaidzjan heeft nog maar een paar dagen te leven.

Ik zit wat afzijdig op de grote binnenplaats. Mijn schrift ligt voor me en ik haast me het vol te schrijven met regels die het verleden nog één keer vast moeten houden.

Hoe was het, toen, acht dagen geleden, in die kleine hotelkamer in Gandzja?

'Je bent gek,' zei Iljas Beg.

Het was drie uur in de nacht, en Nino lag te slapen in de kamer ernaast.

'Je bent gek,' herhaalde hij en hij liep heen en weer in de kamer.

Ik zat aan de tafel en Iljas Begs mening was wel het laatste waarvoor ik me interesseerde.

'Ik blijf hier. De vrijwilligers komen hiernaartoe. We zullen vechten. En ik ontvlucht mijn land niet.'

Ik zei het zachtjes, als in een droom. Iljas Beg stond stil en keek me bedroefd en uitdagend aan.

'Ali Khan, we hebben samen op school gezeten en in de grote pauze met de Russen gestoeid. Ik ben achter je aan gereden toen je de auto van Nachararjan achtervolgde. Ik heb Nino in mijn zadel naar huis gebracht, en we hebben samen gevochten bij de poort van Zizianasjvili. Nu moet je weg. Omwille van Nino, jezelf en het land, dat je misschien nog eens nodig zal hebben.'

'Jij blijft hier, Iljas Beg, en ik blijf ook.'

'Ik blijf hier omdat ik alleen ben op de wereld, omdat ik weet hoe ik soldaten moet aanvoeren en omdat ik het land de ervaring van twee veldtochten kan aanbieden. Jij gaat naar Perzië, Ali Khan.'

'Ik kan niet naar Perzië. Ik kan ook niet naar Europa.'

Ik ging bij het raam staan. Beneden brandden de fakkels en kletterden de wapens.

'Ali Khan, onze republiek heeft nog geen week meer te leven.'

Ik knikte onverschillig. Er liepen mensen langs het raam, en in hun handen zag ik wapens.

Ik hoorde voetstappen in de zijkamer en draaide me om. Nino stond in de deuropening met slaperige ogen.

'Nino,' zei ik, 'de laatste trein naar Tiflis vertrekt over twee uur.'

'Ja, laten we weggaan, Ali Khan.'

'Nee, jij vertrekt met het kind. Ik kom na. Ik moet nog even hier blijven. Maar jij moet weg. Het is niet zo als destijds in Bakoe. Het is allemaal anders, en jij kunt hier niet blijven, Nino. Jij hebt je kind.'

Ik sprak, buiten brandden de fakkels, en Iljas Beg stond met gebogen hoofd in de hoek van de kamer.

De slaap week uit Nino's ogen. Ze liep langzaam naar het raam en keek naar buiten. Toen keek ze naar Iljas Beg en hij vermeed het haar blik te beantwoorden. Ze liep naar het midden van de kamer en hield haar hoofd scheef.

'Het speelgoedje,' zei ze, 'en jij wilt niet meekomen?'

'Ik kan niet, Nino.'

'Jouw voorvader viel bij de brug van Gandzja. Sinds het eindexamen geschiedenis weet ik dat.'

Nino ging op de grond zitten en schreeuwde plotseling, als een gewond dier op de drempel van de dood. Haar ogen waren droog en haar lichaam trilde. Ze schreeuwde, en Iljas rende de kamer uit.

'Ik kom toch na, Nino. Ik kom heus na, over een paar dagen.'

Ze schreeuwde, en beneden op straat zongen de mensen het woeste lied van de stervende republiek.

Plotseling verstomde Nino en keek star voor zich uit. Toen stond ze op. Ik pakte haar koffers. Het bundeltje met het speelgoedje lag in mijn arm, en we daalden zwijgend de hoteltrap af. Iljas Beg zat in de auto te wachten. We reden door de propvolle straten naar het station.

'Drie, vier dagen, Nino,' zei Iljas, 'niet meer dan drie, vier dagen, en Ali Khan is weer bij u.'

'Weet ik,' knikte Nino, zonder iets te zeggen. 'We blijven eerst in Tiflis, dan gaan we naar Parijs. Daar zullen we een huis hebben met een tuin, en het volgende kind zal een jongen zijn.'

'Zo is het, Nino, zo is het precies.'

Mijn stem klonk helder en vol vertrouwen. Ze kneep in mijn hand en staarde in de verte.

De rails leken op lange slangen, en de trein dook op in de duisternis als een gevaarlijk monster.

Ze kuste me vluchtig.

'Vaarwel, Ali Khan. Over drie dagen zien we elkaar weer.'

'Natuurlijk, Nino, en daarna gaan we naar Parijs.'

Ze glimlachte en haar ogen leken op zacht fluweel. Ik bleef op het perron staan, niet bij machte me te bewegen, als versteend op het hete asfalt. Iljas Beg bracht haar naar de coupé. Ze keek uit het raam en was stil en eenzaam, als een klein, angstig vogeltje. Ze zwaaide toen de trein vertrok, en Iljas Beg sprong uit de wagon.

We reden terug naar de stad. Ik dacht aan de republiek, die nog maar een paar dagen te leven had.

Het begon te schemeren en de stad leek op een wapenarsenaal. De boeren kwamen uit de dorpen en namen machinegeweren en munitie mee, die ze verborgen hadden gehouden. Aan de andere kant van de rivier, in het Armeense stadsdeel, viel af en toe een schot. Daarginds begon Rusland al. Het rode leger van ruiters verspreidde zich over het land en in de stad dook een man op met borstelige wenkbrauwen, een gebogen neus en diepliggende ogen: prins Mansur Mirza Kadzjar. Niemand wist wie hij was en waar hij vandaan kwam. Hij stamde af van de keizerlijke clan der Kadzjaren, en op zijn muts glom de zilveren leeuw van Iran. Hij nam de leiding op zich met de vanzelfsprekendheid van een erfgenaam van de grote Mohammed. Russische bataljons naderden Gandzja, en de stad stroomde vol vluchtelingen uit Bakoe. Ze vertelden over ministers die waren doodgeschoten, over parlementsleden die gevangen waren gezet, en over lijken die in de diepte van de Kaspische Zee waren gegooid nadat ze met een steen waren verzwaard.

'In de Taza-Pir-moskee hebben ze een sociëteit ingericht en de Russen hebben Seyd Moestafa in elkaar geslagen toen hij bij de muur wilde bidden. Ze hebben hem vastgebonden en varkensvlees in zijn mond gestopt. Later is hij naar Perzië gevlucht, naar zijn oom in Mesjhed. Zijn vader is door de Russen vermoord.'

Arslan Aga, die dit relaas deed, stond voor me en keek naar de wapens die ik te verdelen had.

'Ik wil meevechten, Ali Khan.'

'Jij?! Jij met inkt bevlekt biggetje?'

'Ik ben geen biggetje, Ali Khan. Ik hou net zoveel van mijn land als alle anderen. Mijn vader is naar Tiflis gevlucht. Geef me wapens.'

Zijn gezicht stond ernstig en hij kneep met zijn ogen.

Ik gaf hem wapens, en hij marcheerde mee in de troep die ik

naar de brug commandeerde voor een uitval. Russische soldaten hielden de straten aan de andere kant van de brug bezet. We vochten algauw man tegen man, in het stof van de middagzon. Ik zag brede tronies en blinkende, driehoekige bajonetten. Ik ontstak in blinde woede.

'Irali – voorwaarts!' riep iemand, en we richtten onze bajonet. Bloed en zweet mengden zich. Ik hief mijn geweerkolf, een kogel schampte mijn schouder. Het hoofd van de Rus spleet uiteen onder de klap van mijn kolf. Een grijze hersenmassa gleed glibberig in het stof. Ik viel met getrokken dolk over een vijand heen en zag in mijn val hoe Arslan Aga een dolk in het oog van een Russische soldaat stootte.

Ver weg klonk het metalen geluid van de trompet. Vanaf een hoek van de straat schoten we blindelings op de Armeense huizen. Toen het avond werd, kropen we over de brug terug en Iljas Beg, behangen met patroongordels, zat op de brug en stelde de machinegeweren op. We gingen naar de binnenplaats van de moskee, en bij het licht van de sterren vertelde Iljas me hoe hij een keer als klein kind in zee had gespeeld, in een draaikolk terecht was gekomen en bijna was verdronken. Toen aten we soep en perziken, en Arslan Aga zat op onze hurken bij ons en had bloederige gaten tussen zijn tanden. 's Nachts kwam hij naar mij toe kruipen en beefde over zijn hele lichaam.

'Ik ben bang, Ali Khan, ik ben zo laf.'

'Leg je wapens dan weg en vlucht door de velden naar Pulaflus, naar Georgië.'

'Dat kan ik niet, ik wil vechten, want ik hou net zoveel van mijn land als alle anderen, ook al ben ik een lafaard.'

Ik zei niets, en weer begon het te schemeren. In de verte donderde het geschut, en Iljas Beg stond met zijn verrekijker bij de gebedstoren naast de prins uit het keizerlijke huis van de Kadzjaren. De trompet blies klagend en lokkend, op de minaret wapperde de vlag, en iemand zette het lied in van het rijk Turan.

'Ik heb heel veel gehoord,' zei een man met dromerige ogen en een gezicht waarop de dood te lezen stond. 'In Perzië is een man opgestaan, Reza is zijn naam, hij voert soldaten aan en jaagt de vijanden voor zich uit. Kemal zit in Ankara. Hij heeft om zich heen een leger verzameld. We strijden niet tevergeefs. Vijfentwintigduizend man zetten zich in beweging en snellen ons te hulp.'

'Nee,' zei ik, 'niet vijfentwintigduizend, tweehonderdvijftig miljoen mensen marcheren mee. Moslims van over de hele wereld. Maar alleen God weet of ze op tijd zullen aankomen.'

Ik liep naar de brug. Ik zat achter het machinegeweer en de patroongordels gleden door mijn vingers alsof het rozenkransen waren. Naast me zat Arslan Aga en reikte mijn buurman de patronengordels aan. Zijn gezicht was bleek, en hij glimlachte. Bij de Russische linie kwam iets in beweging, mijn machinegeweer hamerde er als een razende op los. Ginds blies de trompet tot de aanval. Ergens achter de Armeense huizen hoorde ik de klanken van de Buddjennyi-mars. Ik keek naar beneden en zag de droge, gekloofde rivierbedding. Er liepen Russen het plein op, knielden, mikten en vuurden, en hun kogels vlogen rakelings over de brug. Ik antwoordde met hevig vuur. De Russen vielen om als marionetten, en achter hen verschenen telkens nieuwe rijen, die naar de brug liepen en in het stof van de rivieroever neerzonken. Het waren er duizenden, en op de brug van Gandzja klonk krachteloos het iele geblaf van het eenzame machinegeweer.

Arslan Aga liet een schreeuw, hoog en klagend, als een klein kind. Ik keek uit mijn ooghoeken naar hem. Hij zat op de brug en er stroomde bloed uit zijn open mond. Ik drukte op de knop van het machinegeweer. Een kogelregen sloeg de Russen tegemoet, en hun trompet blies ten aanval.

Mijn muts viel in de rivier, misschien zat er een kogelgat in, misschien had de wind die in mijn gezicht sloeg hem meegenomen.

Ik rukte mijn kraag open en ontblootte ook mijn borst; tussen mij en de vijand lag het lijk van Arslan Aga. Je kon dus laf zijn en toch als een held voor het vaderland sterven.

Verderop blies de trompet de terugtocht, het machinegeweer verstomde, en ik zat badend in het zweet en hongerig op de brug op aflossing te wachten.

Die kwam; grote, schutterig bewegende mensen duwden het lijk van Arslan ter bescherming vóór het machinegeweer. Ik liep terug naar de stad.

Nu zit ik hier, in de schaduw van de moskeemuur en lepel soep. Ginds, bij de ingang van de moskee, staat prins Mansur, en Iljas Beg zit over de landkaart gebogen. Ik voel me plotseling erg moe. Over een paar uur zal ik weer op de brug staan, en de republiek Azerbaidzjan heeft nog maar een paar dagen te leven.

Genoeg. Ik wil slapen tot de trompet mij naar de rivier roept, aan de oever waarvan mijn voorvader Ibrahim Khan Shirvanshir zijn leven liet voor de vrijheid van zijn volk.

*

Ali Khan Shirvanshir viel om kwart over vijf, op de brug van Gandzja, op zijn post achter het machinegeweer. Zijn lijk viel in de droge rivierbedding. In de nacht klom ik naar beneden om het te bergen. Het was door acht kogels doorboord. In zijn zak vond ik dit schrift. Als God het toestaat, zal ik het naar zijn vrouw brengen. We begroeven hem vroeg in de ochtend op de binnenplaats van de moskee, even voordat de Russen overgingen tot de laatste aanval. Het leven van onze republiek is ten einde, net als het leven van Ali Khan Shirvanshir.

Ritmeester Iljas Beg, zoon van Seinal Aga uit het dorp Binigady bij Bakoe.

NAWOORD

Dit mooie en verontrustende boek – een Romeo en Julia-achtig verhaal over een jongen moslim-edelman en de dochter van een christelijke koopman dat speelt in Azerbeidzjan, aan de meest oostelijke grens van Europa ten tijde van de Russische revolutie – heeft een geschiedenis die merkwaardiger is dan die van welke roman in de twintigste eeuw ook. Het boek werd voor het eerst gepubliceerd in Wenen in 1937, en werd al snel een bestseller. Dit succes was al schokkend genoeg vanwege het verboden onderwerp van het boek – liefde over etnische grenzen heen –, maar het schandaal was nog groter geweest als de ware identiteit van de auteur was onthuld. Het enige dat iedereen kende was een merkwaardig pseudoniem: Kurban Said.

De geheimen achter deze naam lagen meer dan vijftig jaar lang begraven onder lagen van misleiding, intrige en het zand van de tijd. Ik raakte voor het eerst geïnteresseerd in het mysterie rondom de roman toen ik naar de plaats van handeling, Azerbeidzjan, reisde, en ontdekte dat het daar als een nationaal epos werd beschouwd. Maar de uiteenlopende verklaringen voor de identiteit van de auteur die in dat land de ronde deden leken allemaal even belachelijk – inclusief een bijzonder vreemde, die luidde dat hij een Kaukasische moslim was die in de late jaren twintig naar Duitsland was verhuisd en besloten had zich tot het jodendom te bekeren. Ik besloot te beginnen aan een zoektocht naar de ware Kurban Said, een onderzoek dat me van Bakoe naar Berlijn en van Zuid-Italië naar de grens van Canada leidde, terwijl ik verhalen ontdekte over de auteur die aantoonden dat zijn leven net zo fascinerend, veelzeggend en meeslepend was als het verhaal van *Ali en Nino* zelf.

De 'Deutscher Gesamtkatalog' van 1935-'39 verschafte me de eerste concrete aanwijzing voor de oplossing van de puzzel. Onder het lemma 'Said, Kurban' stond vermeld: 'Pseudoniem voor Ehrenfels, von Bodmershof, Elfriede, Barones.' Deze Oostenrijkse edelvrouw was het zusje van een belangrijke Europese oriëntalist, baron Rolf-Omar von Ehrenfels, die in het midden-Europa van de jaren dertig een fascinerende en vergeten tegencultuur om zich heen had verzameld. In het voorouderlijk kasteel van de Von Ehrenfels op de Oostenrijks-Hongaarse grens ontdekte ik de overblijfselen van een verloren gegane wereld van romantische dromers en idealisten die de oplossingen voor de problemen van Europa zochten in een samengaan met 'de Oost' (of de Oriënt). De overblijfselen van een uitvoerige correspondentie die ik in het kasteel ontdekte, toonde aan dat de royalty-uitkeringen voor *Ali en Nino* in 1938 en 1939 naar 'Kurban Said' waren gestuurd, in verscheidene Europese hoofdsteden, en dat ze daar inderdaad waren geïnd door de mysterieuze barones Elfriede.

Maar deze barones stuurde de gelden daarna door naar een nog mysterieuzere man met een Kaukasisch accent en valse Amerikaanse papieren die in het stadje Positano woonde, aan de rand van een klif aan de Amalfi-kust van Italië. Deze man had deel uitgemaakt van de hechte kring van Europese oriëntalisten rondom de baron, maar zijn ideologie en ook zijn connecties waren nog veel complexer geweest, aangezien hij nauwe contacten had onderhouden met zowel Arabische koningen als de vertrouwelingen van Mussolini. De barones beschermde deze man, een wereldberoemd auteur die schuilging achter de naam Kurban Said, aangezien de Gestapo en de fascistische geheime politie hem op de hielen zaten. Over de hele wereld was hij beter bekend onder een ander moslim-peudoniem: Essad Bey.

Essad Bey was een romantisch, gekweld en gevaarlijk man. Hij was over heel Europa en de Verenigde Staten beroemd als een van de meest vooraanstaande autoriteiten op het gebied van 'de Oost'. Zijn werk getuigde van een vooruitziende blik, niet alleen door zijn vroege veroordeling van de hel van de Sovjet-Unie, maar vooral vanwege zijn voorspelling van een wereldwijde wederopstanding van de militante Islam. (Zijn inzichten in de mentaliteit van de moslim-fundamentalisten in *Ali en Nino* bijvoorbeeld laten het boek nu, zo kort na de Revolutie in Iran en de Russische oorlog in Tsjetsjenië, recenter en schokkender lijken dan toen Bey ze schreef; en zijn voorspelling van uitgebreide vernietigingsoorlogen aan de meest oostelijke grens van Europa getuigen van een bijna ongelooflijk vooruitziende blik, gezien het feit dat hij deze in 1936 noteerde.)

Maar Essad Bey of Kurban Said was eigenlijk eerder een soort literaire Rudolf Valentino of Houdini dan een geleerde, door de manier waarop hij het publiek zowel als persoon als in druk verleidde. Het was bekend dat hij in het Weimar-Berlijn, en later in Wenen, rondbanjerde in het kostuum van een Kaukasische krijgsheer, met wapperende mantels, zwaarden en bandelier. Hij wisselde geo-politieke analyses af met wilde verhalen over zijn eigen spannende ondernemingen, maar zijn politieke ideeën verbijsterden de autoriteiten. Zijn anti-bolsjewistische werk leverde hem de bewondering van sommigen binnen het ministerie van Propaganda van Goebbels op, en bracht hem in nog hogere fascistische kringen rond Mussolini.

Maar onder zijn monarchistisch-fascistische politieke ideeën, zijn Turks-Arabische namen en zijn wilde, woestijnuitdossingen, was zijn echte naam eigenlijk Lev Nussimbaum en was hij een jood.

Geboren uit een rijke joodse familie in 1905 in Bakoe, de zuidelijkste stad in het Russische rijk, ontkwam Lev Nussimbaum aan de bolsjewieken door in 1920 naar Duitsland te vluchten. In

Berlijn bekeerde hij zich tot de islam en nam hij de naam Essad Bey aan. Tegen de tijd dat hij tweeëntwintig werd, was hij een internationaal vermaarde auteur van wijdlopige historische romances vol sterke verhalen over zijn eigen heldendaden. Ondanks het feit dat Goebbels bezig was de Duitse uitgeverswereld systematisch te zuiveren van joodse schrijvers, wist Lev nog zestien boeken gepubliceerd te krijgen, waarvan de meeste bestsellers werden en één zelfs een blijvend meesterwerk – *Ali en Nino*. En dat allemaal voor zijn dertigste.

Maar zijn echte genie schuilde in het creëren van zijn eigen steeds wisselende identiteit: terwijl hij in het geheim met zijn vader, Abraham Nussimbaum, in een krap appartementje woonde, deed hij zich in het societyleven van Berlijn voor als een moslimprins uit de Kaukasus, die reisde in een briljant gezelschap van ballingen, onder wie Nabokov en Pasternak.

Lev werd verliefd op een prachtig jong Russisch meisje dat hij op een avond in het appartement van Pasternak ontmoette, en zat het hele volgende jaar achter haar aan. Zij versmaadde zijn liefde en trouwde met een rivaal, maar Lev vergat zijn gepassioneerde eerste liefde nooit: jaren later, toen hij schreef onder de naam Kurban Said, gebruikte hij deze Russische schone uit Berlijn als model voor Nino en bedacht hij een dramatisch en gewelddadig einde voor de rivaal die in het echte leven haar hand had verkregen.

Aan de vooravond van de machtsovername door de nazi's, in de winter van 1932-'33 in Berlijn, maakte Lev een internationale schoonheid het hof en trouwde haar, een Amerikaanse erfgename die geen idee had van zijn ware identiteit. Tot aan zijn dood in 1942 liet Lev het grootste deel van het fascistische establishment ook in het duister tasten, en danste hij zich met behulp van steeds brutalere listen een weg naar het hart van de macht, als een dief op een gemaskerd bal.

In tegenstelling tot de strategie van assimilatie die de meeste joden in Duitsland aanhingen, deed Lev er alles aan om op te vallen als een etnische buitenstaander. In de cafés in Berlijn en Wenen droeg hij wapperende gewaden en een tulband; op de omslagen van zijn boek droeg hij een bontmuts, een bandelier en een lange degen. Via zijn schrijverschap creëerde hij een mythe van zichzelf als een woestijnavonturier en een mysterieuze man van actie, 'die de strijd inging met zijn rechte zwaard zwaaiend in de lucht'. Maar uiteindelijk hield hij zelfs zichzelf voor de gek met deze identiteit van woestijnavonturier: hij besloot in Europa te blijven en miste zo kans op kans om zichzelf te redden door bij zijn miljonair-schoonouders in New York te gaan wonen. Toen hij van het door de nazi's bezette Wenen naar Noord-Afrika vluchtte, wist hij niet hoe gauw hij terug moest komen naar het hart van fascistisch Europa, alsof een vreemde aantrekkingskracht hem in een baan dreef rondom de de krachten die hem zouden vernietigen.

Het geheim van Levs identiteit bleef tot een halve eeuw na zijn dood verborgen. *Ali en Nino*, de veelgeprezen roman die hij schreef onder een tweede pseudoniem, Kurban Said, vond aanhang in tientallen landen, en er zijn door de jaren heen veel gissingen verschenen over de identiteit van de vergeten schrijver. Maar pas na een onderzoek van een jaar voor *The New Yorker* kon ik het mysterie definitief oplossen. Ik diepte fascistische archieven, verloren manuscripten en ooggetuigen op in Bakoe, Wenen, Positano, Berlijn, Londen, Florence, Rome en *up state* New York, en paste de puzzelstukken in elkaar van het portret van een Houdini-achtige figuur, die de culturele en raciale conflicten van die tijd het hoofd bood door van identiteit te veranderen, een etnische en religieuze travestiet te worden in een decennium waarin zulke grootheden zo vast stonden als een doodvonnis.

 Tijdens de oorlog raakte de roman verloren, en het was alleen bij toeval dat, in de vroege jaren vijftig, een Duits-Russische danseres het ontdekte in een tweedehands boekhandel en er meteen verliefd op werd. Ze nam het boek mee naar Engeland, waar ze een decennium lang werkte aan een vertaling ervan. Toen haar Engelse vertaling in de vroege jaren zeventig eindelijk werd gepubliceerd, was het onderwerp van inter-etnische liefde zo in de mode, dat het boek een internationale bestseller werd. *The New Yorker* schreef dat het leven van de roman was als het ontdekken van een 'begraven schat'.

In een bepaald opzicht was Lev Nussimbaum maar één voorbeeld van een Europees type dat je de 'joodse oriëntalist' zou kunnen noemen; een fenomeen dat in Engeland begon met Disraeli en rond de eeuwwisseling tot bloei kwam in het Duitssprekende deel van centaal Europa. Zoals met alles wat met joden te maken had, nam het joods oriëntalisme het op tegen de meest intense en tragische aspecten van Duitsland. Geletterde joden, zoals een antisemitisch geschrift het stelde, 'mogen over Goethe, Schiller en Schlegel praten wat ze willen; ze blijven niettemin een vreemd, oriëntaals volk'. De aantijging dat ze aan de oppervlakte misschien Europees waren maar in feite ten diepste oosters, werd geassimileerde joden de hele negentiende eeuw door aangewreven. De term 'antisemitisch' zelf werd in 1879 bedacht door Wilhelm Marr, een pamflettist uit Hamburg, teneinde de joden op één hoop te gooien met andere semieten en ze zo te brandmerken als oosters. De meeste Duitse joden reageerden hierop door zich nog feller te proberen te zuiveren van alle sporen van 'de Oost', dat de dubbele betekenis in zich droeg van Oost-Europa en het Midden-Oosten, en hun geloofsgenoten te beïnvloeden om dat ook te doen.

Maar hoezeer de zionisten het antisemitische idee dat de joden nooit in andere naties zouden passen ook overnamen, en dat idee veranderden in het positieve doel van een moderne joodse staat, de Duits-joodse oriëntalisten namen de antisemitische beschimping en zette hem op z'n kop: 'In joodse levens leeft de hele kracht van het Aziatische genie: de unificatie van de ziel,' zoals de filosoof Martin Buber schreef, 'het Azië van onbegrensde mogelijkheden en heilige eenheid.' Het zionisme van Buber was gebaseerd op het idee dat elke jood iets Aziatisch in zich had, en dat dat eerder een bron van trots dan van schaamte moest zijn. Het zionistische joods-oriëntalisme bleef een subcultuur die deels was gedefinieerd door Buber, die redacteur was van een tijdschrift dat *De Oriënt* heette, maar door het toenemende antisemitische klimaat hadden meer joden het gevoel dat ze zich in moesten lezen in de Oost, voor het geval ze daar in allerijl naartoe zouden moeten verhuizen.

Misschien wel de opvallendste figuur van deze subcultuur, naast Essad, was de dichteres Else Lasker-Schuler, die beweerde dat ze 'Aziatisch' kon spreken, een taal die in de buurt kwam van de originele taal van de Bijbelse joden, die ze 'wilde joden' noemde. Het concept van de Wilde Joden – verlost van de verzwakkende effecten van twee millennia van het leven in de Diaspora – werd behoorlijk populair.

Maar in tegenstelling tot andere joodse oriëntalisten was de man die zich uiteindelijk Kurban Said zou noemen écht afkomstig uit het Oosten, de 'Wilde Oostelijke' grens van Europa, die zich uitstrekt tot de Kaspische Zee. Bakoe, de stad van Levs kindertijd was, in 1900, het drukste deel van de wereld, de oliehoofdstad van de wereld, een plaats waar enorme fortuinen werden gemaakt en verloren. Zogenaamde 'oliebaronnen' kwamen voort uit zowel de lokale boerenstand als uit de feodale aristocratie, het kon iedereen zijn die een gat in de grond groef en mazzel had. Grotendeels door de islamitische cultuur, die de joden accepteerden als de mensen van de Schrift, was Azerbeidzjan het minst antisemitische deel van het oude tsaristische rijk. In de heuvels ten noorden van de stad woonde wilde stammen 'bergjoden', die een middeleeuws dialect van het Perzisch spraken en een verouderde vorm van het joodse geloof praktiseerden, gemengd met heidense rituelen.

Maar etnische spanningen stonden op het punt over te koken in deze sprookjeswereld aan de rand van Europa, en dat overkoken zou zowel een voorafspiegeling in het klein zijn van alle gruwelen die zouden volgen, als van de wereldwijde wederopstanding van de islam waar we in onze tijd getuige van zijn. Het is de romantiek, het gevaar en het verschrikkelijke geweld van die wereld die Lev Nussimbaum, alias Kurban Said, tot leven brengt in zijn onvergetelijke liefdesverhaal, *Ali en Nino*.

Tom Reiss
22 juni 2000

Tom Reiss werkt op het moment aan een biografie van Kurban Said.